ADVENTURE

Peter Carter

Abschied von Cheyenne

Band 2

Peter Carter

Peter Carter (1929–1999) kam aus einer anglo-irischen Familie. Er studierte englische Literatur in Oxford und war danach als Lehrer tätig. Als er entdeckte, dass sich seine Schüler wenig für den traditionellen Kanon der Jugendliteratur interessierten, begann er selbst zu schreiben. Seine Bücher wurden mehrfach ausgezeichnet.

Von Peter Carter ist im Ravensburger Taschenbuchprogramm außerdem erschienen:

RTB 58182
Abschied von Cheyenne –
Der lange Weg nach Abilene

Abschied von Cheyenne

Bens große Chance

Aus dem Englischen von
Susanne Friederike Levin

RAVENSBURGER BUCHVERLAG

Lizenzausgabe
als Ravensburger Taschenbuch
Band 58183
erschienen 2002

Die Originalausgabe erschien
1990 unter dem Titel
»Leaving Cheyenne«
bei Oxford University Press

Die deutsche Erstausgabe erschien
1998 im Verlag Freies Geistesleben &
Urachhaus GmbH, Stuttgart

Umschlagillustration: Ferenc B. Regös

RTB-Reihenkonzeption:
Heinrich Paravicini, Jens Schmidt

Printed in Germany

**Die Schreibweise entspricht den
Regeln der neuen Rechtschreibung.**

5 4 3 2 1 06 05 04 03 02

ISBN 3-473-58183-6

www.ravensburger.de

ADVENTURE

Pleite

DREIUNDZWANZIG

Meine Zeit in Abilene war vorüber. Ich hatte vom Grab meines Bruders Bo Abschied genommen – sein Mörder, Dutch Kessel war gerichtet, wenn auch nicht von mir, so hatte doch ein anderer diesem Killer eine gerechte Kugel verpasst, mein einziger Freund war nach New York aufgebrochen, um dort mit den Anarchisten weiß Gott was auszurichten, und ich hatte nur noch ein Ziel vor Augen: ein erfolgreicher Geschäftsmann zu werden.

So fuhr ich also mit dem Zug von Abilene bis Hays City, von wo mich ein Ochsenkarren mitnahm, der Vorräte über die Prärie transportierte. Es regnete, als wir losfuhren, und hörte auch nicht wieder auf, also war es nett und lustig, sich auf den Santa Fe Trail zuzuschleppen, zusammen mit einem Haufen Fuhrleute, in deren Vorstellung ein Frühstück aus einer halben Flasche Fusel bestand, das Mittagessen aus der anderen Hälfte und das Abendessen nochmals aus einer ganzen Flasche. Aber ich hatte reichlich Gelegenheit, mich diebisch über das Geschäft zu freuen, das der alte Heaney für mich abgeschlossen hatte, und es sah so aus, dass ich einen Anteil an Bessers Laden in Abilene bekommen hatte, und mit ihm zusammen würde ich einen Laden in Dodge aufmachen, von dessen Gewinn ich auch noch den größeren Teil kriegte! Und sein Bruder Brusik, der würde dort den Handel mit Fellen besorgen und mir zeigen, wie das funktionierte, also konnte ich ebenfalls ein Fellhändler werden, und ich würde mir auch hier einen Anteil an den Gewinnen sichern! Erstaunlich, nicht wahr, dass mir all das zufiel, bloß weil der alte Besser so dumm gewesen war, in Grundstücke zu investieren? Da hatte er wirklich dran glauben müssen, aber mir würde das nicht passieren, nein, niemals! Ich würde dem alten Heaney meine Gewinne überlassen, die er für mich in mächtig gute Anteile und so investieren würde, er würde mein Geld für mich arbeiten lassen, könnte man sagen. Klar, ein paar Bucks würde ich beiseite schaffen, damit ich immer Bargeld zur Hand hatte, und was die beiden Bessers mit ihrem Gewinn taten, da sollten sie sich selbst drum kümmern.

Mit solchen angenehmen Gedanken beschäftigte ich mich, bis wir Dodge erreichten. Als wir dort ankamen, kletterte ich vom Karren, und dieses Kaff war wirklich ein einmaliger Anblick für wunde Augen, haha! Es gab ein paar Zelte, die an einem niedrigen Felsvorsprung klebten, Maultiergespanne und Ochsenkarren, auf denen sich die Felle türmten, steckten im Schlamm, die Fuhrleute fluchten ohne Unterlass, und Betrunkene lungerten herum, bis an die Zähne mit Pistolen bewaffnet!

Beim Jupiter, da stand ich im eisigen Regen, starrte auf den übelsten Ort, den ich je gesehen hatte, dessen Einwohner anscheinend aus einem Käfig abgehauen waren, und versank allmählich im Schlamm, bis mir auffiel, dass ich mich besser in Bewegung setzte, wenn ich nicht verschluckt werden wollte.

Ich ging die Straße runter, die man auch nur aus reinem Sarkasmus so nennen konnte, weil du dir vorkamst, als würdest du durch Melasse waten, nachdem den Leuten anscheinend nie der Gedanke gekommen war, dass man einen Gehweg bauen könnte. Ich suchte jemanden, den ich nach Brusik fragen konnte, jemanden, der halbwegs menschlich aussah und mich nicht schnappen würde, um mir Arme und Beine abzubeißen. Ich schielte in ein Zelt, das eine Art Saloon darstellte, obwohl es mehr wie in einer Irrenanstalt aussah, in der man den Irren erlaubte, so viel Alkohol in sich reinzuschütten, wie sie schlucken konnten, und noch dazu Pistolen und Messer zu tragen. Ich beschloss, mir den Laden zu schenken, und schleppte mich weiter, bis mir ein Kerl begegnete, der einen einigermaßen zivilisierten Eindruck machte, weil er sich vielleicht in den letzten zwei Wochen einer Rasur unterzogen hatte, und ich fragte ihn, wo ich wohl Brusik finden könnte.

»Brusik ...« Er sah mich neugierig an. »Geh in der gleichen Richtung weiter, dann findest du ihn.«

»Danke, Mister«, sagte ich und war dankbar für ein freundliches Wort.

»Mooar«, sagte der Kerl. »Josh Mooar. Biste mit Brusik verwandt?«

»Ich bin sein Partner«, sagte ich.

Dieser Mooar schüttelte verblüfft den Kopf, wenn er auch nicht so verblüfft war wie ich, und er ging in der einen Richtung weiter, ich in der anderen. Ich quälte mich durch die Pampe und fand mich dann in der offenen Prärie wieder, so weit man sie im strömenden Regen erkennen konnte.

Moses, ich fluchte vielleicht, weil ich annahm, Mooar hätte mich in die Irre geschickt, und ich trug ihn in mein schwarzes Buch ein, darauf könnt ihr wetten, dann kehrte ich um und schleppte mich zurück, bis ich ein paar Kerle an der Seite eines Zeltes entdeckte, die neben einem mit Fellen voll gepackten Karren standen. Ich schnappte mir einen von ihnen, zog an seiner Regenjacke, und als er sich umwandte, sagte ich richtig bissig: »Mister, ich will Brusik Besser, und ich will keine dummen Witze. Bloß Besser, sonst nichts.«

Ich nahm an, dass ich deutlich genug war, aber der Kerl schlug sich mit der Hand an die Stirn und taumelte rückwärts. »Heiliger Jesus Christus!«, rief er. »Seht mal, wen wir hier haben! General Däumling, oder tut er nur so, als wäre er ein Knirps?«

Der andere Kerl kam heran, und sie fingen an, mir den Kopf zu tätscheln, und redeten sinnloses Zeug, sie hätten gar nicht gewusst, dass Brusik einen kleinen Jungen hätte, oder ob ich ein Waisenknabe wäre, der sich im Sturm verlaufen hätte, und ich wollte gerade aufgeben und mir ein nettes, stilles Plätzchen suchen, wo ich mir eine Kugel in den Kopf jagen konnte, als der Stapel Felle sich zu bewegen begann und etwas darunter hervorkam, bei dessen Anblick ich dachte: Menschenskinder, ein Büffel, den sie vergessen haben abzuknallen! Dann sah ich, dass es so etwas wie ein Mensch war – na ja, es hatte wenigstens keine vier Beine und keine Hörner –, und es sagte: »Wer fragt nach Brusik Besser?«

Ein Blick, und ich hätte beinahe gesagt, ich nicht, aber ich stammelte: »Ben Curtis ist es, der nach Ihnen fragt.«

Er quasselte auf mich ein, ganz echt im Besser-Stil, und mir kam der schreckliche Verdacht, dass er noch nie von mir gehört hatte und das ganze Geschäft mit dem Laden bloß dazu da gewesen war, um mich loszuwerden, und ich dachte daran, nach Abilene zurückzukehren und Besser auf die Reise in das Land zu schicken, wo die kleinen Kerle mit den Heugabeln um ein großes Feuer hüpfen, aber da hellte sich das Büffelgesicht auf.

»Oh jaah«, sagte er. »Bin gleich für dich da.« Und er tauchte wieder in die Felle, während ich im Regen stehen blieb, vor Kälte und Nässe schlotternd und hungrig wie ein Wolf, bis er fertig war mit seiner komischen Beschäftigung und einen Deal mit den Kerlen ausgehandelt hatte. Dann kam er zu mir.
»Wir gehen rein«, sagte er.
»Klar«, sagte ich. »Vielleicht können Sie mir freundlicherweise sagen, wo genau das sein soll?« Denn ich sah nichts, wo man hätte hineingehen können, wenn ihr wisst, was ich meine.
»Gleich hier.« Brusik schob sich auf die andere Seite des Karrens und verschwand in einem Loch, das wie der Eingang zum Bau einer riesenhaften Taschenratte aussah! Ich fragte mich, ob er vielleicht unter der Hand ein bisschen Gold schürfte, aber er rief mir zu, ich sollte ihm folgen, und als ich das tat, traute ich meinen Augen kaum.
Drinnen gab es ein grob gezimmertes Bett, einen alten Reisekoffer, einen verbeulten Ofen, das Ofenrohr steckte in ein paar Holzteilen, die die Decke darstellten, und der Fußboden war einfach nur flüssiger Schlamm.
»Was zur Hölle ist das?«, fragte ich. »Ich meine, was soll das darstellen?«
Brusik zuckte und bespritzte mich mit Wasser. »Hier wohne ich.«
Ich schnappte heftig nach dem, was in dieser Bude für Luft gehandelt wurde. »Sie meinen, Sie wohnen hier?«
»Klar«, sagte Brusik. »Was glaubst du, wo sonst?«
»Zur Hölle, weiß ich doch nicht«, sagte ich. »Haben Sie keine Hütte?«

»Hier gibt es keine Hütten«, sagte Brusik. »Bauholz ist zu teuer.«

Da überkam mich ein wirklich unheimliches Gefühl. Ich sah mich um und sagte: »Sie meinen also ich muss auch hier wohnen?«
Brusik nickte. »Wenn du dir nicht einen eigenen Unterschlupf graben willst.«
»Graben ...«, setzte ich an, dann überkam mich ein anderes unheimliches Gefühl. »Wo ist dieser verdammte Laden?«
»Noch nicht angekommen«, sagte Brusik.
»Nicht angekommen!« Ich war noch wütender als ein Hornissenschwarm. »Wie meinen Sie das? Ich und Besser haben unsere Bestellung vor einer ganzen Weile abgeschickt.«
Brusik legte seine Stirn in Falten, er schien sich tatsächlich zu fragen, was der ganze Wirbel sollte. »Du kommst zu früh. Wenn das Zelt ankommt, machen wir den Laden auf.«
»Jehosaphat«, knurrte ich. »Wollen Sie damit sagen, es ist noch gar nichts angekommen?«
»Noch nicht.« Brusik kümmerte das überhaupt nicht, und ich dachte mir, Mann, mach nur so weiter, deine Dollars sind es nicht, die da drinstecken. Aber ich war einfach zu erschöpft, um mich in dem Moment damit zu befassen.
»Ich will was zu essen«, sagte ich. »Wo isst man am besten?«
»Nirgendwo«, sagte Brusik. »Es gibt bloß *Hoover*, und der ist furchtbar.« Und er lachte! Und ich weiß nicht, aber sein Lachen tat mir gut. Ich grinste sogar, obwohl ich eine Sekunde vorher noch geglaubt hätte, dass ich das im Leben nie wieder tun würde.
»Ich nehm dich mit«, sagte Brusik. »Ich will auch was essen.«
Wir patschten die Straße hinunter und gingen in das Zelt, in das ich reingeguckt hatte und in dem lauter Betrunkene saßen, die einen Höllenspektakel machten und spielten. Wir setzten uns an einen Tisch, der aus einem Stück bretthart ge-

trockneter Büffelhaut bestand, und warteten, bis ein Kerl mit einer riesigen Zigarre im Mund vorbeikam. Er sah fettiger als eine Bratpfanne aus und fragte uns, was wir wollten. Nun, er sagte es mehr, als dass er fragte. »Rücken oder Zunge?«, sagte er.

Wir bestellten Büffelrücken, und ich sagte, dass ich noch Kartoffeln dazu wollte und reichlich Kaffee, und Brusik bestellte sich einen kleinen Whiskey, ungefähr ein Viertel, den er in sich reinschüttete, worin er sich deutlich von seinem Bruder unterschied, und ich lehnte mich zurück und sah mich um. Das war vielleicht ein Laden. Reverend Christopher wäre tot umgefallen, wenn er das gesehen hätte, soweit man in dem Qualm überhaupt etwas sehen konnte. Ich war ziemlich froh, dass der alte Brusik gleich hier neben mir saß, denn er sah nicht gerade wie jemand aus, mit dem man sich gern anlegte, wenn es sich vermeiden ließ.

Der Kerl kam zurück, und wir machten uns über das Futter her, und es kam einem vor, als würde in Kansas eine Art Wettbewerb stattfinden, wer am schlechtesten kochen konnte, das Schlitzauge oder dieser Bursche, und dieser hier hätte um Längen gewonnen. Aber es war heiß, und das brauchte ich, und solange Brusik sitzen blieb und Fusel kippte, beschloss ich, mir einen Nachtisch zu genehmigen, ich bekam Pfirsiche aus der Dose, die köstlich waren, und als ich fertig war, fühlte ich mich eine Million mal besser als eine Stunde zuvor. Bis die Rechnung kam, von der mir eine Million mal schlechter wurde.

»Was soll das hier?«, sagte ich. »Ich hatte nicht vor, den Schuppen zu kaufen.«

»Steht zurzeit auch nicht zum Verkauf an«, antwortete der Kerl. »Aber der Kaffee macht fünfzig Cents, ein Dollar für die

Pfirsiche, drei für die Kartoffeln und zwanzig Cents für den Rücken. Das elegante Ambiente kostet nichts.«
Ich konnte nichts weiter tun als blechen, aber ich war sauer, wie ihr euch denken könnt. Als wir zurückgingen, fragte ich Brusik, warum er mir nicht gesagt hatte, wie teuer das Essen ist.
»Jaah«, sagte er. »Essen ist hier reichlich teuer. Muss alles herangeschafft werden. Büffelfleisch, das ist billig. Man muss übrigens viel Leber essen, sonst kriegt man Skorbut. Alle Zähne fallen dir aus! Hahaha!« Er fing schallend an zu lachen, keine Ahnung, was daran so komisch war. Dann, ohne ein weiteres Wort, fiel er auf seine Koje und schnarchte!
Nachdem ich nichts weiter tun konnte, wickelte ich mich ein, so gut es ging, und legte mich hin, mitten in den Dreck, lauschte Brusiks schrecklichem Schnarchen, verfluchte mich, weil ich Kartoffeln und Pfirsiche bestellt hatte und weil ich überhaupt nach Dodge gegangen war, und hoffte bloß, dass sich keine Schlangen und Stinktiere hereinschleichen würden, um mich zum Abendessen zu verspeisen.
Das war vielleicht eine Nacht. Nach der Nacht, in der Bo umgebracht worden war, die schlimmste meines Lebens. Ich saß hier fest mit einem Kerl, der den Whiskey wie erfrischendes Wasser in sich reinschüttete, kein Laden da, keine Waren, und das nach all dem Geld, das ich vorgestreckt hatte! Und dieses Kaff! Im Vergleich dazu kamen dir Vear Porter Wilsons Lügen über Abilene wie die reine Wahrheit vor. Sogar Bessers Laden war dagegen wie ein Traum von der süßen Heimat. Und dann gab es doch Henry! Ich hätte genau in diesem Moment in New York City sein können, statt in einem Loch in der Erde zu schlafen, wo es mir so vorkam, als würden die gottverdammten Käfer über mich hinwegkrabbeln.

»Ben«, sagte ich zu mir. »Du bist der größte Idiot der ganzen Schöpfung. Aber wenn der Morgen graut, wirst du mit dem ersten Karren hier abhauen, selbst wenn du all die Dollars abschreiben musst. Jawohl, das wirst du tun – abhauen!«

VIERUNDZWANZIG

Aber als es dämmerte, dachte ich über all die Dollars nach, die ich investiert hatte, und mich überkam so das Gefühl, wenn ich abhaute, dann wäre das ganze Zeug, das ich bestellt hatte, plötzlich heimatlos. Ich nahm mir vor durchzuhalten, bis die Waren ankamen, um sicherzustellen, dass sie von ihrem rechtmäßigen Pa in Empfang genommen wurden: Ben Curtis. Dann würde ich einen Ausverkauf organisieren und dorthin gehen, wo das Gras grüner war, und soweit ich sehen konnte, war das überall in den ganzen Vereinigten Staaten der Fall.

Also harrte ich aus, versuchte den Unterschlupf so gemütlich zu machen, wie es ging, zimmerte ein unförmiges Bett zusammen – und was das Holz kostete! –, hängte außerdem noch eine alte Regenjacke auf, damit das Wasser nicht mehr auf mich runterlief, und dann machte ich mich daran, mit Büffeln Geld zu verdienen.

Büffel. Aus diesem Grund waren wir da, und aus diesem Grund war auch das Camp da, ansonsten gab es nämlich nichts außer dem Indianerreservat und Fort Dodge, fünf Meilen entfernt, und ein paar verstreuten Siedlern, die sich verlaufen haben mussten, andernfalls wären sie hier sicherlich nicht gelandet.

Aber wenn man in der Wildnis ein Geschäft aufziehen wollte, war Dodge gar kein schlechter Ort, um damit anzufangen. Der Santa-Fe-Trail kreuzte in der Nähe den Arkansas River, also gab es Wagenzüge, die auf dem Weg nach Colorado durchkamen, und dort würde auch die Atchison, Topeka & Santa Fe Bahn vorbeiführen, eines Tages, und südlich des Flusses gab es Büffel.

Nördlich davon gab es auch Büffel, bis hoch nach Kanada, aber das Gebiet südlich vom Arkansas war irgendwie leicht zu handhaben, wisst ihr? Es gab das Camp für die Versorgung, man organisierte sich einen Karren, ein Gespann mit Ochsen oder Maultieren, heuerte ein paar Abdecker an, kaufte sich eine 50er Sharps, und, *Bingo!*, schon stand man in der Bank ohne Safe!

Klar, weißen Jägern war es nicht erlaubt, südlich vom Arkansas River zu jagen. Das war in einem Vertrag verboten worden, den General Sherman mit den Komantschen und den Kiowa und den anderen Wilden 1867 bei Medicine Lodge geschlossen hatte, aber auf Gottes Erdboden war noch nie ein Vertrag unterzeichnet worden, der einem Mann im Weg stand, wenn er Geld machen wollte – nicht, wenn dieser Vertrag zwischen einem weißen Mann und einem roten Mann ausgehandelt worden war.

Aber ich und Brusik, wir brachen keinen Vertrag, weil wir nicht jagten, deshalb. Wir blieben einfach im Camp, und die Jäger würden die Felle anschleppen und uns verkaufen oder vielleicht einem anderen Händler, denn es gab einige in der Stadt, und ab und zu kamen noch ein paar nach Dodge, und das machte uns nichts aus, weil es reichlich Felle gab, denn Millionen von Büffeln streiften umher, und das ist bestimmt nicht übertrieben. Einer von diesen Jägern, Sam Dawson, sagte einmal zu mir: »Kleiner, falls du je Lust hast, Büffeljäger zu werden, kommst du mit mir, und ich zeig's dir, dann hast du 'nen Job fürs Leben.«

Ich bedankte mich höflich bei ihm, das kostete schließlich nichts, lehnte aber ab, weil mir klar war, dass ein Winter dort draußen in der Weite nicht unbedingt das war, was ich mir unter gemütlich vorstellte. Die Sache war die, im Sommer, wenn die Büffel das Fell wechselten, waren die Felle ganz sehnig und keine zehn Cent wert, aber wenn der Winter kam und die Felle – Decken, wie man sie richtig nannte – in erstklassigem Zustand waren, dann war es Zeit zu jagen und Dollars zu machen, und wenn du das Risiko eingingst, Hände oder Füße durch Frostbeulen zu verlieren – oder vielleicht sogar das Leben –, hattest du die große Chance, und die Jäger nutzten sie.

Wie auch immer, unser Zeug war endlich angekommen, und so brachten ich und Brusik tatsächlich unser Ladengeschäft in Gang. Jedenfalls nannten wir es so, aber es hatte überhaupt keine Ähnlichkeit mit dem, was ihr euch vielleicht darunter vorstellt, und meiner Vorstellung entsprach es auch nicht.

Wir hatten nämlich ein Zelt. Es war am First ungefähr sieben Fuß hoch, fünfzehn Fuß lang und zehn breit, mit einem Ofen in der Mitte und unserem Unterschlupf am hinteren Ende. Es war kein Palast, aber gerade richtig für uns, denn die Jäger, die brauchten was zu essen und Munition und all so was, aber einen Tropfen wärmende Flüssigkeit verschmähten sie auch nicht. Also war der Stolz der Unternehmung, auch wenn wir uns um unsere Warenbestände so ordentlich wie möglich kümmerten, ein riesengroßes Fass Fusel. Die Jäger saßen an unserem Ofen, hatten es warm und gemütlich und tranken unseren Whiskey umsonst. Jedenfalls glaubten sie, dass sie das taten, denn wenn sie am nächsten Morgen aufwachten,

waren sie nicht in dem Zustand, dass sie sich an irgendwas erinnern konnten, sie wussten nur, dass wir ihnen die Felle zu einem fairen Preis abnahmen!
Wir hatten sogar richtige Stammkunden. Kerle, die hübsch einen trinken wollten, in aller Ruhe, bevor sie zu George Hoovers richtigem Alkoholzelt gingen, um im Lärm einen zu trinken, wo man noch eine kleine Schlägerei umsonst dazukriegte. Die Jungs kamen vorbei und saßen mollig warm, sie schütteten zusammen mit Brusik das Zeug runter, der Regen trommelte aufs Dach, und das Feuer glühte rot, und insgesamt war das keine üble Art, sich die Zeit zu vertreiben.
Und diese Kerle konnten richtig interessant sein. Ich meine, es gab auch schlimme Hombres im Camp, Männer von der Sorte, die dir die Kehle aufschlitzten, weil sie deine Stiefel haben wollten, und davon ausgingen, dass sie dir einen Gefallen getan hatten, weil sie dir die Ohren nicht gleich mit abgeschnitten hatten. Aber unsere Clique, das waren Leute, die sich da draußen ihren Lebensunterhalt sauer verdienten, sonst nichts, und die konnten das eine oder andere erzählen. Also, Sam Fuller, der war in China gewesen, und wenn der ein paar Schluck Fusel intus hatte, konnte er meterweise Poesie ausspucken. Eines Nachts rezitierte er eine Rede aus einem Stück, das *Hamlet* hieß, wo ein alter Kauz seinem Sohn Ratschläge gibt und der sich aus dem Staub macht, und wie Josh Mooar sagte, der Kerl, der das geschrieben hatte, der hatte einiges an Grips im Kopf.
»Das ist es«, sagte er. »Verleih nichts und borg dir nichts. Verbrenn dir nicht das Maul, aber wenn dir ein Kerl eine verpassen will, dann gib ihm Saures. Das musst du dir gut merken, Kleiner.«
Ich sagte, klar würde ich das, besonders den Satz über das Ver-

leihen, und im Camp musste man sich das merken, denn die harten Fälle, die probierten das aus und fragten nach Kredit. Sicher, genau genommen lebten wir vom Kredit, aber man musste wissen, bei wem man sich darauf einließ. Man musste sie kennen und ihnen trauen können, was bei den normalen Kerlen funktionierte, aber bei den Strolchen, die herumhingen und – so weit man sehen konnte – nichts taten, außer trinken und spielen, da war das eine andere Sache, weshalb mir niemand zu sagen brauchte, dass ich ihnen aus dem Weg gehen musste.

Jedenfalls verbrachte ich die meiste Zeit im Zelt, weil die Tage bitterkalt wurden, und die Nächte wurden noch schlimmer, gelegentlich schneite es, und der Wind hatte wieder angefangen zu blasen, rüttelte am Zelt und heulte, als ob er sagen wollte: »Haha! Väterchen Frost ist aufgewacht und kommt, um dich zu holen. Hörst du mich? Um dich zu holen!«

Mann, ich war froh, dass ich da nicht draußen jagte, vielleicht in einem Tal eingeschlossen und drumherum diese riesigen Büffelwölfe, die in der ganzen Gegend heulten und gern ein paar Menschen gehabt hätten, um ein bisschen Abwechslung in ihren Speiseplan zu bringen. Das war eine Zeit des Sterbens, es war aber auch die Zeit, wo du draußen sein musstest, um zu jagen, und auch im Camp war es eine Zeit des Sterbens. Diese üblen Kunden, die sich Tag und Nacht betranken, also, wenn du nur ein falsches Wort sagtest oder die falsche Karte zogst, schon tauchte bei denen ein Messer oder vielleicht ein Sechsschüsser auf, und es gab Typen, die sich einen Dreck daraus machten, ob sie einem anderen die Kerze auspusteten oder nicht. Und einmal sah ich einen, dem sie ausgeblasen wurde.

Ich war, weil wir Vorräte brauchten, auf dem Weg zu Moses

Cagney, der ein Maultiergespann besaß. Und als ich an Hoovers Zelt vorbeiging, kam ein Kerl rausgestolpert, der sich mit der Hand den Bauch hielt. Ich achtete nicht auf ihn, dachte, es wäre bloß noch ein Betrunkener, da rülpste er, richtig heftig, nahm die Hände weg, und das Blut schoss aus seinem Bauch. Nicht bloß ein paar Tropfen, nein, es sah mehr nach einem ganzen Eimer roter Farbe aus, die jemand in den Schnee gekippt hatte.

Sie holten den Doktor aus dem Fort, aber da war nichts mehr zu machen, und er starb, einfach so, und weshalb? Wegen einem blödsinnigen Streit, ob Maultiere bessere Zugtiere waren als Ochsen. Komplett sinnloser, dummer, krank machender Blödsinn, und dafür starb ein Mann. Und die anständigen Kerle, die zuckten bloß mit den Schultern und sagten, der Bursche wäre kein Verlust für die menschliche Rasse, und da war auch was Wahres dran. Aber er war tot und wurde weggeschleppt in ein Tal, wo sie ihn in die Erde steckten. Das war, bevor sie anfingen, Leute auf dem Felsvorsprung hinter dem Camp zu beerdigen, am Boot Hill, wie sie ihn später nannten, weil angeblich so viele mitsamt ihren Stiefeln da verscharrt wurden, aber wenn ihr mich fragt, haben sie sie ohne Stiefel unter die Erde gebracht, denn Stiefel waren teuer, versteht ihr?

Aber nichts geschah wegen dem Mord, rein gar nichts. Und als ich meinte, das wäre ziemlich jämmerlich, dass niemand dem Hombre am Grab ein Gebet gesprochen hätte, zog Josh Mooar, der gerade da war, seine Augenbrauen hoch und sagte, dass mich niemand davon abhalten würde zu tun, was recht war.

»Und das würd ich auch«, sagte ich. »Ich kenn einiges aus der Bibel. Aber ich weiß nicht, wo er begraben ist.«

»Da mach dir nichts draus, Kleiner«, sagte Ray Huntley, eine Art Teilzeitjäger, der für jeden, der ihn anheuerte, auch ein bisschen arbeitete. »Geh einfach raus und sprich ein Gebet. Wenn dieser Hombre nicht unter dir liegt, jede Wette, dass es ein anderer tut!«

Die Kerle grinsten und lachten, und wie sollte ich das verstehen? Unsere Clique bestand aus anständigen Männern, aber wegen dem Mord stand ihnen kein einziges Haar zu Berge.

»Aber, bei Sam Hill«, sagte ich, »was ist mit dem Gesetz?«

»Zum Teufel.« Ray spuckte auf den Ofen. »Glaubst du, der Sheriff in Hays City wird einhundert Meilen weit reiten, bloß weil ein Maultiertreiber bekommen hat, was ihm zustand?«

»Vielleicht nicht«, gab ich zu. »Aber was ist mit der Armee? Keine fünf Meilen entfernt gibt es 'ne ganze Schwadron Kavallerie.«

Beim Jupiter! Als ob ich ein Feuerwerk hochgejagt hätte! Ich wurde sofort niedergeschrien, und Sam Dawson sah mich richtig böse an.

»Zur Hölle mit der Armee«, sagte er. »Das hier ist eine Demokratie, und ich brauch ganz bestimmt keine verdammten Soldaten, die mir sagen, was ich tun soll.«

»Aber ...«, hob ich an und wurde sofort wieder unterbrochen.

»Lass mich bloß in Ruhe mit deinen verdammten Abers«, schrie Sam. »Die britische Armee hat auf uns rumgetrampelt, bis wir sie weggeblasen haben, und ich war drei verdammte Jahre in der verdammten US-Armee in dem gottverdammten Krieg, und ich hab genug gottverdammte Befehle für den Rest meines gottverdammten Lebens abgekriegt! Wir sind Zivilisten, und wir kümmern uns selbst um unsere Angelegenheiten, und die gottverdammten Soldaten sollen sich um ihre kümmern.«

»Aber was sind ihre Angelegenheiten denn?«, fragte ich schnell.
»Die gottverdammten Indianer loszuwerden«, sagte Ray Huntley. »Statt sich zu ihren gottverdammten Kindermädchen zu machen.«
»Kindermädchen!« Moses Cagney lachte. »Die Armee hat sie seit dem Krieg niedergemetzelt.«
»Sind doch immer noch genügend übrig, oder?«, meinte Ray. »Jesus, sie teilen im Fort kostenlos Essen an sie aus.«
Nun, da hatte Ray Recht. Es gab da einen Stamm Osage-Indianer, die sie aus dem Osten von Kansas vertrieben und denen sie gottverlassenes Reservationsland nördlich von uns gegeben hatten, um Platz für die Sodbusters zu machen, und ab und zu teilte die Armee Rindfleisch und Bier an sie aus – als Teil des Deals sozusagen, obwohl ich wette, Dave B. Heaney hätte was Besseres für sie ausgehandelt. Aber sie waren zahm, Wolldeckenindianer wurden sie genannt, während weiter westlich frei wie die Büffel Prärieindianer umherzogen, die sich schlicht weigerten, in irgendein Reservat zu gehen, und weiße Männer anfielen, genau wie die Komantschen in Texas. Und die US-Armee da draußen in der Wildnis – nun ja, die schoss sie einfach nieder, einfach so – das heißt, wenn sie sie zu fassen kriegte.
»Egal.« Ray nahm einen Schluck zur Beruhigung. »Das hier ist eine Demokratie, und, wie Sam sagt, können wir selbst auf uns aufpassen.« Er stand auf und schielte aus dem Zelt. »Das Wetter schlägt um, schätze ich. Gehe vielleicht in den nächsten Tagen ein bisschen jagen.«
Und was er zum Schluss gesagt hatte, traf beides ein. Der Kerl, der zugestochen hatte, der wurde in finsterer Nacht von jemandem mit einer Schrotflinte umgepustet ... Und das Wet-

ter klarte auf, also zogen etliche Männer los, um Büffel zu jagen, weshalb wir mehr Proviant als Whiskey verkauften, auch wenn man sagen muss, dass der ebenfalls zum Proviant gehörte.

Wir beluden die großen Karren und sahen zu, wie sie aus der Stadt rollten, den Fluss durchquerten und über die eisenharte Prärie krochen und, Menschenskinder, war das kalt! Der Arkansas fror bis auf den Grund zu, und wenn du dumm genug warst, Metall mit bloßen Händen anzufassen, riss es dir die Fetzen aus dem Fleisch. Und es war still, als ob sogar die Geräusche eingefroren waren. Und die Sonnenaufgänge und -untergänge waren vielleicht was! Du hattest eine feuerrote Sonne vor Augen, der Himmel verwandelte sich in Ultramarinblau, und darunter erstreckte sich die schneeweiße Prärie bis in die Unendlichkeit. Der Anblick und die klare Luft konnten dir zu Kopf steigen und dich ganz poetisch machen, wenn du nicht aufpasstest. Manchmal passierte mir das, aber meistens poetisierte ich nicht viel rum. Ich studierte mehr, knöpfte mir *Kaufmann werden leicht gemacht* vor und rechnete auch ein bisschen.

Die Sache war die, wir verdienten zwar Geld und mussten dafür auch nicht viel tun, aber über den Profit brauchte man nicht nach Hause zu schreiben, und ich hoffte, wir würden eine Menge mehr verdienen, wenn die Eisenbahn kam und die Siedler und so, aber Josh Mooar goss kaltes Wasser über meine Hoffnung.

»Die Santa-Fe-Eisenbahngesellschaft ist in Schwierigkeiten«, sagte er. »Denen geht das Geld aus, hab ich gehört, also weiß der Himmel, wann sie hierher kommt, wenn überhaupt. Und wenn sie dann kommt, und ich meine, falls sie kommt, dann liegt da 'ne Menge von Kansas zwischen hier und Abilene,

was sich erst mal füllen muss. Eigentlich ...«, und er sagte das ganz gelassen, »eigentlich glaub ich nicht, dass wir jemals irgendwelche nennenswerten Siedler hierher kriegen werden. Das Land eignet sich einfach nicht für Ackerbau.«
Also, er hatte leicht reden, aber mir war heiß unterm Kragen. »Beim Jupiter«, sagte ich, »mein Geschäftsberater hat mir da was anderes erzählt.«
»Kleiner«, meinte Josh, »ist mir piepegal, was dein Berater dir erzählt hat. Ich sag bloß, was ich weiß.«
Da hatte ich allerdings dran zu kauen. Ich hatte mir ausgerechnet, wenn die Bahnlinie kam, würde das Camp so aussehen wie Abilene, bevor die Reformer es ruinierten, es würde jede Menge Saloons und Tanzsäle geben und ein Theater und alles, was dazugehört, und es würde mich auch niemand davon abhalten hinzugehen. Aber Jahre mit ... nun, mit gar nichts waren alles andere als verlockend. Nein, ich hatte nicht vor, den Rest meiner Tage in einem Camp zu verbringen, von dem der größte Teil einem Zoo ähnelte und wo sich im Sommer sowieso nicht viel abspielte. Also dachte ich darüber nach, und dann schrieb ich einen Brief an den alten Heaney und fragte ihn nach den goldenen Möglichkeiten, von denen er geschwafelt hatte. Es wurde auch ein schicker Brief, gespickt mit Zehn-Dollar-Wörtern, um zu zeigen, dass all die Abende, an denen ich die Bibel studiert hatte, nicht umsonst gewesen waren – und ich legte auch kein Honorar bei.
Ich wollte den Brief dem nächsten Trupp nach Great Bend mitgeben, aber das Wetter schlug um. Diese klare Eiseskälte war vorbei, als die Blizzards angebraust kamen, und was waren das für Schneestürme! Moses, es gab Tage, da war es schon ein Wagnis, kurz nach draußen zu gehen, weil der Schnee so dicht fiel, dass man darunter ersticken konnte, und

deshalb hätte ein Trupp es niemals bis zur Poststation dort oben geschafft.
Und der Blizzard blies weiter, die ganze Weihnachtszeit über, während die Offiziere da oben im Fort ein Fest veranstalteten. Von uns waren allerdings nicht viele eingeladen, was ich ihnen nicht verdenken konnte, stattdessen veranstalteten wir unser eigenes Fest, bei dem sich alle bis zur Bewusstlosigkeit betranken und verprügelten und aufeinander einstachen und Hymnen sangen, was mehr ein Witz war, und sie feierten das Fest gleich durch bis Neujahr, damit keine Müdigkeit aufkommen konnte.
Und ich schätze, ihr wisst, wie das ist. Neujahr ist vorbei, und du glaubst, der Frühling steht gleich an der nächsten Ecke, dabei wartet der schlimmste Teil des Winters nur noch darauf, über dich herzufallen und, Menschenskinder, das Wetter wurde schlimmer und schlimmer, also konnte ich meinen Brief nicht abschicken, und dann passierte etwas, was das Bild komplett veränderte.
Ein paar von uns saßen im Zelt, verfluchten das Wetter und die Armee und die Indianer, während ich draußen herumlief und in das Zeltdach stieß, um den Schnee loszuwerden, als kein anderer eintrat als Eugene LeCompt.
Eugene war Agent für einen Pelzhändler namens Lobenstein in Leavenworth, einen mächtig großen Händler noch dazu. Klar, wir waren wirklich überrascht, Eugene zu sehen, aber er sagte, er wäre auf dem Schwanz des Schneesturms gekommen, und das wäre ein Kinderspiel gewesen. Er witzelte weiter, meinte, die Männer sollten bitte schön draußen auf der Jagd sein, sonst müsste der alte Lobenstein noch verhungern, und das wollten wir doch nicht, wo er wirklich so ein guter, aufrechter Kerl wäre, was stimmte, ganz sicher. »Und wie ich

sehe, trinkt ihr gerade einen Schluck von Brusiks Fusel«, sagte er. »Also, Jungs, ihr könnt einen auf meine Rechnung trinken, wenn ihr nicht zu stolz dazu seid.«
Sam Fuller, der grinste und sagte: »Nun, wir trinken einen auf deine Rechnung. Wir nehmen sogar so viele Drinks wie du ausgeben willst, schließlich sind wir keine pappmäuligen Hurensöhne der Enthaltsamkeit. Aber damit es keine Missverständnisse gibt, ich hab 'ne ordentliche Abmachung mit Brusik und dem Kleinen.«
»Das geht in Ordnung«, sagte Eugene. »Es laufen genügend Geschäfte. Du kannst trotzdem einen auf mich trinken. Du kannst sogar zwei haben. Und du kannst sogar das Fass leer trinken, und ich bezahl bis zum letzten Tropfen!«
Er grinste über das ganze Gesicht und die Jungs sahen ihn nachdenklich an.
»Wo ist der Haken?«, fragte Sam.
»Kein Haken«, antwortete Eugene. »Gieß gleich noch mal ein, Kleiner.«
Ich schenkte nach, dann noch einmal, und Eugene grinste weiter, bis Sam schließlich meinte: »Eugene, ich weiß, dass du das Herz auf dem rechten Fleck hast, und du bist nett zu Witwen und Waisen und so weiter, aber würde es dir was ausmachen, uns zu erklären, warum genau du grinst wie ein Idiot? Hast du geerbt? Gibt es 'ne gottverdammte Goldmine in der Gegend, von der wir nichts wissen?«
»Ja, nun ...« Eugene grinste weiter. »Vielleicht ist da wirklich eine! Vielleicht hab ich hinter dem Unterschlupf vom alten Brusik gegraben und ein dickes, großes Nugget gefunden, haha!« Er lachte, weil Brusik beinahe aus der Haut gefahren wäre und ich auch, und ich dachte, vielleicht gibt es da tatsächlich eine Goldmine.

»Haha!«, lachte Eugene weiter. »Aber, Jungs, vielleicht haben wir eine Goldmine bekommen!«
»Okay, okay«, sagte Sam. »Wir haben also eine Goldmine. Jetzt hör auf mit den Witzen und sag uns, was los ist.«
Eugene lächelte, ein geheimnisvolles Lächeln, das einen echt verrückt machte. »Also, die Sache ist die. Ich hab euch was zu lesen mitgebracht. Das mögt ihr doch, oder? Zeitungen und so!«
»Du weißt verdammt genau, dass wir sie mögen«, sagte Sam. »Aber sind das Witzblätter, oder warum bist du so verdammt komisch?«
»Ich will mal so sagen«, meinte Eugene. »Es ist zum Lachen, aber es ist nicht komisch. Seht es euch an.«
Er gab uns eine Zeitung, und Sam, der ziemlich gut lesen konnte, fuhr mit dem Finger über den Teil der Seite, der angestrichen war. »So«, sagte er. »Irgendeine gottverdammte britische Firma hat ein paar Häute gekauft. Was soll ich jetzt machen? Mir den Bart abrasieren?«
»Lies einfach weiter, Sam«, sagte Eugene. »Lies einfach weiter.« Sam las. Er legte den Finger wieder auf die Seite und las weiter, und als er fertig war, warf er die Zeitung in die Luft und stieß einen Schrei aus, mit dem er jeden Kerl hätte aufwecken können, der weniger als sechs Fuß unter dem Dreck von Kansas lag.
»Gottverdammt!«, schrie er. »Gottverdammt! Es ist eine Goldmine. Heiliger Herr Jesus Christus, wir sind reich!«
»Und ohne zu buddeln«, sagte Eugene.

FÜNFUNDZWANZIG

Reich geworden, und ohne zu buddeln! Ich sag euch, das ganze Camp ging auf Zechtour und hörte eine ganze Woche nicht auf, und es gab noch nicht mal eine Messerstecherei, was eine Art Wunder war, schätze ich.

Und worum ging es bei der Feierei? Ich wusste es erst selbst nicht. Als die Jungs rausrannten, um einen draufzumachen, warf ich einen Blick in die Zeitung, las den Teil, den LeCompt angestrichen hatte, und sagte, dass ich es nicht kapierte.

Der alte Brusik, der auf dem Weg nach draußen war, um sich an den Festivitäten zu beteiligen, warf mir einen mitleidigen Blick zu. »Rohleder«, sagte er. »Rohleder.«

Ich zuckte mit den Schultern. »Und?«

»Igrumglinski«, murmelte Brusik oder irgendein ähnliches Wort, vielleicht eine ausländische Bezeichnung für: ›Wie kann man nur so blöd sein.‹ »Was für Häute kriegen wir jetzt? Das sind Decken. Häute mit Wolle dran, stimmt's?«

»Stimmt«, sagte ich.

»Und die Felle sind Winterfelle, richtig? Weil dann das Fell dick ist. Die Sommerfelle taugen nichts, weil sie ganz dünn sind, richtig?«

»Richtig«, sagte ich noch einmal.

»Jaah.« Brusik kippte einen gigantischen Schluck Fusel ab. »Jetzt sagt diese englische Firma, dass sie Rohleder kaufen. So viel Rohleder, wie sie kriegen können.«

Damit waren wir anscheinend wieder da, wo wir angefangen hatten. »Okay«, sagte ich. »Na und?«

»Gottkristuskowski!« Brusik wurde richtig wütend. »Na, rohes Leder. Es ist egal, wie das Fell aussieht. Sie wollen bloß das Leder. Wir haben einen Markt für Rohleder. Die Jäger können also im Winter und im Sommer schießen. Das heißt, die ganze Zeit!«

Und da hatte er allerdings Recht. Diese Briten, sie hatten einen Weg gefunden, Büffelleder zu verwenden. Die Sache war die, wir verkauften die Felle für Mäntel und Decken und solches Zeugs, aber sie taugten nicht für Leder, weil sie ganz schwammig waren, porös, wie sie es nannten, was ein Zehn-Dollar-Wort für nicht wasserdicht war. Aber die Briten hatten diese Methode erfunden, sie zu gerben, das heißt, sie machten Leder draus, das man für alle möglichen Sachen verwenden konnte. Nicht unbedingt für Sohlen, dafür war es zu weich, aber für Überzüge, Reitstiefel, Besätze für Soldatenmäntel und ich weiß nicht wofür noch. Außerdem hatte irgendein Deutscher herausbekommen, wie man die Häute schnell trocknen konnte, denn unsere Leute trockneten sie nach der Methode der Indianer, was ewig dauerte, aber nach dieser neuen Methode, mit Chemikalien, also das ging praktisch im Handumdrehen!

Also hatte LeCompt Recht. Wir waren reich und da gab es noch etwas. LeCompt, der erzählte uns, dass die Eisenbahngesellschaft, die alte Atchison, Topeka & Santa-Fe Bahn, wieder angefangen hatte, Schienen zu legen, und diesmal in Windeseile, denn wenn sie bis Ende 1872 die Grenze nach Co-

lorado nicht erreichte, würde sie das ganze Regierungsgeld verlieren, das sie dem Volk abgegaunert hatte.
Also, die beiden Sachen zusammen brachten mich richtig heftig ins Grübeln. Mit den Häuten konnte man eine Menge Geld machen, und nachdem wir jetzt das ganze Jahr über Gelegenheit dazu hatten, war das eine Versuchung zu bleiben, und wenn die Eisenbahn kam, dann war das sicher ein großer Unterschied, also zerriss ich den albernen Brief an Heaney, lehnte mich zurück und wartete, dass die Zeit des Abschlachtens begann.
Und das tat sie, aber sie begann nicht mit einer großen Explosion. Es spielte sich anders ab. Der Frühling kam, und die echten Jäger, statt alles aufzugeben und da oben in den Dakotas auf Goldsuche zu gehen oder Postkutschen zu überfallen oder sonst irgendwas, sie blieben in der Gegend und jagten weiter nach Büffeln, und man könnte sagen, das Echo der Schüsse hörte man im gesamten Westen, und es gab 'ne Menge Kerle, die hatten die Nachricht verstanden, die da hieß: »Pilgrims, macht euch auf in Richtung Dodge, da gibt's leichtes Geld zu verdienen.«
Und sie machten sich auf und, Leute, man fragte sich, von woher bei Sam Hill sie alle gekommen waren. Das Camp war vorher bestimmt kein Rosenbeet gewesen, wo Engelchen umhertrippelten, aber die Kerle waren immerhin Jäger gewesen, richtige Jäger, die einem Gewerbe nachgingen, oder normale Fuhrleute, und du kanntest sie, wusstest, wer sie waren und für wen sie arbeiteten. Aber diese neuen Burschen, die hereinströmten, Menschenskinder, bei denen bekamst du Albträume, obwohl du hellwach warst! Man konnte sie schwerlich zur menschlichen Rasse zählen, wenn man davon absah, dass sie auf zwei Beinen rumliefen. Und bei denen passierte es

mir, dass ich zum ersten Mal ein Gewehr auf einen Mann richtete.

Folgendes spielte sich ab. Im Camp grassierte ein Fieber, ein richtig schlimmes Fieber, an dem Leute starben. Typhus, sagte einer, und als das Wort fiel, schienen die Leute erleichtert, als wenn man mit dem Namen auch schon das Heilmittel hätte! Der alte Brusik lag krank danieder, ich schätze, mit der gleichen Krankheit, obwohl er nicht im Sterben lag, aber er lag eingepackt im Unterschlupf. Also, eines Tages, der Tag war auch gar nicht so schlecht, die Sonne schien und die Vögel zwitscherten, Brusik schwitzte hinten vor sich hin und ich kümmerte mich um den Laden und las in *Kaufmann werden leicht gemacht* und dachte daran, mir bald ein schwierigeres Buch zu besorgen. Eines Tages also kamen zwei Typen herein und sagten, sie hätten ein paar Häute zu verkaufen.

Die zwei sahen fürchterlich aus, und entsprechend sah auch ihr Fuhrwerk aus – sie hatten zwei Pferde und einen heruntergekommenen Karren mit drei Maultieren davor, die ziemlich schlimm behandelt worden waren, sie waren offensichtlich ausgepeitscht und ziemlich geschunden worden, und dem einen hing das Auge heraus. Und die Häute, die die Kerle dabeihatten, die waren gewissermaßen perforiert, was klar bewies, dass diese Burschen keinen Büffel umlegen konnten, es sei denn, sie schossen hundertmal drauf, und die Häute waren noch nicht mal richtig getrocknet.

Ich hatte inzwischen 'ne ganze Menge über Häute gelernt, also ging ich hinaus und warf einen Blick auf diese Häute und erklärte, ich wäre nicht interessiert.

»LeCompt ist in der Gegend«, sagte ich, »vielleicht kauft er sie euch ab«, und hoffte, dass sie abzogen.

Aber die Burschen funkelten mich an, und der eine von ihnen, er hatte dicke Furunkel im Gesicht, sah bedrohlich auf mich runter, blies mir seinen Whiskeyatem ins Gesicht und spielte mit seinem Jagdmesser herum.

»Wir wollen aber mit keinem gottverdammten LeCompt Geschäfte machen. Wir haben dich gefragt, kapiert?«

»Ich hab verstanden«, sagte ich, und wie ein echter Trottel trat ich den Rückzug zum Zelt an, und die Burschen folgten mir auf den Fersen und drängten mich ins Zelt rein, und genau da wollte ich nicht sein.

»Okay«, sagte der Kerl mit den Furunkeln. »Wir haben da draußen dreißig Häute. Wir nehmen zwei Dollar fünfzig pro Stück und eine Verkaufsurkunde.«

»Mister«, sagte ich, »auf der ganzen weiten Welt wird niemand zwei fünfzig dafür zahlen.«

»Außer dir«, sagte der Pickelige.

»Außer mir«, stimmte ich zu. »Aber wir haben nicht so viel Bargeld hier. Sie müssen einen Schuldschein nehmen.«

»Einen Schuldschein, was?« Der Pickelige nahm sich einen kräftigen Schluck Fusel, kippte ihn runter und sagte: »Wir handeln nicht gegen Schuldscheine. Bargeld aufs Fass. Und sieh zu, dass du fertig wirst.« Dabei wedelte er mit dem Jagdmesser zwei Zentimeter unter meiner Nase herum.

»Okay«, sagte ich. »Okay, ich schreib die Verkaufsurkunde.« Und ich trat hinter unseren Tresen, griff nach unten und kam mit der Schrotflinte wieder hoch!

Klingt richtig romantisch, oder? Aber ich fühlte mich nicht romantisch. Ich hatte so große Angst, dass ich kaum aufrecht stehen konnte. Meine Beine schlotterten, und überhaupt schlotterte alles an mir, was schlottern konnte. Das Problem war, die Burschen schlotterten leider nicht! Der Pickelige lachte sogar!

»Du denkst doch nicht daran, das Ding zu benutzen, oder?«, sagte er so spöttisch, wie es nur ging.
»Ich denke doch«, krächzte ich. »Macht, dass ihr hier rauskommt, oder ich schieß euch in Fetzen!«
»So?« Der Pickelige bleckte die Zähne, die er noch hatte, wie ein tollwütiger Hund. »Du Hurensohn ...«
Er zog seinen Sechsschüsser und kam auf mich zu. Ich schloss die Augen und, stellt euch vor, zog beide Abzüge, und das Gewehr ging los wie eine Kanone. Ich flog nach hinten, es gab einen heftigen Knall, eine schwarze Rauchwolke stieg auf, etwas wie ein Elefant trampelte über mich drüber, fluchend und schreiend, und ich kam auf die Füße und, beim Jupiter, das Zelt war halb heruntergekommen, das Ofenrohr geplatzt, und unter der Plane strampelte Brusik!
Moses, wie das da drinnen aussah. Die Sache war, dass ich den Ofen in die Luft gejagt hatte, und Brusik hatte den Krach gehört, den auch nur ein Toter hätte überhören können, war wie durch ein Wunder geheilt und kam mit einer Axt hereingeschossen, weshalb man glauben konnte, da drinnen hätte ein Erdbeben stattgefunden, was irgendwie auch stimmte, denn wenn Brusik mal in Gang kam, war er so was Ähnliches. Ich wühlte mich durch das Chaos, um an Brusik ranzukommen, der ausgestreckt dalag, aber während ich ihn betatschte, packte mich eine große Hand am Kragen und zog mich raus, und die Hand gehörte Charlie Rath, einem unserer Kunden, der mit noch ein paar Kerlen aufgetaucht war.
Sie räumten den größten Teil des Durcheinanders beiseite, wickelten Brusik in ein Büffelfell und bugsierten ihn zurück in den Unterschlupf, dann fragten sie mich, was zum Teufel los wäre.
Ich hatte einen Schock, einen richtigen Schock, deshalb dau-

erte es eine Weile, bis sie die Geschichte aus mir rauskriegten. Die Jungs hörten zu, ernsthaft, und das war auch richtig so, denn dass ein Ladenbesitzer bedroht wurde, das war was Neues, sogar im Camp.

»Sie hatten Pferde?«, fragte Frank Finlay, und als ich ihm das bestätigte, meinte er, er hätte zwei Kerle gesehen, die sich Richtung Arkansas aus dem Staub gemacht hätten.

»Zu dunkel, um jetzt nach ihnen zu suchen«, sagte er. »Na, heute Nacht wird dir sowieso nichts passieren, und wir kommen morgen wieder vorbei. Aber behalt das Schießeisen bei dir, und zwar geladen.«

Die Jungs schlappten fort, eifrig redend und plappernd, und ich legte mich in meine Koje mit der Schrotflinte neben mir. Ich war zu Tode erschrocken. Erschrocken und erschüttert, aber hauptsächlich dachte ich darüber nach, ob ich den Rumtreiber irgendwie absichtlich verfehlt hatte, als ich losballerte, weil ich es nicht glauben wollte, dass ich einen Menschen töten könnte. Einmal dachte ich, es wäre Absicht gewesen, dann wieder, dass es Zufall gewesen war, aber während ich da neben dem stöhnenden und grunzenden Brusik lag, hoffte ich, dass ich nie wieder in eine solche Verlegenheit kommen würde.

Aber diese Hoffnung verflüchtigte sich am nächsten Tag. Ich war dabei, den Laden in Ordnung zu bringen und Brusik mit heilsamen Suppen zu versorgen, womit ich Whiskey und Bohnen meine, als Finley vorbeikam.

Er sah sich im Zelt um, das vom Ruß schwarz wie die Nacht und außerdem völlig durchlöchert war, und grinste. »Bist du okay, Kleiner? Wie geht's Brusik?«

Ich sagte, er würde sich ganz gut machen und Frank lachte. »Mit Dollars und Cents kriegt man jede Krankheit in den

Griff. Ist besser als jede Medizin. Schade, dass er die Hurensöhne nicht umgebracht hat.« Er goss sich Whiskey ein und dachte eine Weile nach. »Beim nächsten Mal kriegen wir sie sowieso.«

»Beim nächsten Mal?!« Ich wäre beinahe aus den Stiefeln gefahren. »Willst du etwa damit sagen, dass sie wieder kommen werden?«

»Warum nicht?«, meinte Frank. »Wenn man's genau nimmt, haben sie eigentlich nichts Schlimmes getan. Haben bloß 'nen bestimmten Preis für ihre Häute verlangt.«

»Frank«, rief ich total verzweifelt, »die Kerle wollten uns ausrauben, ganz sicher, und hätten uns durchlöchert, wenn es nötig gewesen wäre.«

»Klar«, sagte Frank. »Aber das interessiert kein Gericht.«

Ich wurde nur noch verzweifelter. »Wir haben kein Gericht.«

»Das ist wahr«, stimmte Frank mir zu. »Ist ein Glück für uns, dann wird auch nicht lang rumgefackelt, wenn wir die Burschen kriegen.«

»Du glaubst, wir kriegen sie?«, fragte ich. »Wahrscheinlich sind sie inzwischen schon fast in El Paso.«

»Das glaub ich nicht.« Frank schüttelte den Kopf. »Sie haben was hier gelassen.«

»Was hier gelassen ...« Erst begriff ich nicht, aber dann fiel der Groschen. »Das Fuhrwerk und die Maultiere.«

»So ist es, Kleiner.« Frank spuckte einen Strahl Tabaksaft aus. »Aber mach dir keine Sorgen, beim nächsten Mal sind wir auf sie vorbereitet. Holen wir den alten Brusik aus dem Unterschlupf und bringen ihn an die frische Luft.«

Das taten wir, legten Brusik auf ein Fell, mit reichlich von diesen heilsamen Suppen in erreichbarer Nähe. Dann schlenderte Frank davon, und ich machte mich daran, gründlich nachzudenken. Nun, wenn ich nachdenken sage, klingt das ziemlich schmeichelhaft. In Wahrheit hatte ich schreckliche Angst! Ich meine, falls die Burschen zurückkämen, würden sie nicht gerade hereinspazieren und sagen: »Entschuldige, dass wir ein bisschen Staub aufgewirbelt haben, aber können wir unser Fuhrwerk wiederhaben und, ach ja, hier hast du fünf Bucks für den Ärger.« Pustekuchen, sie würden mitten in der Nacht zurückgeschlichen kommen, uns die Kehlen durchschneiden, bis aufs Hemd ausrauben und dann ihr Zeug schnappen.

Das waren wirklich schöne Aussichten – nervenaufreibend, könnte man sagen – und meine Nerven gingen dabei ziemlich drauf. Es war nicht leicht, sich zu konzentrieren, wisst ihr. Ich hatte mich an den schwierigen Summen am Ende von *Kaufmann werden leicht gemacht* versucht, und die ganze Zeit dachte ich an die Burschen, wartete, dass sie kamen, und stellte mir vor, dass sie oben auf dem Felsvorsprung lagen und uns beobachteten. Genau genommen sagte ich zu Frank, wenn er so scharf drauf wäre, die Strolche zu schnappen, sollte er sich doch um das Fuhrwerk kümmern, aber darauf wollte er sich nicht einlassen. Er meinte, es wäre besser, wenn es bei mir wäre, da ich nur ein Kid wäre, würden sie ihr Glück eher bei mir versuchen! Moses, nachts lag ich wach, bei jedem Geräusch glaubte ich, die Mörder kämen jetzt, um über mich herzufallen und, um die Wahrheit zu sagen, ich hoffte, sie würden endlich kommen und die Sachen stehlen. Und wie ich mir den alten Marshal Hickok und seine Hilfssheriffs herbeisehnte! Wie ein Hund den Knochen, genau so!

Aber eine Sache tat ich doch. Ich nahm mir ein paar Einmachgläser und stopfte einen Stapel Dollars rein, das war mein Anteil am Bargeld, das wir eingenommen hatten, und

als Brusik draußen in der Sonne lag, grub ich ein Loch unter meiner Koje und beerdigte sie, und danach war ich ein bisschen erleichtert.
Und die Erleichterung wuchs, als ein paar Tage vergangen waren und niemand gekommen war, um das Fuhrwerk zu holen, und dann war eine Woche vorbei und noch ein paar Tage. Brusik ging es besser, und ich war froh darüber, seine Anwesenheit beruhigte mich, und ich begann langsam zu denken, zur Hölle mit Frank, ich verkauf das Fuhrwerk einfach. Immer wieder kamen Leute, die es gern für wenig Geld genommen hätten, bis plötzlich, am helllichten Tag, als Brusik gerade in Hoovers Alkoholzelt etwas für seine Genesung tat, ein Kerl auftauchte, den ich vorher noch nie gesehen hatte.
Er sah wie ein gewöhnlicher, normaler Bürger aus – genauer gesagt, er brauchte nur einen Haarschnitt, eine Rasur und ein Bad, und seine Kleider waren völlig durchlöchert. Nichts Außergewöhnliches, wisst ihr, und er redete anständig, sagte Guten Tag, bestellte einen Drink und setzte sich ganz entspannt hin.
Ich fragte ihn, was ich für ihn tun könnte, und er sagte: »Gib mir noch was zu trinken, mein Sohn, vielleicht können wir handelseinig werden.«
»Klar«, sagte ich. »Dazu sind wir Geschäftsleute da. An was für eine Art Handel dachten Sie denn? Häute?«
»Ja«, sagte er. »Häute. Und Pferde.«
»Tut mir Leid, Mister.« Ich schüttelte den Kopf. »Pferde haben wir nicht im Sortiment.«
»Nein, aber Maultiere habt ihr doch, oder?«, fragte er.
Genau in dem Moment passierte etwas in meinem Hals, als ob mir jemand einen Holzpflock hineingerammt hätte. »Maultiere?«, krächzte ich.

»Genau.« Der Kerl klang kühl und unbeteiligt. »Ihr habt ein Fuhrwerk vor der Tür, oder?«
»Ja«, sagte ich. »Das haben wir, aber es gehört mir nicht.« Und dann sagte ich: »Da müssen Sie mit meinem Part... ich meine, mit meinem Boss reden. Ich weiß gar nichts über das Fuhrwerk. Ich arbeite hier bloß.«
Feige, findet ihr nicht? Hinterhältig bis zum Gehtnichtmehr, aber schließlich wart ihr ja nicht an meiner Stelle. Und ich stand ganz allein diesem Kerl gegenüber.
»Ja, Sir«, plapperte ich. »Arbeite hier bloß. Der alte Brusik ... Ich meine Mr Besser, mit dem müssen Sie reden ...« Und währenddessen überlegte ich mir, ob ich einen Satz durchs Dach machen könnte, um abzuhauen. Aber dieser Typ, der steckte sich bloß einen Zigarillo in den Mund, zündete ihn an, blies Rauch aus und sagte ganz gelassen: »Gut, reden wir mit ihm.«
»Sie meinen, ich kann gehen?«, fragte ich ungläubig.
»Klar.« Der Kerl reagierte genauso ungläubig. »Warum um alles in der Welt nicht? Geh und hol ihn.«
Das ließ ich mir nicht zweimal sagen, glaubt mir. Wie ein geölter Blitz schoss ich aus dem Laden, und fünf Minuten später kam ich mit Brusik und Frank und den anderen Kerlen zurück, die sich bewaffnet hatten, als ob sie den zweiten Bürgerkrieg anzetteln wollten, und der Typ war vielleicht überrascht, als wir hereinplatzten und er in die Mündungen von einem halben Dutzend Knarren blickte. Aber er blieb dennoch gelassen.
»Was zur Hölle soll das, Jungs«, sagte er. »Haben wir schon den 4. Juli?«
»Aus Witzbolden machen wir uns nichts«, sagte Frank. »Du hast nach dem Fuhrwerk gefragt?«
»Klar«, antwortete der Typ. »Warum nicht? Es gehört mir!«

»*Dir!*« Frank war verblüfft und wir anderen auch. »Du sagst, es gehört *dir?*«
»Das hab ich gesagt«, bestätigte der Kerl. »Ich bin von Texas gekommen, und meine beiden Abdecker haben sich mit dem Fuhrwerk und mit fast allem, was ich hatte, aus dem Staub gemacht. Hab mir ausgerechnet, dass sie diese Richtung einschlagen, also bin ich auch gekommen, und jetzt will ich dieses Fuhrwerk wieder und die Maultiere und die Häute. Na, ich will sie nicht gerade wieder zurück, eigentlich eher will ich sie verkaufen.«
»Nun, also ...« Frank wurde etwas unsicher, und das aus gutem Grund, so ein Diebstahl kam nicht gerade selten vor – Abdecker waren meistens üble Kunden, und sie taten so was, wenn ihnen der Verstand ausging.
»Hast du eine Verkaufsurkunde für das Fuhrwerk?«, fragte Charlie.
»Nein, hab ich nicht«, sagte der Typ. »Hab ich nicht gerade gesagt, dass ich ausgeraubt worden bin?«
»Und warum haben sie dir dann keins übergezogen, als sie das taten?«, fragte Charlie.
»Weil ich draußen im Gelände war, deshalb. Und als ich zurückkam, waren sie abgehauen.«
»So?« Ein Jäger namens Elmer Skite beugte sich vor. »Wo ist dann dein Gewehr?«
Also, das war eine mächtig gewitzte Frage. Denn wenn dieser Kerl auf der Jagd gewesen war, als die Burschen das Fuhrwerk stahlen, hätten sie es ihm nicht auch noch wegnehmen können. Die Jungs fingen an, den Kerl böse anzustarren, aber den
 schien das kein bisschen zu beeindrucken.
»Bin ein paar Indianern in die Hände gefallen. Schoschonen«, sagte er. »Die haben mir mein Gewehr abgenommen.«

»Du hast dein Büffelgewehr einem Schoschonen gegeben?«, sagte Charlie, und er funkelte ihn wütend an, wofür er allen Grund hatte.
»Glaubst du, ich hätte es gern getan?«, schnauzte der Kerl. »Das oder meine Haare. Was hättet ihr getan?« Er sah uns mit verkniffenen Augen an, und das musste man ihm lassen, er ließ sich nicht leicht aus der Fassung bringen. »Wenn ihr mit der Untersuchung jetzt fertig seid, wär ich euch dankbar, wenn ihr euch alle zum Teufel scheren würdet, damit ich mich um meine Angelegenheiten kümmern kann.«
»Wann die Untersuchung fertig ist, entscheiden wir«, sagte Frank. »Wir werden uns darüber beraten.« Er ging nach draußen, wir anderen hinterher, und er sagte über seine Schulter hinweg: »Sie bleiben schön sitzen, Mister, und nehmen Sie sich noch einen Whiskey!« Was mächtig großzügig von ihm war, schließlich gehörte er uns.
Nun, wir standen zusammen abseits vom Zelt, und ich schätze, in Wahrheit wusste niemand genau, was er denken sollte. Wie Frank sagte, die Geschichte war wasserdicht, aber Elmer glaubte sie nicht.
»Zur Hölle«, sagte er. »Das Märchen mit den fiesen Abdeckern würde ich noch schlucken, aber die Sache mit den Schoschonen ... Jesus Allmächtiger, sie hätten in Wahrheit sein Gewehr und sein Haar genommen. So, wie er das erzählt hat, hört sich das nach 'ner gottverdammten Teeparty an, die sie da draußen abgehalten haben.«
»Da ist was dran«, bemerkte Frank. »Also, was machen wir jetzt?«
»Ich weiß ganz genau, was wir machen«, sagte Elmer. »Wir stellen ihm noch eine Frage. Nach gutem texanischem Brauch.«

Und das taten sie, und da lernte ich diese texanische Frage kennen. Sie war so einfach wie das ABC, denn man brauchte bloß ein Pferd, ein Seil und einen Baum, und es gab zwar keine Bäume in Dodge, aber die Jungs gaben sich mit einer Firststange in Hoovers großem Zelt zufrieden. Sie legten das eine Ende des Seils darüber, setzten den Kerl rücklings auf das Pferd, und sein Hals war durch das andere Ende des Seils mit der Firststange verbunden.

»Und jetzt«, sagte Elmer, »fragen wir dich höflich und zum letzten Mal, was ist passiert?«

Moses, war das ein furchtbarer Anblick! Dieser arme Schlucker da auf dem Pferd, schwitzend und mit bleichem Gesicht, und er hatte sich in die Hosen gemacht, weshalb es fürchterlich stank.

»Ich hab die Wahrheit gesagt«, stöhnte er. »Es ist die Wahrheit. Ich bin Jack Wilson aus Selma, weiter nichts. Allmächtiger Jesus Christus, was tut ihr da?« Und so ging das weiter, bis Elmer vortrat, mit einer Peitsche in der Hand. »Okay, Mr Jack Wilson aus Selma«, sagte er. »Du sagst uns, wo sich die Abdecker verstecken, und wir lassen dich laufen. Du hast mein Wort.«

Der Kerl verdrehte den Hals in der Schlinge, seine Augen quollen hervor, und er stöhnte: »Hilfe, Hilfe.« Dann hob Elmer mit richtig grimmigem Blick die Peitsche, und der Mann schrie auf, wie ich nie zuvor einen Mann habe schreien hören. »Schon gut«, schrie er. »Schon gut. Ich sag's euch. Ich sag's euch.«

Das tat er auch. Die Geschichte war die, dass er mit den zwei anderen Burschen als Abdecker für einen Amateurjäger aus Selma gearbeitet hatte, und den hatten sie umgebracht, wobei er schwor, er hätte mit dem Mord nichts zu tun gehabt. Aber er sagte uns, wo sich die beiden anderen Rumtreiber aufhielten, und die Männer zogen los, um sie zu suchen, und fanden sie – ohne dass sie allerdings mit ihnen zurückgekommen wären ... Und diesen Wilson, wie er sich nannte, den ließen sie laufen, was ihm aber nicht gut bekam, denn er begegnete zwei anderen Kerlen in der Prärie, die mit ihm das machten, was er zuvor mit anderen gemacht hatte, bloß waren die schneller mit dem Heimzahlen.

SECHSUNDZWANZIG

Alle drei Typen bekamen das, was ihnen zustand, das will ich nicht bestreiten. Man könnte sagen, es war wie bei Kessel – die Gerechtigkeit hatte gesiegt, aber mir war nicht wohl dabei. Ich meine, mal angenommen, der Kerl hätte die Wahrheit gesagt. Er hätte trotzdem gebaumelt. Also war es vielleicht Gerechtigkeit, aber es war eine harte Gerechtigkeit und für meinen Geschmack ein bisschen zu hart.

Aber wie auch immer, die Mord- und Totschlagsfront beruhigte sich ein bisschen, jedenfalls für eine Weile. Klar, in Sachen Prügeleien und Messerstechereien war reichlich was los, und draußen in der Prärie gab es Kerle, die nicht mehr aufwachten, aber diese Beinahe-Hinrichtung hatte hingehauen, und im Vergleich zu vorher war die Stimmung im Camp wie in einer Sonntagsschule, und die Aufmerksamkeit wandte sich, wie diese Collegeprofessoren sagen würden, einer höheren Ebene zu, nämlich dem Geldverdienen und der Fertigstellung der Bahnlinie, was uns noch mehr Geld einbringen würde.

Die Eisenbahn lockte wirklich Leute ins Camp. Ein Kerl namens Henry Sitler baute ein richtiges Haus aus Erde, so, als ob er vorhatte hier zu bleiben, ein neues Saufzelt wurde eröffnet, und dann schafften zwei Kerle namens Brown und Stewart Bauholz aus Russell, Kansas, ran und bauten einen einstöckigen Saloon, wo sie Whiskey für fünfundzwanzig Cent pro Schuss verkauften.

Das tat uns unheimlich gut, wo wir doch unseren Jägern die Drinks fast für umsonst ausgaben, damit sie auch weiterhin ihre Felle bei uns ablieferten. Und wie sie das taten! Sie zogen los, *bumm, bumm* ballerten die Gewehre, und zurück kamen die Felle, sogar von Kälbern, weshalb ich eine Frage bei Charlie Rath loswerden musste, der wirklich was von der Büffeljagd verstand.

Charlie hörte zu, lachte dann und schlug mir auf die Schulter, diese ärgerliche Angewohnheit war doch tatsächlich im ganzen Westen verbreitet.

»Da musst du dir keine Sorgen machen«, sagte er. »Wenn du rausgehen und dir die Büffel ansehen würdest, also eine gottverdammte Armee würde keinen Eindruck auf sie machen. Diese Tiere wird es bis in die Ewigkeit geben. Hör also nicht auf die verdammten Narren in Topeka.«

Das beruhigte mich, weil ich angefangen hatte, mir Sorgen zu machen, die Büffel könnten möglicherweise ausgerottet werden. Das war auch der Grund, weshalb Charlie Topeka erwähnt hatte, denn die Sache war die, dass es drüben im Osten von Kansas und überall im Osten Leute gab, die sich genau deshalb Sorgen machten und die Gerichte dazu bringen wollten, die Büffeljagd generell zu verbieten.

Im Camp war das wirklich ein wunder Punkt. Wenn man mit ein paar Leuten ruhig bei einem Drink saß und dann diese Tierschützer erwähnte, war das, als ob eine Anarchistenbombe hochging. Ich probierte es sogar einmal mit Absicht, nur damit ich was zu lachen hatte.

»Ich hab von diesen gottverdammten Idioten gehört«, sagte Moses Cagney. »Städter! Jesus, die würden einen Büffel auch nicht erkennen, wenn er ihnen durch ihr verfluchtes Fenster springt.«
Die Jungs gaben mit großem Gejaule ihre Zustimmung und es klang wie bei einem Rudel Wölfe.
»Wollen einem Mann den Lebensunterhalt wegnehmen«, warf Charlie ein. »Und was das für Typen sind ...«
»Und Frauen«, fügte Sam Fuller hinzu.
»Genau, und Frauen.« Charlie spuckte das Wort aus, als ob es giftig wäre. »Jesus, die sind schlimmer als die Männer. Und alle sind sie Niggerfreunde, und wenn die nicht gewesen wären, hätte es keinen Krieg gegeben, und sie sind ...«
»Außerdem Indianerfreunde«, sagte Sam.
»Genau!«, röhrte Charlie. »Verdammte Indianerfreunde! Und wenn du mich in Herrgottsnamen einen Satz zu Ende sagen lassen würdest ...«
»Würdest du sagen, dass sie darauf aus sind, den Schnaps abzuschaffen«, sagte Sam mit todernstem Gesicht, während wir in Lachen ausbrachen, weil es so komisch war, obwohl ich mir nicht sicher bin, ob Charlie den Witz verstand.
Diese Tierschützer waren ein wunder Punkt, das ist sicher, aber wie Charlie sagte, die setzten sich auch für die Indianer ein, und das machte die Kerle wirklich wütend. Herrje, so wie sie redeten, hätte man glauben können, die Indianer würden wie die Millionäre leben, und das von unseren Steuern, obwohl im Camp niemand tatsächlich welche bezahlte, soweit ich weiß. Und was das gute Leben anging – nun, diejenigen, die mir begegnet sind, die lebten nicht gut. Klar, das waren alles so genannte Wolldeckenindianer aus dem Reservat, die vor dem Fort rumlungerten und auf Zuteilungen warteten, und

das waren die erbärmlichsten Kreaturen, die man jemals gesehen hatte, und sie taten keiner Fliege was zu Leide. Aber als ich das zu den Jungs sagte, wurde ich niedergebrüllt – was sonst!

»Das sind keine echten Indianer«, knurrte Charlie. »Hast du jemals einen Prärieindianer gesehen?«

»Ich bin Osage begegnet und Cherokees«, sagte ich. »Auf dem Chisholm Trail.«

»Zur Hölle, die sind halbwegs zivilisiert«, erwiderte Charlie. »Wart bloß ab, bis du einen richtig wilden siehst, einen Komantschen oder Kiowa.«

»Okay«, sagte ich. »Was sind das für welche?«

Charlie kaute eine Weile Tabak, dann spuckte er aus. »Kleiner, ich will mal so sagen. Wenn dir je einer begegnet, braucht dir das keiner zu sagen.«

Nun, die Büffel- und die Indianerfreunde waren zwei brandheiße Themen, wie man so sagt, aber wirklich geredet wurde über die Eisenbahn, an der wieder gebaut wurde, und soweit wir das mitkriegten, schmissen die Schienenleger die Schienen nur so hin, aber kurz vor den sechs Hütten, die irgendein Optimist Hutchinson City genannt hatte, hatten sie aufgehört, weil ein Schiff, das Schienen aus England geladen hatte, draußen im Atlantik gesunken war. Aber die Eisenbahn würde kommen, kein Zweifel, was mächtig aufregend war. Noch dazu hatte ich meine eigenen Aufregungen. Ich bekam einen Brief! Einen richtigen Brief, von Henry! Den ganzen weiten Weg von New York City losgeschickt, und er erreichte mich tatsächlich so weit draußen im Westen!

Der Brief war irgendwie trocken, genau wie Henry, es stand drin, dass er für diese deutsche Zeitung arbeitete, eine neue Katze hatte, eine ganze Weile nichts in die Luft gejagt hatte, hoffte, dass ich nicht skalpiert worden war, und er schrieb, wann immer ich mal eine große Stadt sehen wollte, könnte ich kommen und bei ihm wohnen. Und am Ende des Briefes stand: »Komm, wenn du deine Million zusammenhast – und wenn du das nicht schaffst, bist du trotzdem willkommen.«

Es war wirklich Klasse, so einen eigenen Brief zu kriegen. So als ob ich immer noch einen Freund hätte. Einen richtigen Freund. Einen, der nichts von mir verlangte und sich die Mühe machte, diesen Brief zu schreiben und ihn über den halben Kontinent zu schicken. Und ich beschloss, ich würde mir New York City ansehen – wenn ich meinen Haufen zusammenhatte.

Und ich verdiente tatsächlich Geld. Genau genommen kam man kaum drum herum. Mehr und mehr Kerle gingen auf die Jagd, und das Geld, das wir verdienten, brachte es mit sich, dass weitere Geschäfte aufmachten. Nun, bis Juli hatten wir eine Schmiede, einen Gemischtwarenhändler, einen Lebensmittelhändler und sogar einen Frisörladen, und dieser Frisör hat vermutlich in seiner ersten Woche genug Bärte rasiert, um eine Million Sessel damit zu polstern. Es wurde sogar gemunkelt, dass ein Restaurant eröffnen wollte und ein Tanzsaal! In der Tat kamen zwei Mädchen an, Nell Saintclair und Nell Pool, quasi vorab vor dem Tanzsaal. Um quasi das Wasser zu testen.

Jawohl, große Zeiten standen bevor, und was dann kam, hätte ich mir nicht träumen lassen, denn im Juli, mitten in der sengenden Hitze, händereibend und breit grinsend, trat der alte Heaney in unser Zelt!

Wir platzierten ihn in unserem besten Stuhl, dem einzigen mit vier Beinen, und Brusik bot ihm einen Schluck Fusel an, den er schaudernd ablehnte – und ich hätte im Camp sicher zehn Cent pro Kopf kassieren können, wenn ich ihn dazu gebracht hätte, das öffentlich vorzuführen – aber er sagte, ein Glas erfrischende Limonade würde er zu schätzen wissen. Ich erklärte ihm, dass wir diese spezielle Form der Erfrischung nicht auf Lager hätten, also einigten wir uns auf Kaffee, und wir quatschten eine Weile. Er erzählte mir, wie die Dinge drüben im Osten lagen. Außer Landverkäufen tat sich in Abilene nichts, und er wollte bald noch ein Büro in Newton eröffnen, nachdem die Siedler bereits so weit vorangekommen waren, dass sie Quarantänegesetze in Ellsworth durchsetzten, kaum zu glauben. »Und Goblinka wird sich verheiraten!«, sagte er. Die Vorstellung fesselte mich einigermaßen, ich fragte mich, wer wohl dämlich genug war, sich von ihr einfangen zu lassen, aber Heaney meinte, es wäre auch ein Ausländer, was passte, und nachdem der gesellschaftliche Teil abgehandelt war, bedeutete er Brusik, dass wir gern ein wenig unter uns wären. Höfliche Redewendungen waren nicht Brusiks Sache, also sagte ich ihm einfach, er sollte verschwinden, was er tat, und wir kamen zur Sache.

Heaney hatte einen Haufen Papiere und Belege von der Bank mitgebracht, aus denen man erkennen konnte, wie ich vorankam, und ein Rechnungsbuch von Besser, aus dem hervorging, was ich da verdiente. Also mit diesem und jenem, dazu dem bisschen Bargeld, das ich in den Einmachgläsern unter meiner Pritsche beiseite geschafft hatte, wurde langsam was aus mir. Wirklich, ich nahm den Norden aus wie nur irgendwas. Aber ich vermutete, dass Heaney nicht den ganzen Weg auf sich genommen hatte, um mir Sachen zu zeigen, die er hätte schicken können, und ich behielt Recht, denn er warf mir einen seiner gottgefälligen Blicke zu.

»Ben«, sagte er, »ich hab dich doch richtig beraten, oder?«

Ich sagte ja, das hätte er, und dass ich zwei Ohren hätte, mit denen ich weiteren Ratschlägen lauschen könnte.

Heaney rieb sich wieder die Hände. »Nun«, sagte er, »werde ich dir ein paar Insiderinformationen zukommen lassen. Insiderinformationen, und die, Ben, sind, wie du weißt, wertvoller als Gold!«

Wertvoller als Gold! Menschenskinder, dachte ich, erzähl mir mehr davon, und ich brauchte Heaney nicht anzufeuern.

»Ben«, sagte er. »Du weißt, wenn die Eisenbahn irgendwo ankommt und eine Station gebaut wird, dann ist das der richtige Ort, wo man sich aufhalten sollte.«

»Klare Sache«, antwortete ich. Keine Station, keine Stadt. Keine Stadt, kein Handel. Kein Handel, kein Geld. Kein Geld, keine Stadt. Es war so was wie die Geschichte des Westens, weshalb sich die Leute wie Hund und Katz bekriegten, um eine Station zu bekommen.

»In Ordnung.« Heaney sah nach hinten über die Schulter und senkte die Stimme. »Also, zufällig weiß ich, dass die Santa-Fe-Bahn vorhat, genau hier eine Station einzurichten. Der Platz ist ideal. Wasser vom Fluss, das Fort und all das freie Land für die Siedler.«

»Die«, sagte ich. »Die kommen bis zum Sanktnimmerleinstag nicht, soweit ich weiß.«

»Oh, sie werden kommen«, meinte Heaney. »Vielleicht dauert es noch ein bisschen, aber sie werden hier ankommen. Genau genommen könnte das vor ihnen eine große Rinderstadt werden. Die Viehtriebe werden weiter nach Westen abgedrängt, also könnte das ein mächtig netter Ort für die Herden sein, sobald die Büffel abgeschossen sind. Aber mach dir deshalb keine Sorgen, Ben. Die Sache ist die ...« Er beugte sich vor, richtig vertraulich. »Colonel Dodge, da drüben im Fort, er

wird eine Interessengemeinschaft auf die Beine stellen, um eine Stadt zu gründen!«
»Heiliger Strohsack!«, sagte ich. »Sie meinen eine richtige Stadt? Mit Stadtrat und allem?«
»Genau das meine ich«, sagte Heaney. »Du weißt, wie das abläuft, wenn man eine Stadt gründet?«
Also, so ungefähr wusste ich das, aber der alte Heaney erklärte es mir genau. Du hattest einen Staat, wie Kansas hier, der halbwegs leer war. Ein Teil des Landes war Indianerreservat, aber das meiste gehörte der US-Regierung, abgesehen von den Millionen Morgen, die sie der Eisenbahngesellschaft abgetreten hatte, damit die die Bahnlinie baute. Und die Regierung war bereit, es spottbillig an Siedler zu verkaufen, und wenn das passierte und sechshundert Leute in einem Gebiet wohnten, dann wurde das Gebiet zum Verwaltungsbezirk des Staates, in dem es lag, und wenn du mal einen Bezirk aufgebaut hattest, konntest du eine Gemeindegesellschaft gründen und der Regierung das Land abkaufen und eine Stadt aufbauen, was bedeutete, dass du Stadtsteuern erheben und ordentliche Gesetzeshüter einstellen durftest – eigentlich genau wie in Abilene – und wenn du Glück hattest, konntest du die Stadt zur Bezirkshauptstadt machen und dann richtig Geld verdienen mit Landverkäufen und Handel.
»Also«, sagte Heaney, »das ist es, was der Colonel und seine Kumpel vorhaben. Und wenn die große Station hier entsteht, wird diese Stadt boomen, deshalb denke ich, wir sollten uns in Bewegung setzen und handeln. Was hältst du davon?«
Für ein gottverdammtes Ammenmärchen hielt ich das Ganze, weil es nicht einmal annähernd sechshundert Leute in der Gegend von Dodge gab, es sei denn, man zählte die unter der Erde mit, aber darüber sah ich zunächst mal hinweg. »Sie ha-

ben da was vergessen«, sagte ich. »Ich bin nicht alt genug, um Land zu kaufen.«

»Nun, das stimmt wohl«, gab Heaney zu. »Aber ich bin es.« Und er grinste hinterlistig. »Die Sache ist die, Ben, ich kauf die Anteile in meinem Namen, aber du gibst ein bisschen Geld dazu ... Warte«, sagte er, weil ich ihn gerade höflich darüber informieren wollte, dass er nicht zu glauben brauchte, ich würde da zustimmen. Es sei denn, er wäre so verrückt wie ein Hase im Frühling, und dann würde ich mir einen neuen Berater suchen, und zwar pronto.

»Warte«, sagte Heaney noch einmal. »Du bist dann mein stiller Partner, wie wir Geschäftsmänner das nennen. Ich werde ganz saubere Geschäftsunterlagen ausarbeiten, damit ich dich nicht beschwindeln kann – was ich ohnehin nie tun würde, Ben. Also, wir kaufen Anteile bei der Gemeindegesellschaft und haben die erste Wahl bei den Baugrundstücken, erstklassigen Grundstücken, denn je mehr Anteile wir kaufen, desto mehr Grundstücke werden wir haben. Wir kaufen das Land, auf dem du jetzt bist, und du kannst auf einem von den anderen Grundstücken noch einen Laden aufmachen – und es gibt kein Gesetz, das verbietet, zwei Läden zu führen – bezahlst mir Miete, die in unsere kleine Partnerschaft einfließt, und wenn die Eisenbahn hier ankommt, können wir die anderen Grundstücke entweder erschließen oder für richtig guten Profit verkaufen.«

»Oder jeden einzelnen Cent verlieren«, sagte ich.

»Ben!« Heaney verzog schmerzerfüllt sein Gesicht. »Hab ich dir nicht gesagt, dass man ein kleines Risiko eingehen muss, wenn man richtig Geld verdienen will? Und hab ich dich jemals fehlgeleitet? Nun, hier ist eine Chance, richtig Geld zu machen, und Ben ...« Er betrachtete mich irgendwie mit Humor. »Ben, du hast inzwischen genug Geld, um ein Spiel zu wagen. Aber wenn du nicht interessiert bist, na ja, nichts für ungut, dann such ich mir einen anderen Partner.« Aber er hatte genug geredet. Ich spürte das Knistern der Dollarscheine schon an Ort und Stelle, also erklärte ich dem alten Heaney, er könnte sich gleich aufmachen und so viele Anteile kaufen, wie er bekam, vielleicht eine Million.

Er haute ab, und ich strich im Laden herum, aufgeregt, wisst ihr, und ich war noch aufgeregter, als er zurückkam und übers ganze Gesicht grinste, was mir sagte, dass der Herr ebenfalls auf uns herabgrinste, und ich hatte Recht, weil der Colonel und die anderen Kerle, die die Interessengemeinschaft aufbauten, gesagt hatten, wir könnten sofort mit ihnen ins Geschäft kommen!

An dem Abend schickten wir Brusik weg und steckten die Köpfe zusammen, und Heaney erzählte mir von den Plänen für die Gemeindegesellschaft. Sie hatten vor, 600 Anteile zu je zehn Bucks zu verkaufen, dann 320 Morgen Land einzukaufen, und ein Grundstück würde fünfzig Bucks kosten. A. A. Robinson, der Chefingenieur der Santa-Fe-Bahn, würde die Sache überwachen, damit alles seine Ordnung hatte. Heaney und ich hatten eine Mütze voll Anteile und bekamen mindestens ein Grundstück in Vorzugslage garantiert, direkt an den Schienen, wenn sie so weit waren.

Buffalo City würde die Stadt heißen, und Heaney besaß einen groben Plan von ihr. Es gab die Front Street, wo die Läden sein sollten, und die Spruce Street und die Maple und die Walnut und die Cedar Street, richtig hübsche Namen. Ein paar Grundstücke waren reserviert für eine Schule und eine Kirche – als ob die Reformer hier einen Schatten warfen. Aber ich hatte ein richtig gutes Gefühl, als ich auf die Karte sah. Es war ein nobles Gefühl, beim Fortschritt dabei zu sein, richtig nobel, dabei zu helfen, wie eine ganze neue Stadt aus dem Nichts aufgebaut wurde – und dabei verdiente man noch Geld! Und, wie ich zu Heaney sagte, wir brauchten nur noch eine verlogene Zeitung, so was wie den *Abilene Chronicle*, der die Welt wissen lassen würde, was für eine schicke Stadt wir haben würden.

Aber eine Sache beunruhigte mich, und das ließ ich am nächsten Morgen raus, als ich Heaney an seinem Fuhrwerk verabschiedete.

»Es ist wegen Brusik«, sagte ich. »Sollten wir Brusik nicht mit ins Geschäft nehmen?«

Heaney bekam einen etwas verträumten Blick. »Du musst die Sache so sehen, Ben. Wenn wir Brusik einbeziehen, beziehen wir auch den alten Jake Besser ein. Also, wenn ...«

Aber ich fiel ihm ins Wort, das war etwas, was mir einleuchtete, man hatte Dollars, und wer einem welche gab, verlor dafür an Macht. »Mr Heaney«, sagte ich, »der alte Besser ist mir piepegal, solang er nur weiter in Abilene Geld für mich verdient.«

»Also ...« Heaney grinste. »Ich schätze, so sieht ein kluger Geschäftsmann die Dinge. Und wenn die Bessers nicht schlau genug sind, um sich einen Geschäftsberater zu leisten, ist das ihre Sache, nicht wahr? Nebenbei ...« Er kletterte auf den Wagen, und zwar ziemlich flink für einen alten Kauz, und sah hinunter. »Sie haben dir nichts von Goblinkas Heirat erzählt, oder? Vielleicht haben sie auch andere kleine Geheimnisse, was? Nein, behalten wir das hier für uns. Ganz gemütlich. Mach's gut.«

Da war was dran, ganz sicher, also sagte ich in Ordnung und gab ihm die Hand und sah dem Wagen nach, wie er Richtung

Hutchinson City losbrauste, dann kehrte ich um und ging zum Laden zurück. Unterwegs blickte ich mich im Camp um und, Leute, war das ein Anblick, bloß ein paar Holzhäuser und Zelte, die unter der brütend heißen Sonne schmorten, und ich dachte an den Plan – Chestnut Street! Walnut! Spruce! – und dabei kein einziger gottverdammter Baum auf hundert Meilen. Als würde ein Haufen Bekloppter zusammensitzen und sich die verrückten Namen ausdenken. Sie hätten sie eher Whiskeystraße und Messerstechergasse nennen sollen. Ich musste lachen, aber solange diese Namen Trottel anlockten, die die Grundstücke kauften, war es mir recht. Sie hätten die Stadt sogar Neu Jerusalem nennen können, und ich hätte dafür gestimmt.

Um die Trottel anzulocken, brauchten wir die Bahnlinie und die kam auch. Die Schienenleger hatten wieder angefangen und schmissen zwei Meilen Schienen pro Tag hin, die Masterson-Brüder, Bat und Ed, die später berühmte Gesetzeshüter wurden, richteten die Strecke, und ein Trupp Iren knallte die Schienen hinter ihnen auf die Erde, und ein Kerl erzählte mir, dass es bei der Art und Weise, wie sie die Schienen verlegten, ein Wunder wäre, wenn ein Zug wirklich darauf fahren könnte.

Das beunruhigte mich, wisst ihr, und ich erwähnte es gegenüber einem Kerl namens Hermann Fringer, der einen Drugstore eröffnet hatte, aber er lachte mich bloß aus.

»Kleiner«, sagte er, »klar wird ab und zu ein Zug von den Gleisen hüpfen, aber solange gelegentlich einer ankommt, ist alles in Ordnung. Also, wie wär's mit einem Los für unsere Lotterie?«

Die Sache war die, wenn der erste Zug ankam, würden wir ein großes Fest feiern, so eins, wie wir es am 4. Juli immer hatten,

mit Maultierrennen und Schießwettbewerben und Futter, das nichts kostete, aber Hermann hatte eine Superidee. Man bezahlte einen Dollar und bekam einen Schein, auf dem notiert war, wer als Erster aus dem Zug steigen würde, und wenn das stimmte, was draufstand, kriegte man den ganzen Pot.
Es gab einen Haufen Scheine mit Namen drauf, zum Beispiel Soldat, Handelsreisender, Jäger und so weiter, was alles ganz passabel klang, aber ich zog einen englischen Herzog und wusste noch nicht einmal, was das war, aber als es mir einer sagte, drehte ich beinahe durch. Hermann versuchte mich zu beruhigen, behauptete, diese Herzöge kämen am laufenden Band vorbei, um zu jagen, aber ich war so sauer, dass er meinte, ich könnte für fünfzig Cents noch ein Los haben, und da zog ich einen Whiskeyvertreter mit rotem Bart und grüner Krawatte, was irgendwie realistisch klang.
»Und in einer Woche wissen wir Bescheid«, sagte Hermann. »Nur noch eine Woche, mehr nicht.«
Ich glaubte ihm, obwohl es kaum zu glauben war, wenn ihr wisst, was ich meine. Nur noch sieben Tage, und dann waren wir an die Zivilisation angebunden, und alles hing an einer Hand voll Iren, die, soweit ich gehört hatte, nicht mehr Amerikanisch sprachen als Mrs Besser und sich mit ihrem eigenen fahrenden Saloon draußen unter der brennenden Sonne dahinschleppten, und in ein paar Tagen, mehr oder weniger, würden Fahrgäste ankommen, die Champagner tranken!
Und ich weiß nicht, ob ich das wirklich glaubte, bis ich eines Abends auf einen kleinen Felsvorsprung hinauswanderte. Von dort aus konntest du mächtig weit sehen, wenn es auch nichts zu sehen gab außer der Prärie, die sich endlos vor dir erstreckte, ohne Baum oder Hütte, nur Truthahngeier waren da, die über dir kreisten und darauf warteten, dass du tot um-

fielst, was dir in der stickigen Hitze leicht passieren konnte, oder vielleicht wurdest du von Wölfen gefressen oder von Indianern angefallen, die schlechte Laune hatten. Ich stand da oben und dachte nach, genauer, ich dachte nach, wie ich mehr Geld verdienen könnte, und sah hinaus in die hereinbrechende Dunkelheit, und das war ganz trübsinnig und öde, nirgends ein schimmerndes Licht, das dir sagte: »Jemand zu Hause. Wenn du dich verlaufen hast, kein Grund, sich zum Sterben hinzulegen. Halt noch ein paar Meilen durch und iss was.« Oder wenn du doch ein Licht sahst, dann kam das eher von ein paar Pferdedieben oder Banditen, die dich umbringen würden, weil sie deine Stiefel haben wollten, aber nicht einmal das gab es, bloß das Land, das diese düstere purpurne Farbe annahm, von der ich immer ganz depressiv wurde. Und ich wollte mich gerade dahin verdrücken, wo es Lichter und Leute gab, als ich eine Art Pfeifen hörte, was eine Nachteule hätte sein können, war es aber nicht, denn dieses Pfeifen, wenn man das einmal gehört hatte, dann verwechselte man es nie wieder mit was anderem. Und ich dachte, heiliger Moses, jetzt ist es sicher, dass sich die Welt verändern wird, denn in weiter Ferne da draußen, aber nicht zu weit weg, da war ein Zug, der diese alte Pfeife tuten ließ.

SIEBENUNDZWANZIG

Ich schlief den Schlaf der Gesegneten und Gerechten in jener Nacht, träumte von meinem eigenen Laden und dem Geld, das ich verdienen würde und, wenn ich abkassiert hätte, wie ich mich dann schick anziehen und vielleicht nach Clement County zurückkehren würde um den Leuten zu zeigen, wie ein richtiger Ausbeuter aussah – und vielleicht sogar mit dem alten Tyler reinen Tisch machen würde. Aber wie das immer so ist, gerade wenn du denkst, du könntest dich gemütlich zurücklehnen, kommt was aus dem Stuhl und pikst dich da, wo es am meisten wehtut. Und in dem Fall gab es zwei Sachen, die mich piksten.

Die eine Sache: Der Zug, den ich gehört hatte, war ein Rangierzug gewesen, der Zeug für die Bahnlinie brachte, also kein richtiger Zug, und er sprang von den Schienen, sodass die Arbeit aufgehalten wurde. Und dann gab es Schwierigkeiten mit dem Stadtplan. Es lief also längst nicht so glatt, wie Heaney gedacht hatte.

Die Sache war die, wir lebten im Ford County. Na, wir würden im Ford County leben, wenn der mal gegründet war, aber die Landregistratur in Topeka wollte uns nicht anerkennen, weil es keine sechshundert Leute gab, die in unserem Bezirk

lebten. Also, da wir kein Bezirk waren, wollte kein Richter unseren Plan für die Stadt unterzeichnen!
Ich regte mich ziemlich darüber auf, aber Bob Wright, der Kantinenwirt, meinte, ich brauchte nicht ins Schwitzen zu kommen.
»Es gibt immer einen Weg, um kleine Schwierigkeiten zu umgehen«, sagte er, und ich dachte mir, genau, und es ist seltsam, wie gut ihr gesetzestreuen ehrbaren Bürger die kennt. »Warte nur, bis der erste Zug ankommt.«
»Bob«, meinte ich, »es kommt mir so vor, als ob ich da schon zehn Jahre drauf warte.«
Wright lachte. »Ich weiß, wie du dich fühlst. Aber immer mit der Ruhe. Diese Schienenleger können jeden Tag fertig werden. Wirst schon sehen.«
Würde ich sehen, hatte er gesagt, und wie ich das sah! Diese Mastersons kamen und planierten und bereiteten alles vor, und hinter ihnen kamen die Schienenleger. Sie arbeiteten wie die Teufel, aber am folgenden Samstagabend, Blitz und Donner, da führten sie sich auf wie menschliche Vulkane. Das Camp hatte schon so manche Keilerei erlebt, aber verglichen damit waren das Nähkränzchen von Ladys gewesen. Es waren die Fuhrleute und die Schienenleger, die aufeinander losgingen, da die Fuhrleute ihre Beschäftigung vor ihren Augen verschwinden sahen, wie man so sagt, was einfach lächerlich war, weil alle Kämpfe der Welt die Eisenbahn nicht aufhalten konnten. Als ein paar von den Kerlen behaupteten, die Bahnlinie würde nie die Coloradostrecke erreichen, weil die Komantschen drüber herfallen würden, na, wenn man sich daraufhin die Reaktion dieser Iren ansah, dann konnten einem die Indianer sogar ein bisschen Leid tun.
Und dann kam der große Tag! Ein Zug, ein richtiger Sonder-

zug, in Flaggen und Fahnentücher gehüllt, puffte heran und brachte wichtige Leute und eine richtige Band, die sich das Hirn aus dem Schädel blies. Der Vorsitzende der mächtigen Atchison, Topeka & Santa-Fe Bahn hielt eine Rede darüber, wie seine glorreiche Firma dem Goldenen Westen Frieden und Wohlstand bringen würde, die Soldaten im Fort schossen eine Kanone ab, und dann dampfte der Zug zurück.

Aber dieser Sonderzug war nicht das Entscheidende. Wir warteten auf den ersten richtigen Zug, und als der ankam, feierten wir wie verrückt, besonders Hoodoo Brown, der die Lotterie gewann, weil er das Los hatte, dass der Erste, der ausstieg, ein Grundstücksmakler sein würde. Und, stellt euch vor, es gab tatsächlich einen englischen Herzog! Jedenfalls sagte er, dass er einer wäre, obwohl er kein bisschen anders als alle anderen aussah, er redete bloß irgendwie komisch. Wegen der Jagd gekommen, sagte er, und da war er nicht der Einzige. Es gab Kerle, die glaubten, sie könnten damit ein Vermögen machen, und Spieler, die wiederum glaubten, sie könnten aus denen ein Vermögen rausholen.

Aber schließlich waren wir ja alle aus diesem Grund hier und die Eisenbahn half uns beim Geschäftemachen. Wir bekamen tatsächlich einen Boom! Drei weitere Läden wurden eröffnet, und ein paar Kerle, A. J. Anthony und Bob Wright, holten ihre Frauen her, und Charlie Rath und ein Typ namens Fred Zimmermann folgten ihrem Beispiel. Man konnte sie zum Tee besuchen, ganz vornehm, genau wie in der North Side in Abilene! Sie redeten sogar schon über ein paar Reformen! In dem Laden!

Ich will auch gar nicht behaupten, dass sie da falsch lagen. Denn mit den Zügen kamen auch andere Typen. Harte Fälle, und ich meine nicht die harten Fälle, an die wir bereits gewöhnt waren. Bei diesen neuen Burschen kam es einem so vor, als ob die Leute drüben im Osten grade Frühjahrsputz gemacht und sie den ganzen Weg bis zu uns rübergefegt hätten. Es gab auch 'ne ganze Menge von ihnen, die in einem Schuppen mit dem Namen Essington Hotel hausten, benannt nach demjenigen, der ihn zusammengehauen hatte, und dort hatten sie ihre Festung. Sie verschanzten sich da, taten unreformierte Dinge, die ihr euch selbst vorstellen müsst, weil ich sie euch nicht nennen werde, und – bei Jupiter – 'ne Menge unreformierte Dinge spielten sich plötzlich wieder ab. Pferde und Maultiere kriegten auf einmal Sehnsucht nach weiten Ebenen und befanden sich am Morgen nicht mehr da, wo sie sein sollten, und es gab Überfälle, weshalb man nachts nicht mehr sicher rumlaufen konnte, und ein paar Jäger gingen verloren, was diese Burschen dann den Indianern in die Schuhe schoben, obwohl Indianer normalerweise nicht mit einer Wagenladung Felle abhauten.

Diese Typen waren ekelhaft. Sie banden einem Hund einen Feuerkracher an den Schwanz, sodass er verrückt wurde, und den Kerl, der den Hund aus seiner elenden Lage befreite, schlugen sie zusammen. Pure, sinnlose Grausamkeit. Und sie wurden dreister, verlangten Sachen auf Kredit, in der Hauptsache Fusel, mit dem Hinweis, wenn sie nicht bekämen, was sie verlangten, na schön, dann könnte man selbst was umsonst bekommen, zum Beispiel eine Bleivergiftung. Aber am traurigsten war, dass ein Schneider getötet wurde. Er war sanft und mild wie Buttermilch gewesen und wäre besser zu Hause geblieben, aber sie erwischten ihn, raubten ihn aus und erschossen ihn.

Es war wirklich unglaublich. Da waren wir nun, bauten eine Stadt mit einer Eisenbahn und allem, und fünf Meilen weiter gab es die Kavallerie der Vereinigten Staaten, doch die hätte genauso gut auf dem Mond sein können, so viel, wie sie uns nützte.

Ein paar von den Neuankömmlingen, A. J. Anthony und Dan Wolf, machten sich auf den Weg zum Colonel, aber als sie zurückkehrten, waren sie niedergeschlagener als vorher.

»Gütiger Gott.« Der alte Anthony war mal Prediger gewesen und redete deshalb so komisch. »Gütiger Gott, der Colonel will keinen Finger krumm machen, solange er keinen Befehl von Washington bekommt!«

»Klar, was hattest du erwartet, zum Teufel?«, meinte Charlie Rath, der kein Prediger gewesen war. »Er wird sich nicht gegen Zivilisten wenden.«

»Wir könnten dem Gouverneur eine Petition schicken«, schlug Anthony vor.

»Genau.« Charlie lachte verhalten. »Und auf die Antwort können wir bis zum zwanzigsten Jahrhundert warten, lassen uns inzwischen rumschubsen und bis aufs Hemd ausplündern, und als Nächstes kriegt einer von uns eine verplättet.«

»Aber was sollen wir tun?«, fragte Anthony.

»Vielleicht hab ich 'ne Idee«, sagte Charlie.

Er erklärte uns seine Idee am Abend. Es gab eine Art Versammlung, sie wurde in der Hauptsache von der alten Truppe abgehalten, ein paar von den Neuankömmlingen waren nicht eingeladen. Das Treffen fand in unserem Zelt statt, und die Jungs saßen um das Fass herum, während Charlie seinen Plan erklärte.

»Die Sache ist die, Jungs«, hob er an und genehmigte sich einen Schluck, um sich die Kehle zu schmieren. »Die Sache ist die, von diesen Burschen gibt es zu viele, um so vorzugehen wie bisher.« Er erklärte nicht, was er mit diesem Vorgehen

meinte, aber das war für uns auch nicht nötig. »Und sie haben eigentlich nichts zu verlieren, also trampeln sie über uns weg. Aber wir haben etwas, was sie nicht haben.«
»Und was soll das sein?«, fragte Sam Fuller.
»Wir haben Geld«, meinte Charlie.
Mehr brauchte er nicht zu erklären. Er meinte damit, wir sollten mit diesem Geld noch ein paar harte Fälle anheuern. Wie er sagte, falls diese blöde Gesetzgebung uns zu einer richtigen Stadt gemacht hätte, dann wären wir auch in der Lage gewesen, ganz legal Männer des Gesetzes einzustellen, wie Hickok drüben in Abilene.
»Ich weiß nicht.« George Smith, der mit J. B. Edwards zusammen ein Lebensmittelgeschäft führte, schüttelte den Kopf. »Das Gesetz darf das, aber selbst jemanden einstellen ...«
»Zur Hölle mit diesem rechtmäßigen Gesetz«, sagte Charlie. »Feuer muss man mit Feuer bekämpfen, so ist das eben.«
»Genau.« Hermann Fringer erhob seine Stimme. »Aber wer mit dem Feuer spielt, verbrennt sich die Finger.«
Nun, es gab 'ne Menge Gequatsche und ein Hin- und Hergezerre, aber am Ende entschieden die Kerle, den Plan weiterzuverfolgen, sammelten Geld, und dieses Geld wurde dazu verwendet, noch ein paar harte Männer zu engagieren, wenn auch ganz diskret. Sie liefen nicht einfach los und erklärten so irgendeinem Revolverhelden: »Da, Jack, hast du fünfzig Bucks, und jetzt plätte dem Kerl da drüben eine über.« Von wegen, sie engagierten sich die Hilfe wie überall sonst, wo man eine Arbeitskraft für einen Laden oder einen Saloon sucht. Nur dass die Hilfskräfte in dem Saloon nicht direkt arbeiteten. Sie saßen da bloß trinkend herum und bekamen umsonst zu futtern und spielten Karten – verloren allerdings nie! Und es funktionierte sogar – wenigstens für uns Geschäfts-

leute. Klar, es passierte reichlich viel, Fremde wachten mit einer dicken Beule am Kopf auf und stellten fest, dass sie ganz plötzlich verarmt waren, und es wurden auch ein paar Leute richtig umgebracht, aber wir konnten in Ruhe Geld verdienen und in Frieden schlafen.

Ich bekam auch ein Holzhaus. Ich legte das Geld aus und wir bauten das Zelt dahinter auf. Brusik fragte mich irgendwie misstrauisch, wer die Balken bezahlte, und ich antwortete ihm, ich würde zahlen, von meinem Gewinn, und wenn er mir nicht glauben wollte, könnte er das ja mit seinem Bruder abklären, denn der gute Brusik, der konnte zwar mächtig scharf mit Dollars umgehen, wenn es um Felle ging, aber nur noch irgendwie vage, sobald sie im Hauptbuch eingetragen waren. Jedenfalls ließ er mein Argument durchgehen.

Und ich sag euch, wer immer auf die Idee mit den Holzhäusern gekommen ist, er war genialer als Henry Ford. Du schriebst einfach an eine Firma in Kansas City, und die schickten dir ein Gebäude in jeder gewünschten Größe, das ganze Bauholz zugeschnitten, durchgeplant und nummeriert, sodass du einfach den Rahmen aufbauen und Latte eins an Pfeiler eins nageln konntest und so weiter, und in ein paar Stunden hattest du ein schickes Gebäude, das du als Haus oder als Laden oder was du wolltest verwenden konntest, und, Leute, das war vielleicht ein Unterschied. Und wenn ihr mir nicht glaubt, probiert mal, eine Weile in einer Lehmgrube oder einer Grassodenhütte zu wohnen, wie das die meisten Sodbusters taten, mit Schlangen und Käfern und Insekten, ganz zu schweigen von dem Wasser, das da reinlief.

Ich war auch wirklich froh, dass ich in das Holzhaus investiert hatte, denn der Winter von '72 auf '73 war so ziemlich der schlimmste, den es dort je gegeben hatte. Beim Jupiter, als ob uns die gottverdammten Briten oben in Kanada heimzahlen wollten, dass wir sie in der Revolution besiegt hatten, indem sie uns all ihren Schnee und Eis und Wind herschickten.

Es schneite und stürmte und fror, dann stürmte es wieder, und ich kann euch sagen, das war vielleicht ein Gefühl, in dem Laden zu sitzen, neben dem glühenden Ofen, zu wissen, dass man in Sicherheit war, zu plaudern oder die Geschäftsbücher durchzugehen und zuzugucken, wie sich die Dollars stapelten. Aber ich konnte leider keinen von den Kerlen überreden, Schach zu spielen.

Es war eigentlich verrückt. Klar, wir waren rau, aber wir wussten uns zu benehmen, und wir saßen zusammen und redeten oder besuchten ehrbare Ladys, denen wir zuhörten, wenn sie sich über die Kirche unterhielten, die sie in der Ecke Spruce Street und First Avenue bauen würden, wo es nichts als Prärie gab, unter der die Taschenratten lebten, während es draußen nicht bloß schlechtes Wetter, sondern auch schlechte Männer gab. Und wie schlecht die waren. Irgendein Kid, ungefähr so alt wie ich, spazierte in die Stadt, und ein richtig brutaler Kerl namens Sherman schoss es tot, aus Lust und Laune, und Tom Essington, dem das Essington Hotel gehörte, der verfluchte seinen Koch einmal zu viel, woraufhin dieser Koch ihn totschoss!

Also, während dies und das passierte, tobte der Winter sich aus, und ich brachte ihn Millionen Mal besser hinter mich als alle Winter in Clement, denn obwohl ich mich im Camp langweilte, langweilte ich mich mit Geld, während ich mich zu Hause immer nur ohne Geld gelangweilt hatte, und ich überlasse es euch zu erraten, welcher Zustand der beste ist für einen Pilger, wenn er dieses irdische Jammertal mühsam durchschreitet.

Dann flogen die Gänse nach Norden, Blumen blühten auf und knospten oder was immer die tun, die Züge fuhren beinahe nach Plan, haha, das war ein Witz, und man konnte wieder Kleider abwerfen und wie ein Mensch statt wie ein alter Bär rumlaufen, aber es heizte sich dann noch mehr auf als nur das Wetter.

Eines Tages war ich an der Station Sam Fuller in die Arme gelaufen, der richtig finster dreinblickte, und es stellte sich raus, dass er um fünfzig Dollar gebracht worden war, und derjenige, der sie ihm geklaut hatte, war ein Kerl namens Cox, der eigentlich zu diesen harten Fällen gehörte, die sich um uns kümmern sollten!

An jenem Abend gab es in George Smiths Laden eine von den Versammlungen, die eigentlich gar keine Versammlung waren, und Charlie sagte zu Sam, er sollte sich keine Sorgen machen, wir würden sein Geld zurückbekommen und Cox abschieben.

»Und was stellst du dir vor, wie das gehen soll?«, fragte Sam.

Charlie zuckte mit den Schultern. »Wir sagen den anderen Typen, dass sie das erledigen sollen.«

»Klar«, meinte Sam. »Bloß stecken die alle mit drin.«

»Dann ...« Charlie zuckte mit den Schultern. »Dann holen wir noch mehr Hilfe, genau wie vorher.«

»Und sind wieder genau da, wo wir angefangen haben«, sagte Sam und stieß einen mächtig schlimmen Fluch aus.

Er hatte Recht, und niemand konnte widersprechen, und die Männer blickten vielleicht finster drein, weil sie offensichtlich direkt aus der Bratpfanne ins Feuer gehüpft waren. Dann ergriff Hermann Fringer das Wort.

»Kumpel«, sagte er, »ich will nicht behaupten, dass wir was falsch gemacht haben. Aber so, wie ich die Sache sehe, werden wir als Stadt registriert, was nicht mehr lang dauern kann, Herrgott noch mal, bei dem Geld, das wir dem Richter bezahlen, und wo so viele Leute ankommen, und dann heuern wir ein richtiges Gesetz an. Ich hab gehört, dass Hickok, der in Abilene Marshal war, in Arizona sitzt und nichts weiter tut als Poker spielen.«

»Kleiner.« Charlie wandte sich an mich. »Geh nach draußen und stell dich an die Tür. Lass keinen rein. Kapiert?«

Ich sagte, das hätte ich, und ging auch raus, bloß ließ ich mein Ohr am Schlüsselloch, darauf könnt ihr wetten. Sie redeten leise, aber nicht so leise, dass ich sie nicht verstand. Ich hätte sogar beinahe gebrüllt, sie sollten leiser reden! Aber was ich hörte, war wirklich interessant.

»Noch mal zu diesem Gesetz, über das du redest«, sagte Sam. »Sieh mal ...« Er hüstelte, als hätte er eine trockene Kehle, und dann hörte ich ein Gluckern, und niemand musste mir sagen, was das bedeutete. »Sieh mal, Cox hat mir zwar nicht mit seinem Sechsschüsser vor der Nase gewedelt. Aber ... aber ...«

»Aber was, Herrgott noch mal?«, fragte Charlie.

»Er ...« Sam zögerte. »Er hat ein paar Andeutungen gemacht. Über Kerle, die in den letzten paar Monaten die Stadt verlassen haben.«

»Na und?« Das war George. »Heiliger Jesus, hier kommen und gehen andauernd Leute.«

»Stimmt.« Sam hörte sich wirklich verärgert an. »Aber er sagte, er wüsste, wo diese Kerle jetzt sind.«

Eine Minute lang herrschte Totenstille, dann sagte George: »Jesusmaria!« Und die anderen da drinnen sagten das Gleiche oder was Ähnliches, und ich sag euch, auf ihre Art waren sie zähe Brocken. Hatten draußen in der Prärie überwintert, und einige von ihnen hatten Indianer besiegt oder waren Soldaten im Krieg gewesen, aber sie hatten Angst, und ich wusste, warum. Die Kerle, die Cox Sam gegenüber erwähnt hatte, die kampierten nicht in der Prärie, sie kampierten unter der Prärie, und weiter würden sie nicht kommen, es sei denn, jemand kam und grub sie wieder aus. Und wenn das jemals passierte, zum Beispiel wenn dieser jemand einen Stern an seiner Weste stecken hatte ... Nun, das Land da draußen war zwar wild und rau, aber es gehörte immer noch zu Kansas, wo die Gesetze des Staates galten, und wer konnte wissen, ob nicht ein paar gottverdammte Reformer zu gackern anfangen würden, dass wir schlimmen Alkoholverkäufer Mörder bezahlt hätten, um unschuldige Leute umbringen zu lassen, und dafür konntest du mehr bekommen als einen Klaps übers Handgelenk. Wenn dir dafür nicht das Seil mit der schicken Schlaufe blühte, dann zumindest einige elende Jahre im Staatsgefängnis.

Insofern hatten die Kerle da drinnen den Fuchs am Schwanz erwischt und wussten nicht, wie sie ihn wieder loslassen sollten, und sie waren ganz besorgt, was ich ihnen nicht übel nehmen konnte, und es blieb ihnen nichts anderes übrig, als zu sagen, sie würden darüber nachdenken. Sie schworen also alle, den Mund zu halten und die Sache für sich zu behalten, und machten sich aus dem Staub, beunruhigt bis ins Letzte.

Ich machte mich auch aus dem Staub, war aber, um ehrlich zu sein, nicht besonders beunruhigt. Ich war nie mit der Bürgerwehr unterwegs gewesen, und ich hatte mit keinem von diesen harten Fällen auch nur gesprochen. Natürlich hatte ich Geld dafür gegeben, aber ich dachte mir, ich könnte immer sagen, dass ich geglaubt hätte, es wäre für einen guten Zweck.

Da zeigte sich, es hatte was für sich, wenn man bloß für ein Kid gehalten wurde!

Aber war das nicht ein Ding? Da wuchs diese Stadt vor den eigenen Augen, und die Leute redeten über Schulen und Kirchen und Zivilisation, und währenddessen liefen die ganze Zeit ordentliche Geschäftsleute über die Straße – die eine, die es gab – und machten sich über Leichen Gedanken, die da draußen in der einsamen Prärie vor sich hin moderten! Und ich sag euch was. Ich war nicht gerade das, was man religiös nennt, jedenfalls nicht richtig religiös, aber ich musste an etwas denken, worüber wir in der Bibelstunde in Abilene geredet hatten. In der Bibel hat der Herr gesagt, wenn du ein Haus bauen willst, siehst du besser zu, dass es auf Fels und nicht auf Sand gebaut ist, sonst kommst du in Schwierigkeiten. Klar, so wie der Reverend das erklärt hatte, meinte das, man sollte anständig leben und eins sein mit dem Herrn und seinem Werk, aber es meinte auch, wer ein Geschäft betrieb, musste es anständig führen, zusehen, dass die Bücher stimmten und so und dass man nicht zu viel Kredit gab, und wenn man es tat, musste man sichergehen, dass man eine Sicherheit kriegte, etwa die Farm des Kerls oder was auch immer. Womit ich meine, diese Geschäftsleute in der Stadt hatten irgendwie ihr Geschäft auf den Grund eines Friedhofs gebaut, und ich schätze, ihr wisst, was mit dem irgendwann passiert. Er gibt nach, oder nicht?

Auf alle Fälle, ich ging davon aus, dass die anderen das Problem hatten, und kümmerte mich weiter um meine Geschäfte und hielt mich von den Strolchen fern, von denen es reichlich gab, besonders um das Essington Hotel herum – das hieß jetzt *Peacock*, nach dem Kerl, der es gekauft hatte, nachdem Essington umgebracht worden war – und in der Umgebung von Tom Shermans Bar, was mich einigermaßen verblüffte, wo der doch zu den unangenehmsten, gemeinsten Kerlen gehörte, die ich je gesehen hatte. Man hätte annehmen können, dass sich die Burschen von ihm fern gehalten hätten, aber das taten sie nicht. Wie man so sagt, Gleich und Gleich gesellt sich gern.

Es war also 'ne Menge los in der Stadt, besonders zwischen den Soldaten und den Rüpeln. Damit hatte es Folgendes auf sich: Der Colonel war stinksauer auf die Kavalleristen geworden, die sich im Fort besoffen, weshalb er Bob Wright verbot, dort Alkohol zu verkaufen, also mussten die Jungs in die Stadt kommen, wenn sie durften – denn sie benahmen sich wie Schuljungs, die nur zum Spielen gehen, wenn der Lehrer es erlaubt –, und gaben ihr bisschen Sold in den Bars aus. Es gab immer Ärger, wenn sie kamen, weil man sie verachtete, aber es lief meistens nur auf eine Schlägerei hinaus, ab und zu mal auf eine Messerstecherei, und der Colonel sah einfach nicht hin. Bis dann etwas passierte, bei dem er hinsehen musste.

Im Fort gab es schwarze Kavalleristen, die selten in die Stadt kamen, es sei denn, sie hatten vor, sich die Welt durch eine Schlinge hindurch anzusehen. Aber ein paar von den schwarzen Bediensteten kamen in die Stadt, erledigten Botengänge für die Offiziere, und niemand kümmerte sich um sie, nicht mehr als um ein Maultier, das man aus dem Weg peitscht, wenn es sich nicht bewegt, nur dass die Schwarzen mehr Verstand besaßen als die Maultiere und sich aus dem Weg eines Weißen machten, bevor sie eins übergezogen bekamen – bis auf den einen, der es nicht tat.

Es war gerade Anfang Juni, heiß wie in der Hölle, und dieser schreckliche Wind blies und blies und reizte die Nerven der Leute bis zum Anschlag. Aber mir ging es ziemlich gut, weil ich grade aus Fred Zimmermanns Laden kam und der mir erzählt hatte, dass die Gemeindegesellschaft einen Richter in Ellis County gefunden hätte, der meinte, Dollarscheine wären

glücklicher, wenn sie alle zusammenblieben, das heißt zusammen auf seinem Bankkonto, und dieser Richter würde vorab den Stadtplan unterzeichnen, was für mich und Heaney einen mächtig netten Profit bedeutete, egal, wie man die Sache betrachtete.
Ich lief also die Front Street runter, rieb mir wie der alte Heaney die Hände und dachte darüber nach, ob ich bei Mrs Anthony vorbeischauen und mir ein kostenloses kühles Getränk leisten sollte, als ich eine Horde Rowdys vor Shermans Fuselfabrik entdeckte. Sie kletterten auf dem Fuhrwerk eines Schwarzen namens Bill Taylor herum, dem Diener von Colonel Dodge aus dem Fort, der sich in seiner Freizeit um Transporte kümmerte. Dieser Taylor, den kannte jeder, und alle mochten ihn irgendwie, denn er war ein ruhiger, höflicher Kerl, der wusste, wo er hingehörte, nämlich niemals dahin, wo sich ein Weißer aufhalten wollte.
Diese Rowdys waren alle betrunken und machten furchtbar Radau, also lief ich zu den Schienen rüber, um ihnen aus dem Weg zu gehen, da trat Bill Taylor aus Hermann Fringers Drugstore. Ich konnte nicht alles verstehen, was gesagt wurde, weil die Besoffenen schrecklich fluchten, aber sie schienen von Taylor zu verlangen, dass er sie irgendwo hinfuhr, und er lehnte ab, was ihm zustand, aber in dem Fall nicht besonders gescheit war, denn zwei der Rowdys waren Cox und sein Handlanger Scott, der gemein bis ins Letzte war.
Cox hatte die Zügel ergriffen, brüllend und fluchend, und Taylor hielt eines der Maultiere am Zaum. Dann schrie Cox: »Nimm die Finger von dem Zaumzeug, Niggerboy.«
Ich verstand nicht, was Taylor sagte, weil diese Farbigen immer leise und demütig mit weißen Männern redeten, aber er ließ das Zaumzeug nicht los. Dann brüllte Cox: »So, müde

sind sie«, womit er die Maultiere meinte, schätze ich. »Ich verschaff ihnen 'ne Pause, 'ne ordentlich lange Pause!« Und stellt euch vor, er sprang runter, zog seinen Sechsschüsser und schoss einem der Maultiere in den Kopf!

Es war einfach unglaublich, wisst ihr. Aber es kam noch schlimmer, denn Taylor, der trat zurück, lief weg und tauchte in Fringers Laden unter, aber Cox und Scott rannten hinter ihm her und zerrten ihn raus, wobei Cox brüllte: »Du schwarzer Hurensohn«, und er hielt seine Pistole an Taylors Schläfe und schoss auf ihn!

Dieser arme Taylor ging zu Boden. Dann, während Taylor dalag, trat Scott vor und schoss ebenfalls auf ihn. Dann schlugen sich die beiden Mörder gegenseitig auf die Schulter, als ob sie eine glorreiche Tat vollbracht hätten, johlten und kreischten und latschten ins *Peacock*, mit ihrem Schlägertrupp im Gefolge.

Es war einfach kaltblütiger Mord ohne Sinn und Verstand. Wisst ihr, manchmal wurde jemand umgebracht, weil vielleicht zwei Betrunkene aneinander gerieten, die beide bewaffnet waren, und wie Henry gesagt hatte, wo man Gewehre hatte, wurden Menschen umgebracht, weil die Gewehre dafür gemacht wurden, aber da gab es wenigstens so was wie einen Grund. Aber das hier ... Bloß ein Kerl, der gesagt hatte, dass seine Maultiere erschöpft wären, und dafür wurde er durchlöchert, und man konnte nicht behaupten, Taylor wäre unverschämt gewesen und hätte nur bekommen, was er verdient hatte, denn er war es nicht gewesen. Und was es noch schlimmer machte, falls das überhaupt möglich ist, das war die Tatsache, dass anständige Leute auf der Straße gewesen waren und keinen Finger gerührt hatten, mich eingeschlossen. Wir hatten nämlich Angst, Angst vor diesen Mördern. In diesen

Zeiten machten Waffen die Gesetze, aber die Waffen waren in den Händen der falschen Leute.
Und kaum zu glauben, als die Armee versuchte, etwas zu unternehmen, gab es noch mehr Ärger! Der Colonel kam mit einem ganzen Trupp Soldaten in die Stadt, und Cox zeigte ihm die Leiche, die immer noch dalag, bloß hatte ein Christenmensch ein Büffelfell drübergeworfen, und Cox sagte doch wirklich und wahrhaftig: »Genau da, ich schätze, das war mein Schuss!«
Klar war der Colonel sauer. Er verhaftete Cox, doch Scott erwischte er nicht, der hatte sich hinter einem Eiskasten im *Peacock* versteckt. Aber Cox zeigte den Colonel an wegen unrechtmäßiger Verhaftung, mit der Begründung, ein Soldat hätte nicht das Recht, Zivilisten zu verhaften, woraufhin der Colonel Ärger bekam! Und als dieser Colonel Soldaten in die Stadt schickte, die dort patrouillierten, um ein bisschen für Frieden zu sorgen, mussten sie rausgeschafft werden, weil sie die ganze Zeit betrunken waren, und der Colonel bekam noch mehr Ärger.
Aber dieser Mord hatte etwas Gutes. Scott machte sich aus dem Staub, und Cox wurde mit einem zivilen Haftbefehl eingelocht, sobald also die Anführer aus dem Weg waren, blieben die anderen Schlägertypen unter sich. Und dann, nachdem dieser Richter schließlich den Plan unterzeichnet hatte, was er ein paar Wochen später tat, hatten wir also den Eindruck, wir könnten uns ein richtiges Gesetz anschaffen und die Waffen in die Hände der richtigen Männer legen. Und ich weiß genau, dass Mrs Anthony und Mrs Wright sich an die Senatoren des Staates wandten mit der Anfrage, ob wir einen richtigen US-Marshal direkt in die Stadt bekommen könnten, und nachdem ich gesehen hatte, was die Frauen in Abilene geschafft

hatten, ging ich davon aus, dass es nicht lange dauern konnte, bis wir ihn hatten.

Also, in Dodge – na ja, Buffalo City nannten wir die Stadt zuerst, aber das mussten wir ändern, weil das Postamt meinte, es gäbe noch eine Siedlung in Kansas mit gleichem Namen –, in Dodge brodelte es zwar noch, aber es kochte nicht mehr über, und wir konnten uns wieder unseren Geschäften zuwenden.

Der Preis für Felle fiel ein bisschen, nachdem es reichlich Leute gab, die losballerten, aber man konnte immer noch mächtig viel Profit machen, also war ich richtig zufrieden, saß in meinem schicken Laden, freute mich über das Geld, das ich in Dodge verdiente, und den Profit, den der alte Heaney für mich mit seinen Investitionen drüben im Osten machte, kommandierte Brusik herum, weil ich mehr Verstand im kleinen Finger hatte als er in seinem ganzen massigen Körper, kriegte gut zu essen, war höflich bis ins Letzte zu den Ladys und pries mich glücklich, dass ich mutig und risikofreudig gewesen war, als ich die Chance bekommen hatte.

Und die ganze Zeit, während ich ein üppiges, bequemes und elegantes Leben führte, tickte eine Uhr vor sich hin, aber eine Uhr, wie sie die Anarchisten verwenden, in eine Bombe gestopft, und die lag zweitausend Meilen weit weg in New York City. Und im September 1873 war die Uhr bei zwölf angekommen – und die Bombe ging hoch.

ACHTUNDZWANZIG

Die Bombe ging hoch und pustete mich weg und eine Menge mehr Leute, und am Ende pustete sie die Büffel und die Indianer weg und den Kerl, der die Bombe hatte hochgehen lassen, na, und ich hatte nicht einmal von ihm gehört!

Ich war auf dem Weg zur Bahnstation, wo ich sehen wollte, ob Waren angekommen waren, als ich Eugene LeCompt begegnete, dem Felleinkäufer für Lobenstein. Er sah echt nicht besonders gut aus, also fragte ich ihn, ob er zu viel Fusel getrunken hätte, aber er ging auf mein Gefrotzel nicht ein.

»Das ist nicht der richtige Zeitpunkt für Witze«, blaffte er. »Hast du nichts davon gehört? Jay Cooke ist gescheitert!«

Er eilte weiter, und ich ging zur Station und fragte mich, wer bei Sam Hill Jay Cooke war und woran er gescheitert war. Ich fragte den Angestellten dort danach.

»Machst du Witze?«, fragte er.

»Nein, kein bisschen«, antwortete ich. »Bloß eine einfache Frage, aber wenn du mir keine klare Antwort drauf geben kannst, ist mir das auch recht.«

»So? Na ja, du wirst schon bald selber draufkommen«, meinte der Angestellte. »Und dein Zeug ist nicht angekommen, und zur Hölle mit dir.«

»Und zur Hölle mit dir«, sagte ich und machte mich aus dem Staub. Auf dem Rückweg begegnete ich ein paar Kerlen, die mir zuriefen, dass Cooke gescheitert wäre, also rechnete ich mir aus, das müsste irgendeine Art Witz sein, der kursierte, und dachte nicht weiter darüber nach.

Brusik stand vor dem Laden und feilschte um ein paar Felle, die jemand gebracht hatte. Als er mich sah, streckte er seinen Daumen aus. »Da will jemand mit dir reden«, sagte er. »Drinnen.«

Ich sagte in Ordnung und ging rein, und da saß dieser Kerl, er hatte einen Konfektionsanzug an, trank von unserem besten Whiskey, der aus einer Flasche kam, nicht aus dem Fass, und rauchte eine Zigarre, die so lang war wie ein Springfield-Gewehr. Ich dachte, das müsste irgendein Geschäftsmann sein, und sagte ihm, wer ich war, und er sah mich überrascht an.

»Du bist ein bisschen jünger, als ich dachte«, sagte er.

»Ist das so?«, sagte ich. »Nun, ich bin es trotzdem. Was kann ich für Sie tun?«

»Ich heiße Stokes«, sagte der Kerl. »Tom Stokes, aus Iowa. Ich muss mit dir über ein kleines Geschäft reden. Über diesen Laden. Er gehört dir, nicht wahr?«

Ich warf dem Kerl einen flüchtigen Blick zu, dachte mir, vielleicht war er von der Landregistratur in Topeka, und fragte, worum es ging.

Stokes setzte sich auf einen Stuhl und kippte nach hinten. »Ich hab vor, hier selbst einen Laden zu eröffnen, so wie die Dinge liegen.«

»Dies ist ein freies Land«, sagte ich.

»Das isses«, gab Stokes zu. »Aber so frei nun auch wieder nicht. Zum Beispiel muss man Land kaufen.«

»Scheint mir auch so«, stimmte ich zu. »Dann tun Sie das

doch und kaufen Sie sich ein Grundstück und bauen sich 'nen Laden.«
»Hab ich vor«, sagte Stokes. »Hab alles fertig, Holzschuppen und alles, bestens ausgestattet. Da gibt's bloß einen Haken, weißt du?«
»Nein, weiß ich nicht«, antwortete ich. »Und ganz unter uns, zwischen Ihnen, mir und Buffalo Bill, mir ist es auch echt piepegal.«
»Klar«, meinte Stokes. »Ich verstehe. Aber ich glaube, es sollte dir nicht piepegal sein.«
»Und warum bei Sam Hill sollte es das nicht?«, sagte ich, in dem knallharten, fiesen Ton, wie der in Dodge angesagt war, obwohl es nicht hundertprozentig funktionierte, wenn ich ihn anschlug.
»Warum?« Stokes kippte wieder auf diese beunruhigende Weise nach hinten und schwankte. »Weil dieser Laden hier auf meinem Grund und Boden steht!«
»Was!«, rief ich, und meine Augen wären mir fast aus dem Kopf gesprungen.
»Das ist Tatsache«, sagte Stokes.
»Mister ...« Ich holte tief Atem, dann schrie ich: »Brusik, komm rein, und zwar schnell.«
Brusik kam schnell rein – für seine Verhältnisse – und stellte sich drohend hinter mich. »Also, Mister«, sagte ich. »Verschwinden Sie, und wenn Sie noch mal hier auftauchen und versuchen, mich aufs Kreuz zu legen, dann wird das Ihr letztes Mal sein. Jetzt hauen Sie ab.«
Stokes sah zu Brusik hoch, dann hob er die Hand. »Okay. Ich bin nicht gekommen, um mich auf einen Bärenkampf einzulassen. Aber wenn ich weg bin, solltet ihr hier einen Blick draufwerfen.« Er überreichte mir ein paar Papiere. »Wenn du

dich ein bisschen beruhigt hast, können wir vielleicht miteinander reden. Wenn nicht ...«

»Was?«, sagte ich, irgendwie knurrend. »Was dann?«

Stokes zuckte mit den Schultern. »In dieser Stadt scheint es mit dem Gesetz nicht weit her zu sein, aber der Staat nimmt es da genauer. Wie auch immer, du kannst ein paar Tage darüber nachdenken und mir dann Bescheid geben, wie du mich bezahlen willst!«

Er machte sich aus dem Staub, und ich starrte auf die Tür, zu verblüfft, um irgendetwas anderes zu tun, bis Brusik sagte: »Was hat er gemeint, Ben? Schuldest du dem Typ Geld?«

»Den Teufel tu ich«, sagte ich. »Ich hab ihn in meinem ganzen Leben noch nie gesehen. Bloß ein Betrüger, der es mal probiert.«

Damit war Brusik zufrieden und ging nach hinten raus, aber ich starrte auf diese Papiere, und ich muss sagen, sie wirkten unheimlich, ein Haufen dicker Papiere, die ganz legal und gestempelt aussahen, und in mir kroch ein schauriges Gefühl hoch, wie wenn du einfach genau weißt, dass du irgendein verdammtes Ungeziefer gesehen hast, eine Tarantel zum Beispiel, die aus einer Ecke gekrabbelt kommt, aber du willst lieber nicht richtig hinsehen, für den Fall, dass du dich nicht getäuscht hast.

Ich wollte mir auch die Papiere nicht genauer ansehen, aber ich wusste, dass ich es tun musste, also begann ich, sie durchzugehen, und obwohl da 'ne Menge Wörter standen, die sogar ich nicht verstand, wie »kostspielige Grunddienstbarkeiten«, gab es 'ne Menge Wörter, die ich sehr wohl verstand, und als ich diese Papiere ganz durchgeackert hatte, war ich ganz blass um die Nase, denn was am Ende dabei rauskam, war, dass dieser gottverdammte Ingenieur von der Eisenbahn, A. A. Ro-

binson, die Stadt falsch vermessen hatte, sodass alle Grundstücke verwechselt worden waren, und der Boden, auf dem wir saßen, gehörte Stokes, und er verlangte Miete für das Grundstück für die ganze Zeit, seit wir hier waren, und mit dieser Miete hätte man halb Kansas City und Kansas kaufen können, und, man konnte es kaum glauben, aber es stand da schwarz auf weiß, er verlangte von mir noch ungefähr eine Million Dollar – für die »kostspieligen Grunddienstbarkeiten«, was immer das auch war.
Ich hatte Angst, versteht ihr? Zitterte, sodass diese verfluchten Papiere wie Blätter im Wind flatterten. Klar, ich wusste, dass es eigentlich nichts gab, wovor man Angst haben musste, nachdem dem alten Heaney das ganze Land gehörte und so weiter, aber wie an Weihnachten war das nicht gerade. Das lag an diesen offiziellen Schriftstücken ... Und dieser Stokes, der schien sich ziemlich sicher gewesen zu sein ... Und dann dachte ich, worüber zum Teufel machte ich mir eigentlich Sorgen? Ich würde meinen Geschäftsberater informieren, und dann konnte der sich sein Geld verdienen. Und wisst ihr, was ich tat? Ich schickte ihm ein Kabel! Jawohl, ein richtiges Kabeltelegramm. Ich ging zur Bahnstation runter und kam mir auch mächtig wichtig vor, denn ich schickte zum ersten Mal in meinem Leben eins. Mir wurde dann schlecht, als ich erfuhr, wie viel es kosten würde, aber Keith Willis, der Telegraf, zeigte mir, wie man die meisten Wörter wegließ, und meinte, ich könnte in ein paar Stunden nachfragen, er würde mir dann Bescheid geben.
»Und sag mal«, meinte er, »hast du das von Jay Cooke gehört?«
Ich antwortete, alle Jay Cookes auf der Welt wären mir piepegal und ging zurück und begann, einige Waren einzuräu-

men. Aber ich war nicht bei der Sache, und das ist die Wahrheit. Ich verwechselte Bohnen mit Trockenerbsen und 45er Patronen und ich weiß nicht was alles, bis jemand den Kopf zur Tür reinstreckte und sagte, es wäre ein Telegramm für mich angekommen.

Ich rannte wie verrückt zur Station runter, dachte, nun wären all meine Sorgen vorüber, und riss Keith das Telegramm aus der Hand, und was stand da? Da stand: »Hinhalten. Schicke Papiere. Dringend.«

Ich stand unter der Lampe und fragte mich, was bei Sam Hill das zu bedeuten hatte. Wen oder was sollte ich hinhalten und weshalb? Außerdem war das Telegramm gebührenfrei geschickt worden, sodass ich dafür bezahlen musste! Wieder im Laden angekommen, fühlte ich mich richtig schlecht. Ich brütete vor mich hin und war beinahe so weit, zu einem der Gründer der Gemeindegesellschaft zu gehen, vielleicht zu Henry Sitler oder sogar zu Colonel Dodge, rechnete mir dann aber aus, dass es besser war, wenn ich meine Karten vorläufig dicht bei mir behielt.

Wenn ich bedachte, dass es in diesen Rechtsdokumenten um Geld ging, hielt ich es für besser, erst mal zu prüfen, wie viel ich besaß, also machte ich mich daran, meine Bücher durchzugehen. Wir hatten natürlich 'ne Menge Schulden, Geld, das wir Firmen drüben im Osten bezahlen mussten. Klar, wir hatten auch 'nen Haufen Kredite, Geld, das uns die Jäger schuldeten und so, dazu das Geld, das Heaney für mich investiert hatte, aber irgendwie erschienen mir die Kredite nicht so überzeugend wie die Schulden, wenn ihr wisst, was ich meine.

Und dieses *dringend* in dem Telegramm machte mir Sorgen. Ich hatte mir Worte wie »Mach dir nichts draus« gewünscht, damit ich mir keine Sorgen mehr zu machen brauchte, aber je länger ich darüber nachdachte, desto dringender kam mir das ganze Unternehmen vor. Ich lag fast die ganze Nacht wach, war noch beunruhigter als bei der Sache mit diesen Hüten, und als es dämmerte, dachte ich, zum Teufel damit, warum sollte ich mich vor Sorgen vorzeitig ins Grab bringen? Heute fuhr ein gottverdammter Zug!

Ich grub also ein Einmachglas aus, nahm mir vierzig Bucks, steckte sie mit den Papieren zusammen in eine Tasche, legte einen Sechsschüsser obendrauf und erklärte Brusik, ich würde Heaney aufsuchen. Er quasselte etwas, worauf seine Schwester stolz gewesen wäre, seine Schwägerin auch, aber ich hämmerte ihm in den Schädel, dass er unter keinen Umständen den Laden verlassen dürfte und dass ich mit dem nächsten Zug nach Westen wieder zurückkäme, dann ging ich zur Bahnstation, um den Zug in Richtung Osten, nach Newton, zu erreichen, und ein paar Leute auf der Straße riefen mir doch tatsächlich zu, ob ich das von Jay Cooke gehört hätte, aber ich nahm immer noch an, dass irgendein Witz in der Stadt umging, und in dem Moment war ich ganz bestimmt nicht zu Witzen aufgelegt.

Es dauerte ungefähr zwölf Stunden bis Newton, wenn der Zug nicht entgleiste, dreißig Tage dagegen, wenn man als Siedler mit einem Fuhrwerk unterwegs war, und es war überhaupt keine Sache, in einem Eisenbahnwaggon zu sitzen, selbst wenn alle Bänke kaputt, die Fenster zerschlagen und alle Insassen betrunken waren. Und allein durch die Tatsache, dass ich im Zug saß, ging es mir besser, einfach weil ich in Bewegung war, ich ließ meine Sorgen hinter mir und war unterwegs zu jemandem, der das Problem aus der Welt schaffen würde. Jedenfalls war es das erste Mal seit fast zwei Jahren, dass ich Dodge verließ, deshalb tat mir die Reise gut, und während wir auf den gottserbärmlichen Schienen durchgerüttelt und geschüttelt wurden, dachte ich an das ganze Geld, das ich hatte investieren lassen, und als wir dann Newton erreichten, war ich richtig fröhlich.

Als ich aus dem Zug stieg, wurde ich an alte Zeiten erinnert, womit ich Abilene meine, bevor es geschlossen wurde, mit den riesigen Viehhöfen, den Reitern, die durch die Straßen schlenderten, und der Musik, die aus dutzenden von Tanzsälen dröhnte. Ich bekam etwas Heimweh, als ich mich streckte, hustete säckeweise Asche aus und fragte den Bahnvorsteher, wo ich den alten Heaney finden könnte.

Er besaß einen Schuppen, den gleichen wie in Abilene, schätze ich, und er war da, saß hinter einem Schreibtisch, auf dem sich Papiere und Dokumente türmten, und seine Glatze glänzte wie eins von den Hühnereiern, die er so gern aß.

»Wie geht's, Mr Heaney?«, sagte ich.

»Wie geht's«, antwortete er, dann sah er auf und zog die Augenbrauen hoch, dass sie beinahe bis zu seinem Kragenknopf wanderten. »Ben!«, sagte er. »Ben!«

»Hallo, Mr Heaney«, sagte ich.

»Hallo!«, kam es wie ein Echo von ihm zurück.

»Ich hab die Papiere mitgebracht.«

»Papiere?«, fragte er.

»Genau, wegen dem Laden. Sie haben geschrieben, Sie brauchten sie dringend. He!« Ich trat einen Schritt vor. »Sie haben sie doch nicht vergessen, oder?«

»Vergessen?« Schon wieder klang das wie ein Echo. »Nein, nein. Natürlich nicht. Nein, wirklich nicht.«

»Das hoff ich aber auch«, sagte ich. »Die Sache ist ernst.«

»Ernst. Oh ja. Ja, das ist sie. Ernst. Wirklich ernst.«

Der alte Heaney hatte was in seinem Blick, das mir kein bisschen gefiel, sein Gesicht zuckte, könnte man sagen, und dann zog er eine Flasche Bourbon hervor und goss sich einen Schluck ein, den sich der alte Brusik zweimal angesehen hätte. Heaney, der ein Antialkoholiker und ein Reformer und all so was war! Ich starrte auf die Flasche, dachte aber, dass das seine Angelegenheit war, und wandte mich wieder den meinigen zu.

»Mr Heaney«, sagte ich, »an diesen Papieren hängen hunderte von Dollars, und Sie haben gesagt, Sie brauchten diese Papiere dringend, deshalb bin ich mit dem Zug gekommen, was mich zehn Bucks gekostet hat, und dieser Stokes, der redet von *Zinsausgleich* und *kostspieligen Grunddienstbarkeiten,* was auch immer bei Sam Hill das ist – und worüber zum Teufel lachen Sie?«

Denn das tat er, er lachte, bis er fast platzte, bloß war das kein richtiges Lachen, es klang eher wie bei einer von den Hyänen, von denen man immer hört. Ich sah wirklich rot! »Hören Sie auf!«, schrie ich. »Haben Sie gehört? Hören Sie auf damit!«

»Hiiihiiihii.« Ein furchtbares Winseln brach aus ihm heraus. »Zehn Dollar hast du gesagt? Weh oh weh. Zehn – hast du es nicht gehört?«

»Was gehört?«, rief ich.

Heaney bekam wieder Luft und nahm noch einen Schluck. »Von Jay Cooke!«

Ich ging vielleicht an die Decke! »Verdammt noch mal!«, blaffte ich. »Was soll das mit diesem Cooke? Interessiert mich einen Dreck, dieser gottverdammte Hurensohn Cooke.« Und ich zog doch tatsächlich diesen Colt aus meiner Tasche und richtete ihn direkt auf ihn. »Wenn Sie nicht sofort mit diesem verdammten Witz aufhören, blas ich Ihnen das Hirn aus dem Schädel!«

Ehrlich, ich benahm mich wie ein Verrückter und wedelte mit dem Colt, den ich kaum gerade halten konnte, unter Heaneys Nase herum, wie ein nervöser Schuldeneintreiber bei seinem ersten Job! Und Heaney, der sah mir nur gerade ins Gesicht und sagte: »Tu dir keinen Zwang an. Du ersparst mir einen Haufen Ärger!«

»Was?« Ich nahm den Revolver herunter. »Mr Heaney«, sagte ich, »würden Sie mir freundlichst erklären, was bei Sam Hill hier vor sich geht?«

Heaney riss an seinem Kragen, als ob er am Ersticken wäre, dann goss er sich noch einen Drink ein und nahm einen kräftigen Schluck. »Ja«, sagte er. »Ich trinke! Dave B. Heaney!« Und plötzlich sah er wie ein alter Mann aus, ein richtig alter Mann, ausgezehrt und zusammengeschrumpft und geschlagen. »Ben«, sagte er, »Jay Cooke, das ist ein großer Finanzier in New York City. Ein sehr großer, Ben. Und er ist Bankrott gegangen, und wir sind mit ihm Bankrott gegangen.«

Ich begriff nicht ganz, was er sagte, es klang, als ob Besser da quasseln würde, aber ich lachte auch ein bisschen, nicht herzlich, bloß um guten Willen zu zeigen, wie ein Handelsreisender gegenüber einem langweiligen Kunden. »Ja, klar«, sagte ich. »Bankrott, Jay Cooke, haha. Jetzt also zurück zu diesen Papieren ...«

Heaney sah mich an, und ich spürte ein schreckliches Kribbeln. »Sie machen Witze mit mir, nicht wahr?«, fragte ich.

Heaney schüttelte den Kopf und nahm noch einen Drink, seine Hand zitterte heftig, und ich beobachtete, wie dieser Whiskey in ihn reinfloss. Es war, als würde ich träumen und er würde sich einen Spaß mit mir machen, weil in der Flasche in Wirklichkeit nur gefärbtes Wasser war.

»Nein, Ben«, sagte er. »Das ist kein Witz.«

»Aber mein ganzes Geld«, sagte ich. »Auf der Bank ...«
Das Zucken setzte wieder ein, Heaney schien seinen Mund nicht unter Kontrolle bringen zu können. »Die Bank ist auch pleite!«, sagte er und fing dröhnend an zu lachen.
Verdammt, ich wäre beinahe über den Schreibtisch gesprungen und hätte ihn erwürgt, aber ich beherrschte mich und sagte ganz heiser: »Wie zum Teufel kann eine Bank Pleite gehen? Erklären Sie mir das mal, und, bei der heiligen Dreifaltigkeit, strengen Sie sich bloß an, denn falls nicht, das schwör ich bei Gott, dann haben Sie Ihr letztes Ei gegessen.«
»Gut«, sagte er. »Okay. Okay, ich erklär es dir.«
Und das tat er, er erklärte, dass all das Geld, das ich verdient und gespart und gehortet hatte, bei einer Bank in Aktien und Anteilen investiert worden war. »Was ich dir hier und jetzt belegen kann, Ben«, sagte er und deutete mit einer Handbewegung auf die Papiere. »Ich bin grundehrlich vorgegangen ...«
Dann erzählte er weiter, von diesem Cooke, der ein millionenschwerer Banker und Finanzier war, dem überall Firmen gehörten und der spekulierte, aber er war Pleite gegangen und all die Firmen mit ihm, weshalb diese Zertifikate und Papiere wertlos geworden waren!
»Und er war ein aufrechter Mann«, sagte Heaney. »Gläubig und moralisch. Ein Pfeiler der Kirche.«
»Zur Hölle damit!« Inzwischen sah ich richtig rot. »Ich hab mein Geld keinem gläubigen, kirchentreuen Hurensohn in New York anvertraut. Ich hab es Ihnen gegeben.«
»Ben.« Heaney zuckte inzwischen richtig heftig, so ziemlich überall. »Ben, du hast mich nicht richtig verstanden. Ich hab das Geld aus deiner Partnerschaft bei der Bank angelegt, und diese Bank hat bei Cooke investiert, um viel Profit zu machen. Viel Profit.«

»Mr Heaney«, sagte ich, und meine Stimme kratzte richtig. »Sehen Sie diesen Schreibtisch? Sehen Sie, was da draufliegt?«
»Das seh ich«, antwortete Heaney.
»Gut«, sagte ich. »Das da ist ein sechsschüssiger Colt, und der sagt genau in diesem Moment, wenn die Bank mir mein Geld nicht zurückzahlt, dann wird es der Kerl, der es dort hingebracht hat, mir zurückzahlen. Haben Sie das verstanden?«
»Ich hab verstanden«, sagte Heaney. »Aber das ändert nichts, Ben. Ich bin genauso pleite. Ausgelöscht und die Hälfte der Vereinigten Staaten mit uns!«
Und es stimmte, und ich musste es schlucken, trotzdem wollte ich mich erst davon überzeugen. Heaney nahm mich mit zur Bank, und die war geschlossen. Er nahm mich sogar mit zu einigen anderen Geschäftsleuten, und die waren genauso abgebrannt. Sogar Besser drüben in Abilene war pleite! Und die Sodbusters, nun, die waren bloß ruiniert, sonst nichts. Ruiniert und von Gläubigern von ihrem Land vertrieben!
Aber ich konnte es trotzdem nicht glauben. Genau wie bei Bos Tod, ich wusste, dass es so war, doch während wir durch die Stadt liefen, dachte ich immer wieder, dass alles ein Irrtum war. Okay, dieser verdammte Cooke war Pleite gegangen und all die anderen Kerle mit ihm, aber mein Geld war irgendwo anders aufbewahrt worden.
Trotzdem kapierte ich es allmählich, als ich die abgebrannten Geschäftsleute sah, bei denen die Luft raus war, und ich kapierte noch mehr, als wir wieder im Büro ankamen und ich mir Heaney ansah. Er hatte wirklich viel von der *Mach-dich-auf-und-unternimm-was-Stimmung* verbreitet und war mutig und risikofreudig und all so was gewesen, aber dort in der gedrückten Atmosphäre, Mann, da sah er aus wie neunzig,

sein Gesicht war zerfurcht, sein Körper ganz eingefallen, und seine Hände zitterten so sehr, dass er sich den ganzen Fusel über die Weste kleckerte.

Ich kann euch sagen, wenn ich mir nicht selbst so Leid getan hätte, hätte er mir vielleicht Leid getan, und ich hätte ihn einfach da sitzen gelassen, damit er sich antütern und all seinen Kummer und sein Leid vergessen konnte, aber ich hatte selber Kummer und Leid, also redete ich wieder auf ihn ein.

»Okay«, sagte ich. »Dieses investierte Geld ist dann wohl in den Wind geschrieben ...« Was ich immer noch nicht richtig glauben konnte, wisst ihr. »Aber was ist mit dem Laden und diesem Stokes?«

»Haha.« Heaney lachte schon wieder so scheußlich, dann hustete er und versuchte sich zusammenzureißen. Er klopfte auf die Papiere, die auf seinem Schreibtisch verstreut lagen. »Die Sache ist die, Ben ... Dieser Stokes ... Na ja, er hat Recht. Dodge ist falsch aufgezeichnet worden, und dein Laden sitzt auf seinem Grund, und wenn du diese Miete nicht nachzahlst, dann hat er ein Pfandrecht drauf – das heißt, er kann es behalten, bis du diese kostspieligen Grunddienstbarkeiten bezahlst!«

»Ich kann's einfach nicht glauben«, sagte ich. »Ich kann's einfach nicht.«

»So ist das Gesetz, Ben«, sagte Heaney.

»Aber diese Miete, die er verlangt ... Allmächtiger Herrgott!«, rief ich. »Das ist ... das ist ...«

»Das ist 'ne Menge«, sagte Heaney, als ob ihn das gar nichts anginge.

»Gottverdammt, so viel kann ich in Jahren nicht zahlen!« Ich schrie – und dann kam mir eine Idee! Jawohl, ich sah Licht am Ende des Tunnels. »Sagen Sie mal, wenn unsere Grundstücke an der falschen Stelle sind, dann haben wir doch auch welche an der richtigen Stelle, oder? Ich meine, irgendein gottverdammtes Grundstück muss uns da doch gehören, und außerdem, wir haben doch Anteile bei der Gemeindegesellschaft!«

Leute, dieses Licht da in der Finsternis wurde von Minute zu Minute heller, aber das Licht am Ende des Tunnels, wie man so sagt, das entpuppte sich als Zug, der direkt auf mich zukam, denn Heaney schüttelte den Kopf. Also, er schüttelte ihn ein bisschen mehr, denn von dem ganzen Fusel wackelte er ohnehin.

»Ben«, krächzte er. »Ben.« Und ich schwöre, er schrumpfte da tatsächlich, wurde kleiner, während ich ihn ansah. »Mein Sohn, ich hab die Anteile auf Raten gekauft.«

»Was zum Teufel soll das heißen?«, fragte ich und hatte das Gefühl, dass ich selber anfing zu schrumpfen.

»Das heißt ...« Heaney grinste wie ein Totenschädel. »Das heißt, ich hab bloß fünf Prozent angezahlt. Bloß eine Vorsichtsmaßnahme, Ben, in unserem eigenen Interesse, das ist alles. Eine Anzahlung, verstehst du? Der Rest muss bezahlt werden ... muss bezahlt werden ...«

»Muss wann bezahlt werden?« Nun, ich fragte, und es hörte sich an, als ob ich den Mund voller Dreck und Kies hätte, aber ich schätze, ich wusste die Antwort, bevor ich die Frage gestellt hatte.

»Gestern«, sagte Heaney.

Er griff wieder nach der Flasche, und ich weiß nicht, ich hätte am liebsten nach dem Colt gegriffen und ihm den Kopf weggepustet, schätze ich, und ich wette eins zu hundert, jedes Gericht im Land hätte mich freigesprochen und mir den Kopf getätschelt, aber was zum Kuckuck hätte das genützt. Und ich war einfach ausgepumpt, einfach komplett ausgepumpt und ganz traurig. Als Heaney seinen Schluck nahm, direkt aus der Flasche, sagte ich sogar: »Mr Heaney, meinen Sie nicht, Sie sollten mit dem Zeug langsam tun?« Und er antwortete bloß: »Wozu?«

Darauf wusste ich keine Antwort, und während draußen die Reiter einen draufmachten, wild wie die Mustangs und frei wie die Vögel, und irgendeine Band vor sich hin plärrte, saßen der alte Heaney und ich also im Dunkeln in diesem schäbigen Büro, zwei echte amerikanische Geschäftsmänner, pleite. Ich verbrachte die Nacht in diesem Büro, und am nächsten Tag erwischte ich den Zug Richtung Westen nach Dodge. Es gab sowieso keinen Grund, länger in Newton zu bleiben. Vor meiner Abreise erklärte Heaney mir das mit den kostspieligen Grunddienstbarkeiten, was bloß eine schicke Umschreibung für Bauen auf dem Grund eines anderen war, und er schrieb einen Brief, von dem er meinte, vielleicht könnte man Stokes damit bluffen, obwohl er keine großen Hoffnungen hegte.

»Aber du musst so viel verkaufen, wie du kannst«, sagte er.

»Und wie geht's dann weiter?«, fragte ich. »Soll ich dann verduften?«

Er zuckte zusammen und stand bloß da in seinem Büro aus Schindeln, das jetzt am Auseinanderfallen war, genau wie er. »Mach einfach das Beste draus. Und, Ben, deine Ausdrucksweise ist ziemlich miserabel!«

Darauf konnte ich nichts erwidern, ohne noch schlimmere Ausdrücke zu benutzen, also sagte ich nichts. Einfach gar nichts.

Er begleitete mich zur Bahnstation. »Was haben Sie jetzt vor?«, fragte ich ihn.

»Ich?« Er hatte wieder so ein gezwungenes Lachen. »Also, ich schätze, Dave Heaney hat es in sich, noch mal von vorn anzufangen. Dies ist ein großes Land, groß genug für einen Mann, um zehnmal sein Glück zu machen. Wir werden es beide schaffen, Ben. Jawohl!«

Die Lokomotivenglocke läutete schrill, und der Kontrolleur rief: »Alleees einsteigeeen.«

»Denk dran, Ben«, sagte Heaney, als ich einstieg. »Du musst dich nur aufmachen und was unternehmen. Das sind die Worte: *Mach-dich-auf-und-unternimm-was.*«

Aber er sah nicht so aus, als ob er sich aufmachen und etwas unternehmen könnte. Er sah aus wie ein Kerl, der bereit ist, sich hinzulegen und liegen zu bleiben, er war ganz verlottert und zittrig und verdreckt, und bevor der Monat rum war, bekam er noch 'ne Menge mehr Dreck ab, denn er ging hinaus in die Prärie und blies sich das Hirn aus dem Schädel.

Mir war selbst auch so zu Mute, während sich der Zug über das Land schleppte, und bis wir das gottverlassene Ödland hinter Hutchinson erreicht hatten, war mir wirklich klar geworden, dass ich pleite war. Richtig pleite. Beim Jupiter, noch vor ein paar Tagen hatte ich wie dieser alte König Geld gescheffelt, der alles, was er anfasste, in Gold verwandelte, und jetzt war ich wieder da, wo ich angefangen hatte, war bloß ein umherstreunender Junge, der außer seinem Namen nur noch die Kleider besitzt, die er am Leib trägt – und außerdem Schulden hat.

Es wurde dunkel und das Land sah noch düsterer aus. Hunderte von Meilen dieses Land, und nirgendwo ein Licht, und wenn da eins gewesen wäre, dann hätte es von einer Horde Diebe stammen können – aber falls die vorgehabt hätten, eine Bank auszurauben, dann hätte ihnen wenigstens ein Schock bevorgestanden.

Wir erreichten Great Bend, und ich sehnte mich zwar nach einem Kaffee und nach was zu futtern, aber ich wagte nicht auszusteigen, weil da draußen vielleicht welche von meinen Gläubigern an der Station rumlungerten. Und als wir dann nach einem Ruck weiterzuckelten, war der Zug voller Betrunkener, die blödsinnige Lieder sangen und über ein Pokerspiel debattierten, sodass ich noch nicht mal schlafen konnte, bloß einnickte und wieder aufwachte und mich beim Aufwachen fragte, wo ich war, mich dann an meine Sorgen erinnerte und es mir direkt bis in den Magen schlecht wurde. Und ich glaube nicht, dass es in den ganzen Vereinigten Staaten von Amerika oder sogar auf der ganzen gottverdammten Welt eine erbärmlichere Kreatur als mich gab, als ich in Dodge aus dem Zug stieg, und außerdem regnete es auch noch in Strömen.

Ich patschte zum Laden, und ich fühlte mich auch nicht fröhlicher, als ich Brusik da sitzen saß, mit einem Becher Fusel in der Pranke. Er grinste mich hoffnungsvoll an, und ich hatte einige Mühe, ihm in den Schädel zu hämmern, dass wir pleite waren.

»Aber der Laden lief doch gut«, sagte er immer wieder. »Richtig gut. Du hast mir das gesagt ...« Als ob ich daran schuld wäre, dass Cooke gescheitert war. Er wiederholte es wieder und wieder, sein Gesicht wurde immer röter und gemeiner, sodass ich regelrecht Angst bekam, ob er nicht vielleicht doch richtig zuschlagen konnte.

»Jedenfalls«, sagte ich zum Schluss, »wenn du mir nicht glaubst, dann schick doch deinem Bruder ein Kabel, aber schick es nicht gebührenfrei, weil der auch pleite ist.«

Darüber kam er ins Grübeln, er murmelte in seinem ausländischen Kauderwelsch vor sich hin, dann sagte er: »Aber was machen wir? Was tun wir jetzt?«

»Brusik«, sagte ich, »ich für meinen Teil, ich nehm 'ne Mütze Schlaf.« Dann aß ich eine Dose Bohnen, kalt, und haute mich hin.

Es war eine Nacht voller Albträume. Immer wieder träumte ich verrückte Sachen von Heaney und Cooke und all dem Geld, und als ich aufwachte, fühlte ich mich, als wären zehn Herden im Galopp über mich hinweggetrampelt.

Der Anblick beim Aufwachen war auch nicht übel. Brusik lag auf dem Boden, eine halb volle Flasche von unserem besten Whiskey neben sich und noch eine leere, und mit seinem Schnarchen hätte er die Wände einreißen können. Ich ließ ihn liegen, kochte Kaffee und saß da und lauschte dem Regen, der heruntertrommelte, und hoffte, dass es weiterregnen würde, wie bei der Flut vom alten Noah, damit all meine Sorgen wegschwimmen würden. Aber der Kaffee brachte mich wieder ins Leben zurück, und ich begann nachzudenken, und was ich dachte, machte Sinn.

Die Richtung, in die ich dachte, war folgende: Ich würde alles verkaufen, was wir besaßen, selbst wenn ich weniger als den Einkaufspreis dafür bekam, was wirklich eine Sünde war, und mit diesem Geld und dem Bargeld unter meiner Pritsche hätte ich eine ganz hübsche Summe beisammen. Dann würde ich vor meinen Gläubigern abhauen und irgendwo weit weg von vorne anfangen können, vielleicht könnte ich in den Black Hills Gold suchen oder – und da schlug es bei mir ein wie ein Blitz aus heiterem Himmel – nach New York City gehen und den alten Henry aufsuchen! Vielleicht sogar mit dem Drucken anfangen, wie er. Was Brusik anging, das war zwar traurig und alles, aber er musste einfach selbst sehen, wie er mit dem Leben zurechtkam.

Und das war der Punkt, wo ich den größten Fehler meines bisherigen Lebens beging. Ich hatte angefangen zu träumen, vor Aufregung, wisst ihr, wie ich in die Stadt zu Henry gehen würde, mit seiner neuen Katze spielen und ihn vielleicht im Schach besiegen würde! Heiliger Strohsack, mir kam sogar in den Sinn, dass diese Prediger vielleicht Recht hatten, dass die Wege des Herrn unergründlich waren und so und dass er vielleicht gerade jetzt dem alten Heaney und Besser nicht mehr Beachtung schenkte als den Spatzen, aber ein Auge auf Ben Curtis hatte.

Also, obwohl es wirklich düster im Laden war, wurde ich wieder fröhlich, und ich war beinahe so weit, mich aufzumachen und mir ein dickes Büffelsteak zum Frühstück zu besorgen und mit dem Verkauf der Waren anzufangen, als die Tür aufging, und herein kam Stokes!

Ich sprang auf, erschrocken, als ob ich mich irgendwie schuldig fühlte, und das entging ihm nicht, darauf könnt ihr wetten, aber er redete nicht darüber, setzte sich bloß auf das Fass mit den Krachern und zündete sich dann genüßlich eine Zigarre an.

»Hab gehört, dass du wieder da bist«, sagte er. Er warf einen Blick auf Brusik, der platt auf dem Boden lag, was er nicht weiter beachtenswert fand, und das war es in Dodge auch nicht, dann hob er die Whiskeyflasche auf. »Zu schade zum Wegwerfen.«

»Bedienen Sie sich«, sagte ich.

»Sehr großzügig von dir.« Er nahm einen Schluck. »Hast du mit deinem Geschäftsberater gesprochen?«

»Worauf Sie wetten können«, sagte ich. »Das ist ein mächtig cleverer Kerl. Er hat mir sogar noch einen Brief für Sie mitgegeben.«

»Nun, das ist wirklich nett.« Stokes nahm noch einen

Schluck. »Ich liebe es ziemlich, wenn ich Post bekomme. Lass mal sehen.«

Ich reichte ihm den Brief, und er las ihn langsam durch – nicht, dass er Probleme mit den Buchstaben gehabt hätte, er genoss ihn bis ins Letzte und las einige Passagen laut vor. »Forderung unbegründet ... Billigkeit ... ordentliches Verfahren ... dazugehörig, das ist ein gutes Wort. Mit Dilligenz bedrängen – ein echtes Zehn-Dollar-Wort, das da. Forderung deshalb abgelehnt, Gegenforderung folgt.« Er hatte fertig gelesen und steckte den Brief in seine Tasche. »Das ist wirklich ein großartiger Rechtsberater, den du da hast.«

»Einfach der beste von ganz Kansas«, sagte ich. »Fragen Sie, wen Sie wollen.«

»Sicher.« Stokes sah sich die Flasche an, bemerkte, dass sie leer war, und ging hinter die Theke, lässig wie sonst was, und holte sich eine neue.

»Denken Sie dran, wem dieser Laden gehört, Mister«, sagte ich so knallhart, wie ich konnte.

»Mach ich«, entgegnete Stokes. »Ich weiß mich hoffentlich zu benehmen.« Er öffnete die Flasche und blinzelte mich durch sie hindurch an. »Schade, dass dein Rechtsberater Pleite gegangen ist!«

»Woher bei Sam Hill ...« Ich brach ab, aber es war zu spät und machte sowieso keinen Unterschied.

»Man kann in beide Richtungen telegrafieren«, sagte Stokes. »Wie dem auch immer sei, mein Sohn, wir haben jetzt vorläufig genug Köder gesammelt, fangen wir an mit dem Fischen.«

Das war mir recht. Er würde mir ein Angebot für den Laden machen, da war ich mir ganz sicher. Der Brief, wisst ihr? Der Bluff hatte anscheinend auf Anhieb geklappt. »Klar«, sagte

ich. »Machen Sie mir ein Angebot, und dann sehen wir, ob die Fische anbeißen.«
Stokes grinste. »Netter Vorschlag, schätze ich, aber ich hatte mir das anders vorgestellt. Ich dachte, du würdest mir ein Angebot machen!«
Mir fiel die Kinnlade runter, ich schätze, bis auf den Boden, jedenfalls tat es einen Schlag, aber das konnte auch mein Herz gewesen sein, das mir direkt in die Stiefel rutschte und dann mitten durch sie hindurch, auf dem Weg zu was auch immer auf der anderen Seite der Welt. »Ich?«, fragte ich ziemlich erstaunt.
»Schätze schon«, sagte Stokes. »Mein Sohn, anscheinend hast du es noch nicht ganz kapiert. Dieser Laden gehört mir, mit allem, was drin ist. Klar, wenn du bereit bist zu zahlen, kannst du ihn gleich wiederhaben.«
»Über diese Art Witze«, sagte ich, »kann ich überhaupt nicht lachen.«
»Das ist kein Witz.« Stokes hatte aufgehört zu grinsen. »Also, ich mach eigentlich nie Witze über Geld.«
»Aber dieser Brief ...«, hob ich an.
»Dieser Brief hat gar nichts zu bedeuten«, sagte Stokes. »Und das weißt du, und ich weiß es, und derjenige, der ihn geschrieben hat, der weiß es auch. Wenn du vor Gericht gehen willst, ist das deine Sache. Aber im Moment bist du draußen.«
»Mister«, sagte ich, und ich zitterte vor Wut. »Mister, ich werd nicht gehen, und wenn Sie versuchen wollen, mich dazu zu bringen, dann werd ich ...«
»Du wirst mal überhaupt nichts tun«, sagte Stokes. »Du bist pleite. Aber ich bin kein harter Mann« – er wollte mich wohl zum Narren halten – »deshalb geb ich dir fünfzig Dollar, damit du ein bisschen Ellenbogenfreiheit hast.«

Er sah mir in die Augen, und ich sah ihm in die Augen, und er sah eiskalt aus, aber mir war heiß.
»Ich geh nicht«, sagte ich. »Mach ich nicht. Ich hab fast mein ganzes verdammtes Leben lang gehungert, und ich werd nie wieder hungern. Und, Mister, wenn der aufwacht ...« Ich zeigte auf Brusik. »Dann werden Sie sich wünschen, Sie hätten noch nie von diesen verdammten kostspieligen Grunddienstbarkeiten gehört.«
Stokes seufzte und schnippte mit dem Finger an die Whiskeyflasche, sodass ein leises Ping ertönte. »Mein Sohn, die Welt ist hart für uns Pilger, und ich hab auch einige Zeit gehungert. Aber jetzt raus mit dir. Und was diesen Büffel hier angeht, ich bin schon öfter mit Bullen wie diesem fertig geworden, und ich schätze, ich schaff es wieder. Und wenn ich nicht mit ihm fertig werde, dann kenn ich Typen, die es können. Also, gehst du jetzt ?«
»Nein«, sagte ich. »Ich geh nicht.«
»Okay.« Stokes seufzte, als ob er eine öde Aufgabe zu erledigen hätte. »Kommt rein«, rief er, und zwei Männer traten ein. »Schätze, du kennst diese Jungs?«
Ich kannte sie. Der eine war Jack Bridges und der andere Levi Richardson, einer der bösartigsten Männer in der Stadt, ein Killer – und er hatte tatsächlich schon Leute gekillt.
»Jack hier«, sagte Stokes, »der ist bevollmächtigter US-Marshal. Wusstest du das?«
Ich wusste es ganz sicher nicht und sagte das auch.
»Zeig dein Papier, Jack«, sagte Stokes.
Jack sah ein bisschen verlegen aus, zog aber ein Papier heraus, und es war echt, wenigstens soweit ich sehen konnte.
Ich lachte bitter. »Menschenskinder«, sagte ich. »Das Gesetz! Es war keins da, als Leute umgebracht wurden, aber wenn's

drum geht, einen unschuldigen Geschäftsmann und außerdem einen Waisen loszuwerden, dann ...«

»Spar dir das«, sagte Stokes. »Da ist dein Geld. Raus, sofort.«

Mir blieb nichts anderes übrig als zu gehen. Stokes erlaubte mir, meine Habseligkeiten zu packen, aber er stand direkt hinter mir, als ich sie aus dem Unterschlupf holte, und das war genau der Punkt, wo ich diesen Fehler begangen hatte. Es gab keine Möglichkeit, meinen Zaster rauszuschaffen, ohne dass er es mitkriegte, und er hätte mich sicher nicht damit hinausspazieren lassen. Verdammt, anstatt so blödsinnig von Henry und von New York City zu träumen, hätte ich meine Dollars ausgraben sollen.

Also musste ich gehen, und dann warfen sie Brusik hinter mir her, der so betrunken war, dass er nicht wusste, wie ihm geschah, und das war's. Erstaunlich, nicht? Ich hatte den Laden und die Dollars verloren, und es gab überhaupt nichts, was ich in dieser gottverdammten Situation tun konnte.

Klar, ich erzählte es den Leuten, dachte, sie würden Stokes in die Prärie schaffen und dort eine Teeparty abhalten, aber nichts da! Charlie Rath sagte mir, wenn dieser Stokes ein Räuber gewesen wäre, hätten sie sich sofort um ihn gekümmert, aber was er getan hatte, war völlig legal, weshalb ihnen nichts einfiel, wie sie mir aus der Patsche helfen konnten. Und außerdem hatten sie ihre eigenen Probleme mit diesen Grundstücken, da sie alle durcheinander gewürfelt waren und die eine Hälfte der Stadt von der anderen Hälfte der Stadt kostspielige Grunddienstbarkeiten verlangte! Und er erzählte mir noch was. Wir saßen in Hermann Fringers Drugstore. Charlie und Hermann waren beide schon zweimal bei Stokes gewesen, weil sie ihn dazu bringen wollten, mir ein bisschen mehr Geld zu geben, was er aber nicht tat, keinen einzigen

Dime! Und Hermann, der sagte: »Kleiner, Stokes hat uns deine Bücher gezeigt, und du hast wirklich 'nen mächtigen Haufen Schulden.«

»Stimmt«, sagte ich. »Aber mir schulden die Leute auch 'ne Menge.«

»Das ist richtig«, gab Hermann zu. »Aber die Leute, die dir Geld schulden, die werden nicht grade nach dir suchen, oder? Was aber diejenigen sicher tun werden, denen du Geld schuldest. Kapiert?«

»Und weiter?«, sagte ich. »Ich kann da keinen Unterschied erkennen. Ich hab kein Geld.«

»Äh-hä«, grunzte Charlie, und Hermann hielt eine Weile den Blick starr auf eine Flasche von Professor Blitzsteins Wunderallheilmittel gerichtet. Dann sagte Frank: »Die Sache ist die, Kleiner, diese Gläubiger, die könnten sich ... na ja ... aufregen. Und die Wahrheit ist ... nun ... Wenn ich du wäre, ich würde mich lieber woanders aufhalten, meine ich.«

Das sagte er, und ich wusste, was er meinte – nachdem er es mir einmal verklickert hatte –, und ich hätte seinen Rat auch befolgt, wenn ich gekonnt hätte. Aber da waren noch diese Dollars unter dem Laden. Die würde ich nicht zurücklassen, ehrlich nicht, aber mir fiel auch nicht ein, wie ich drankommen konnte. Bei Moses, wie sehr fluchte ich über mich, weil ich sie nicht ausgegraben hatte! Aber vom Fluchen wurde es auch nicht besser, und Brusik half das genauso wenig, obwohl er andauernd am Fluchen war, wenn er die Gelegenheit dazu hatte. Jedenfalls erzählte man mir das, denn ich sah zu, dass ich nicht da war, wo er sich aufhielt, wenn ihr versteht, was ich meine, obwohl ich nicht dahinter kam, weshalb er auf mich sauer war. Auf Jay Cooke oder Stokes oder Heaney hätte er sauer sein sollen, aber bei dem einen Mal, wo ich ihm das zu erklären versuchte, sagte er, er würde mir Arme und Beine ausreißen und sie mir in den Schlund stopfen. Komplett unvernünftig.

Das war die Zwickmühle, in der ich steckte. Wenn ich in Dodge blieb, dann würde Brusik mit mir machen, was er wollte – und falls nicht er, dann ein anderer –, aber wenn ich abhaute, dann konnte ich diesen Dollars wohl einen Abschiedskuss zuwerfen, ich wusste es einfach. Aber nachdem ich ein paar Tage in der Stadt herumgelungert hatte, löste sich dieses Problem von selbst für mich, wenn auch – und das soll sich nicht undankbar anhören – mit einer Antwort, die ich überhaupt nicht gern hörte.

Ich war bei Hermann im Laden, und er sah mich allmählich so an, als wäre er sehr froh, wenn ich meine Zeit woanders verbrächte. Da kam Sam Dawson rein, der Jäger, der angeboten hatte, mir seinen Job beizubringen, als ich damals in Dodge ankam, und er war ein zäher Bursche, aber geradeheraus. Er kaufte Hermann ein paar Medikamente ab und plauderte eine Weile, dann machte er sich auf. Im Gehen deutete er mir mit einer Kopfbewegung an, ich sollte mit nach draußen kommen. Ich folgte ihm, weil ich in jenen Tagen froh war, wenn ich mit irgendjemandem reden konnte, und bei ihm wusste ich mit ziemlicher Sicherheit, dass ich ihm überhaupt nichts schuldete.

»Ich hab gehört, dass du dich in gewisse Schwierigkeiten gebracht hast«, sagte er.

Ich war wirklich verärgert und stellte die Dinge richtig. »Ich hab mich nicht in Schwierigkeiten gebracht. Dieser gottverdammte Jay Cooke hat mich da reingezogen. Er und dieser gottverdammte Ingenieur, der die Pläne für diese Stadt gezeichnet und sie falsch gemacht hat, und es ist ein Wunder, dass seine Bahnstrecke nicht in die falsche Richtung geht. Die sind es, die mich in Schwierigkeiten gebracht haben.«

»So?« Sam hörte sich nicht sonderlich überzeugt an. »Na ja, wie auch immer, was hast du vor?«

»Ich will dir die Wahrheit sagen«, antwortete ich. »Ich weiß es einfach nicht.

Sam sah mich mit festem Blick an. »Ich will dir was sagen, Kleiner. Ich geh in ein paar Tagen wieder raus auf die Jagd. Wenn du willst, kannst du mitkommen. Ich bezahl dich.«

»Ich?«, sagte ich. »Jagen?«

»Nein.« Sam schüttelte den Kopf. »Es sei denn, du hast hundertfünfzig Bucks für 'ne Sharps. Ich erledige das Jagen und du ...«

»Jetzt wart mal, Sam.« Ich musste ihm ins Wort fallen. »Ich dank dir für dein Angebot, aber häuten ...«

»Nicht häuten.« Sam schüttelte den Kopf. »Ich hab schon zwei Abdecker. Ich brauch jemanden, der kocht und sich um die Maultiere kümmert und all so was. Teufel auch, du weißt, worum es geht.«

Das wusste ich allerdings. Ich wusste, mir stand ein Sklavenleben bevor, genau das, aber ich sagte es nicht, denn an dem Angebot war was dran. Wenn ich mit Sam ging, war ich aus der Stadt, aber in der Nähe, und verdiente ein bisschen Geld. Doch es gab da noch eine Frage, die ich stellen musste, und das tat ich. »Warum ich?«, fragte ich.

»Ich will mich nicht zu deinem Kindermädchen machen, falls du das denkst«, sagte Sam. »Der Punkt ist, dass ich dich kenne. Reicht dir das?«

Das reichte mir. Es gab Dinge, die musste man nicht aussprechen. Da draußen in der echten Wildnis, nur mit zwei Abdeckern als Begleitung, war es mächtig beruhigend, wenn du jemanden hattest, der darauf achtete, was sich hinter deinem Rücken abspielte – das heißt, falls du jemanden bekamst, der das für dich machte.

»Was ist mit deinem bisherigen Koch passiert?«, fragte ich.

»Ist Goldschürfen gegangen«, sagte Sam.

Ich tat so, als müsste ich noch überlegen, aber ich hatte mich schon entschieden. Die Arbeit wurde bezahlt, die Rechnung ging auf, ich kannte Sam, und es gab schlimmere Typen, die sich in der Gegend herumtrieben, also nahm ich an.

»Okay«, sagte ich. »Warum nicht?«

»Genau«, sagte Sam. »Warum eigentlich nicht?«

Wenige Tage später saß ich auf einem großen Planwagen, peitschte auf vier riesige Missourimaultiere ein, hinter mir hockten zwei schrecklich gemein aussehende Kerle auf der Laderampe, und Sam ritt auf einer großen, kräftigen braunen Stute vor uns her. Wir spritzten durch den Arkansas River auf die weiten Ebenen zu, wo die Büffel umherzogen, ganz zu schweigen von den Komantschen und den Kiowa und den Cheyenne und ungefähr einer Million anderer Kerle mit Federn im Haar. Ehrlich, das Ganze erinnerte mich ziemlich an das Motto der Siedler: »Wir trauten dem Herrn, unserm Gott, und waren in Kansas bankrott.« Und zieh weiter, Bruder.

Mordszeiten

NEUNUNDZWANZIG

Also hieß es raus, Jungs, raus über den Arkansas River und weiter raus in das Land, wo die Büffel zogen, aber wir streiften nicht ziellos über die Ebenen. Wir jagten an den Wasserläufen, wo die Büffel gern tranken und sich im Schlamm wälzten, oder an den Salzlecken, weil sie ab und zu gern Salz mochten, und wenn Sam seine Opfer gefunden hatte, schlugen wir ein Lager auf und waren im Geschäft.

Es war ein erbärmliches Geschäft, muss ich sagen. Sam baute dann einen Dreifuß auf und schulterte sein großes 50er Sharps-Gewehr, machte das Leittier der Herde aus, was einem Kerl mit seiner Erfahrung gelang, schoss ihm zwischen die Lichter, und dann fiel es einfach um. Die anderen Büffel liefen umher, und Sam erschoss noch einen, dann noch einen – man nannte das einen Stand – und diese Büffel waren einfach zu blöd, um zu kapieren, was los war, deshalb grasten sie einfach weiter, bis keiner mehr auf den Füßen stand.

Ich weiß nicht, warum, aber Büffel beachteten Männer zu Fuß kaum, also griffen sie einen nicht an, und diese Sharps, sie hatte ein tiefes, weiches *Bumm*, beinahe beruhigend, weshalb die Biester nicht erschraken. Und dieses Gewehr traf auf eine erstaunliche Entfernung, auf achthundert Yards ohne

Probleme. Einen Mann, der eine Meile weit weg war, konnte man mit einer Sharps tatsächlich umbringen, und daher sagten die Indianer, dass sie heute schoss und morgen tötete, der Jäger war also in Sicherheit. Diese Büffel wussten einfach nicht, wovon sie getroffen wurden, und das Ganze war ungefähr so aufregend und gefährlich, als ob man Kühe auf einer Koppel erschossen hätte.

Dann kam das Häuten. Klar, ich hatte schon vorher gesehen, wie gehäutet wurde, angefangen vom Hasen bis zum Ochsen, aber einen Büffel zu häuten war was ganz anderes.

Diese Abdecker schlitzten sie um den Hals, am Bauch und um die Beine herum auf, dann banden sie das Fell am Maultier fest und rissen es runter. Aber das war es nicht, wovon einem so schlecht wurde, das war bloß eine lästige Aufgabe, grässlich war vielmehr das, was übrig blieb, diese Fleischberge, die noch mit den Köpfen dran vor sich hin moderten.

Es war wirklich schaurig, und manchmal hattest du das Gefühl, dass dich diese Köpfe ganz vorwurfsvoll ansahen, und das ist gar nicht so fantastisch, wie es sich anhören mag. Die Büffel, die kamen dir einfach nicht wie normale Tiere, etwa Hirsche oder Rinder, vor. Die Indianer verehrten sie. Vielleicht, weil sie von ihnen lebten, aber ich bin mir nicht sicher, ob da nicht noch was anderes dran war. Wenn du sie sahst, besonders im Gegenlicht – schwarz, mit riesigen, zerzausten Köpfen, stampfend und mürrisch –, kamen sie dir wie Traumgestalten vor, unwirklich, wisst ihr. Und da draußen, unter dem weiten Himmel, nun, ich weiß nicht, aber jeder konnte so weit kommen, dass er sie verehrte.

Aber Traumgestalten hin oder her, wenige Millimeter Blei hauten sie um, sodass sie nie wieder aufstanden, und wieder floss Bargeld in die Kasse.

Klar, die zwei Burschen, die wir dabeihatten, erledigten das Häuten, aber ich musste helfen, die Felle zum Lager zurückzuschaffen und abzuschaben, was genauso ekelhaft war, all die Fett- und Fleischfetzen loszuwerden. Dann mussten wir die Felle ausbreiten und festpflocken – und wenn Sam Glück gehabt hatte, waren mehrere Morgen mit ihnen bedeckt – und wir mussten Gift gegen Ungeziefer drüberschütten, was bedeutete, dass diese Biester vielleicht davon abgehalten wurden, die Häute zum Mittagessen zu verspeisen, aber dafür schlugen sie unsere Richtung ein. Sie bedeckten uns, wisst ihr. Verdammt, ich hatte das Gefühl, als bestünden unsere ganzen Kleider nur aus Ungeziefer, und die meisten Insekten waren so boshaft, dass sie dich stachen und bissen und an dir rumfraßen, aber die Schraubfliegen, heiliger Strohsack, wenn du Pech hattest, legten sie ihre Eier in dich ab und dann – na ja, ich muss wohl nicht weitererzählen.

Es gab Tag und Nacht keinen Frieden. Nachts war es sogar noch schlimmer, weil diese Abdecker bei uns im Lager schliefen. Die Sache war die, nicht jeder hätte diese Arbeit erledigt, und die Kerle, die es taten, die könnte man als Horror auf zwei Beinen bezeichnen, und da bildeten die beiden, die wir dabeihatten, keine Ausnahme.

Einer von beiden, Pike, war nur halbwegs bei Verstand, und sein Partner war auch nicht gerade eine große Leuchte, aber der war auf eine andere Art verrückt. Stellt euch vor, sie nannten ihn Red Dog, obwohl Mad Dog eigentlich sogar besser gepasst hätte. Aber diese Strolche hatten alle Spitznamen, hauptsächlich weil sie nicht wagten, ihre wirklichen Namen zu benutzen – die standen wahrscheinlich auf irgendeinem Fahndungsplakat –, aber vielleicht auch deshalb, weil sie allmählich keine menschlichen Wesen mit menschlichen Namen mehr waren. Oder anders gesagt, es war wie bei den Pennern und Landstreichern, mit denen ich so zusammengelebt hatte – weil sie nichts besaßen, sehnten sie sich nach etwas, was sonst niemand hatte, und mehr als ein Spitzname war da nicht drin.

Aber wie dem auch sei, diese beiden waren schrecklich, sie redeten über Frauen, als ob die Tiere wären, und darüber, wen sie umgebracht hatten und was sie mit Indianern angestellt hatten oder wenigstens angeblich mit ihnen getan hätten, und das war wirklich entsetzlich, schlimmer als alles, was ich je gehört oder erträumt hatte, und es zeigte, selbst wenn sie das alles nie getan hatten, was in ihren Köpfen vorging. Und ich musste für sie kochen! Ich, der ich mal mein eigenes Geschäft gehabt hatte!

Wisst ihr, zu dem Zeitpunkt, im Spätherbst, war das Wetter klar, kristallklar, und der Himmel bei Nacht, nun, man konnte sich nicht vorstellen, wie viele Sterne dort vor sich hin glitzerten. Ich hatte die Sterne immer gemocht, mich gefragt, was sie wirklich waren und ob Leute wie wir darauf lebten, arbeiteten und sich sorgten und vielleicht wegen einer Bank Pleite gingen. Unten in Clement hatte ich nach ihnen Ausschau gehalten, und auch auf dem Viehtrieb, alle waren sie freundlich gewesen wie Nachbarn, die auf einen Besuch vorbeikamen. Aber in den Nächten da draußen, da erschienen sie mir mehr wie die kalten Augen eines Spielers oder eines Gesetzeshüters, wie sie auf einen hinunterstarrten und sich einen Dreck drum scherten, was aus einem wurde. Und die riesigen Büffelwölfe, die in der Dunkelheit heulten, trugen auch nicht gerade dazu bei, dass man sich geborgen fühlte.

Aber diese klaren Tage und Nächte glitten vorüber, und wir bekamen Regen, wodurch es echt gemütlich wurde, und dann, an einem elenden, durchweichten Nachmittag, als wir gerade über eine lang gestreckte Anhöhe krochen, hörten wir einen lauten Schuss.

Die Abdecker und ich, wir sahen uns an, und trotz all ihres draufgängerischen Geredes sahen sie so verängstigt aus, wie ich mich fühlte, weil dieser Schuss nicht aus einer Sharps gekommen war. Es war ein Gewehr gewesen, sicher, aber unter den Typen da draußen, die andere Gewehre benutzten, waren welche, die man nicht gerade auf einen Drink in seinem Tipi willkommen hieß.

Sam hatte sein Pferd gezügelt, er hielt den Kopf gesenkt und lauschte. Dann krachte das Gewehr zum zweiten Mal.

»Ihr Jungs wartet hier«, sagte er. »Ich seh mal nach.«

Er ritt den Hügel hinauf, stieg kurz vor dem Horizont vom Pferd und bewegte sich dann zu Fuß vorwärts. Ich fuhr mir über die Lippen, die sich irgendwie trocken anfühlten, als Sam seinen Hut abnahm und in einem großen Bogen schwenkte, was hieß, okay, kommt rauf. Wir folgten ihm und fühlten uns Millionen Mal besser.

Bis wir die Anhöhe erklommen hatten, war Sam wieder aufs Pferd gestiegen und in ein flaches Tal hinuntergeritten, und es war irgendwie schwer auszumachen, was da vor sich ging. Er redete mit ein paar Männern, die mit den Armen ruderten, als ob sie miteinander stritten. Ich dachte, wenn ich auf ihn aufpasste, dann würde er auch auf mich aufpassen, also nahm ich mir die Schrotflinte und schlug mich zu ihm durch und war ziemlich verblüfft, denn unten in dem Tal stand ein Gespann, ein alter Einspänner, der es selbst die Texas Street in Abilene runter kaum geschafft hätte, mit einem alten Pferd davor, das sicher nicht mehr lange leiden musste. Und wenn ich verblüfft war, dann war Sam das auch. Er redete mit den Männern, die ausgezehrt aussahen und ganz gelb im Gesicht waren und zerdrückte alte Hüte und alte Mäntel der US-Armee trugen.

»Auf der Jagd?«, sagte Sam gerade. »Ihr jagt Büffel? Verhungern werdet ihr. Verhungern und erfrieren.«

»Mister«, antwortete einer der Kerle, »da, wo wir herkommen, da waren wir am Verhungern und Erfrieren.«

»Und wo soll das gewesen sein?«, fragte Sam.

»In Grant County«, sagte der Kerl. »Wir hatten Farmen, aber die haben wir verloren, nachdem die Banken Pleite gingen und so, also sind wir hierher gekommen.«

Sam schüttelte den Kopf. »Wisst ihr, worauf ihr euch einlasst? Wie um alles in der Welt wollt ihr denn durch den Winter kommen?«

»Genauso wie zu Hause«, sagte der andere Kerl. »Bauen uns einen Unterschlupf.«

»Und mit denen da wollt ihr Büffel jagen?« Sam deutete auf die Gewehre, die die beiden trugen, ein altes Springfield-Gewehr und ein anderes, mit dem man bloß Vögel abschießen konnte. »Ihr werdet fünfzig Tiere verletzen, bevor ihr mal das erste tötet.«

»Klar«, sagte der Erste. »Also, das bedeutet Geld in der Tasche, und das ist mehr, als wir irgendwo anders bekommen.«

Sam sog an seinen Zähnen. »Ihr wisst, dass es da draußen Indianer gibt ...«

Der zweite Kerl lachte, bloß hörte es sich nicht wie Lachen an, wenn ihr wisst, was ich meine. »Weiße Männer haben uns schon das Fell über die Ohren gezogen, also versuchen wir es jetzt mal mit diesen Rothäuten.« Er sah Sam richtig böse an. »Sie warnen uns ziemlich viel, Mister. Sie haben doch nicht etwa vor, uns aus dieser Prärie hinauszuwarnen, oder? Denn

dieses Land hier, das gehört niemandem, und die Büffel gehören auch niemandem.«
»Würde ich nicht leugnen«, sagte Sam.
»Also gut, dann«, sagte der Kerl.
»Also gut.« Sam saß auf. »Viel Glück. Heiliger Jesus, ihr werdet es brauchen.«
Wir zogen also weiter, Sam schüttelte den Kopf, und darüber konnte man wirklich nur den Kopf schütteln, wie diese zwei Farmer, genauso pleite wie ich, sich abmühten, um sich mit Büffeljagd über Wasser zu halten, was ich auch machte, aber ich hatte eine echte Ausrüstung dabei und einen Mann, der wusste, was er tat. Aber diese beiden, beim Jupiter! Den Winter da draußen mit so einem Einspänner zu verbringen!
Ich freute mich allerdings auch nicht gerade auf den Winter, und ich freute mich noch weniger, als wir weiterpatschten, das Wetter wurde schlechter, Schneeregen und Hagel droschen auf uns hernieder, und unsere Felle waren durchweicht und wurden immer ekliger. Ich brütete und dachte darüber nach, wie ich mein Geld aus dem Laden herauskriegen könnte. Dann kam mir eine Idee. Sie gehörte nicht zu meinen besten Geistesanwandlungen, aber sie war besser als nichts, und ich war gerade so weit, dafür meinen Abschied einzureichen, als mir der Geistesblitz mit einem Schlag aus dem Kopf gepustet wurde.
Wir waren ziemlich weit nach Süden gekommen, zogen zu einem Wasserlauf, von dem Sam wusste, dass sich dort gern reichlich Büffel aufhielten, und wo Sam sich hinter eine alte Pyramidenpappel hocken und sie abknallen konnte, es war so einfach wie einer Lady die Hand zu küssen, als kein Geringerer als Charlie Rath aufkreuzte.
Er hatte sich auf den Fellhandel verlegt, und wie manche von

den Agenten war er herausgekommen, um zu kaufen und uns Proviant und Munition zu bringen, was uns Jägern den weiten Weg nach Dodge oder Adobe Walls oder wohin auch immer ersparte.

Charlie war mit einer Reihe von Fuhrwerken und ein paar echt grobschlächtigen Fuhrleuten rausgekommen, die mit Messern und Pistolen von oben bis unten behängt waren, und zusammen mit unseren Abdeckern machten sie mal einem Fass Erleuchtungssaft, das Charlie mit rausgebracht hatte, den Garaus und gaben sich höflicher Konversation hin, beispielsweise wer wen in Dodge erstochen hatte. Ich braute Kaffee zusammen und brachte ihn Sam und Charlie, die ein Geschäft per Handschlag besiegelten, und wenn ihr gehört hättet, wie hoch der Preis war, dann wüsstet ihr auch, warum die Geschäfte dort draußen so abgeschlossen wurden, denn falls Sam das Geld an Ort und Stelle bekommen hätte, dann hätten er und ich nach Charlies Abgang vielleicht noch fünf Minuten gelebt, eher weniger, denn Sam hatte über zweihundert Büffel in jenem Monat, als wir draußen waren, abgeknallt – bei einem Dollar fünfzig pro Fell. Das war also schon 'ne Menge Geld.

Sie schütteten ihren Kaffee runter, dann öffnete Charlie eine Flasche echten Kentucky-Bourbon, den er zufällig bei sich trug, und wir ließen uns zum Plaudern nieder, redeten über die große weite Welt und wie viel Geld wir aus ihr rausholen konnten, und Charlie erwähnte diesen gottverdammten Jay Cooke.

»Klar hat er die Farmer schwer getroffen«, sagte Charlie. »Leute werden gekündigt und verlieren ihr Land. Passiert überall im Land.«

»So isses.« Sam trank genießerisch an seinem Bourbon, als ob er aus flüssigem Gold wäre. »Wir haben vor kurzem ein paar Bauerntrottel getroffen.«

»Dürre Kerle«, sagte Charlie, »mit einem runtergekommenen Pferd und einem Einspänner?«

»Die waren es«, antwortete Sam. »Was machen die jetzt?«

»Machen!« Charlie fing an zu lachen. »Jesus, die strampeln sich ab wie ein Einbeiniger in einem Sumpf. So was hab ich seit dem Krieg nicht mehr gesehen. Sie hatten noch einen Hut voll Mehl übrig, keine Bohnen, kein Schweinefleisch, keinen Kaffee. Wenn die noch länger Büffelsteaks essen, wachsen ihnen Hörner aus den gottverdammten Köpfen.«

Er lachte wieder, und Sam lachte mit, aber man konnte nicht behaupten, dass er es aus vollem Herzen tat.

»Hatten sie auch Felle?«, fragte er.

Charlie spitzte die Lippen, als wollte er keine voreiligen Schlüsse ziehen. »Na ja ... Würde sagen, schon. Einige waren völlig durchlöchert, andere so schlecht getrocknet, dass sie aussahen, als ob ein Kojote dran rumgekaut hätte. Aber sie hatten auch welche, die ich ihnen abgekauft habe. Ich muss sagen, wie gut, dass es hier draußen reichlich Büffel gibt, weil wirklich viele Kerle auf der Jagd sind, verstehst du?«

»Klar«, stimmte Sam zu, aber er sah mächtig nachdenklich aus, und sein Blick veränderte sich auch nicht sonderlich, als Charlie eine neue Flasche anbrach.

Die Jungs machten die Nacht durch, im allgemeinen Einvernehmen, dass ein einziger Mond nicht reichte, zwei waren schon besser, aber wenn man sich lang genug an den Fusel hielt, sah man auf einmal drei, und das hieß dann, Zeit fürs Bett. Also gab es am nächsten Morgen einige Brummschädel, trotzdem schafften wir es, die restlichen Felle auf Charlies Fuhrwerken unterzubringen.

Dann saß Charlie auf seinem Pferd auf. »Bis zum nächsten Mal«, sagte er. »Ach, Sam, du hast nicht zufällig gesehen ...« Und er machte eine komische Geste, indem er die Hand an seinen Bauch legte und sie dann in einer schlängelnden Bewegung bis zu seiner Brust hoch führte.

Sam blickte verärgert drein, keine Ahnung, warum. »Nichts dergleichen«, antwortete er.

»Na gut.« Charlie trieb sein Pferd ein paar Schritte voran. Dann, anscheinend hatten wir einen Tag für seltsames Verhalten, hielt er an und rief mich zu sich. »Ich muss dir was erzählen, Kleiner«, sagte er.

Man sagt, die Hoffnung pflegt in der menschlichen Brust Sprünge zu tun oder irgend so was Poetisches, und ich bekam mächtig viel Hoffnung, als Charlie das sagte, ich dachte, vielleicht würde er mir ein paar gute Nachrichten bringen, vielleicht hatte jemand Stokes totgeschossen und ich konnte meinen Laden wiederhaben. Diese Hoffnung sprudelte mir in der Tat aus den Ohren, aber als ich hörte, was er zu sagen hatte, sprudelte sie direkt wieder hinein.

»Kleiner«, sagte er, »es geht mich zwar nichts an, aber ich sollte es dir sagen. Da hat ein Kerl sich in Dodge nach dir umgehört.« Er biss ein Stück von einem Tabakstreifen ab und beugte sich hinunter, ganz vertraulich. »Die Sache ist die, Kleiner, dieser Kerl, der tut ganz unschuldig, aber er kommt von Pinkerton!«

»Einer von Pink... fragt nach mir?« Ich schnappte nach Luft. »Weshalb um alles in der Welt? Ich bin kein Anarchist. Ich schulde bloß ein bisschen Geld.«

»Klar«, meinte Charlie. »Aber dieser Agent, der hat auch nach anderen Leuten gefragt, die im selben Boot sitzen.«

Ich lachte ganz verbittert. »Das macht keinen Unterschied,

überhaupt nicht. Ich hab kein Geld, wenn er mich also findet, hat er da nichts davon.«
Charlie spuckte einen dicken Strahl Tabaksaft aus. »Kleiner«, sagte er, »ganz so ist das nicht. Diese Geldleute mögen es nicht, wenn schlechte Schuldner frei herumlaufen. Das bringt die anderen auf Ideen. Wenn sie dich kriegen, könnten sie dich in den Knast stecken.«
»Gottverdammt!«, sagte ich. »Diesen Jay Cooke, den sollten sie da einsperren.«
»Vielleicht«, sagte Charlie. »Aber keiner hat verraten, wo du bist. Sie werden es auch nicht tun, weil keine Belohnung für dich ausgesetzt ist. Sogar Stokes hat die Klappe gehalten.«
»Sollte er auch besser tun«, sagte ich. »Nachdem er mir meinen Laden gestohlen hat.«
»Das ist wohl wahr«, gab Charlie zu. »Auf alle Fälle, Kleiner, ich will damit sagen, du hältst besser hier aus, bis sich alles abgekühlt hat.«
Er ritt davon, und, Leute, ich war vielleicht fröhlich! Da aushalten! Beim Jupiter, womöglich war ich ewig auf der Flucht, genau wie ich zu Bo gesagt hatte, damals in Lookout, und zog vierzig Jahre durch die Wildnis, und selbst dann würde auf der anderen Seite des Jordan ein gottverdammter Pinkerton-Mann auf mich warten, um mich einzubuchten. Ich war total niedergeschlagen, und dieser Geistesblitz, wie ich mein Geld aus dem Laden rauskriegen könnte, nun, der erlosch einfach. Und dann fing es an zu regnen!
Ich ging zum Planwagen zurück, wo Sam gerade aufsaß, um nach Büffeln Ausschau zu halten, und dann machte es klick.
»Sam«, sagte ich und hielt sein Pferd am Halfter. »Diese Schlangenbewegung mit den Fingern, die Charlie für dich da gemacht hat. Was war das?«

»Das geht dich nichts an«, sagte Sam.
»Okay«, sagte ich. »Kam mir bloß komisch vor, weiter nichts. Solche Zeichen zu machen ... das ...!« Ich blickte zu Sam auf. »Also ...das war doch ein Indianerzeichen.«
»So, und was für eines?« Sam versuchte, sein Pferd abzuwenden, aber ich hielt die Zügel fest.
»Hast du Indianer gesehen?«, fragte ich.
Sam fluchte in seinen Bart. »Red leise«, sagte er. »Willst du den beiden Abdeckern Angst machen?«
Himmelherrgott, denen Angst machen! Ich war es, der Angst kriegte, und das sagte ich ihm.
»Also gut«, sagte Sam. »Vor einer Woche hab ich ein paar Arapaho gesehen.«
»Arapaho«, wiederholte ich.
»Genau.« Sam zog den Hut tiefer ins Gesicht, als Schutz vor dem Regen. »Nichts, worüber man sich Sorgen machen müsste. Teufel auch, die sind zivilisierter als diese beiden ...« Er machte eine Kopfbewegung zu den Abdeckern hin.
Mann, dachte ich, das will nicht viel heißen. Und zivilisiert – so, wie Sam redete, hätte man denken können, die Arapaho würden anfangen, Opernkonzerte zu veranstalten. Doch das war es nicht, worüber ich mir Sorgen machte.
»Aber das Zeichen«, sagte ich. »Waren das Arapaho?«
Sam fluchte wieder, aber ich schätze, er wusste, dass ich die Zügel nicht loslassen würde, bis ich eine ehrliche Antwort bekam, also drehte er sich halb zur Seite, damit die anderen ihn nicht sehen konnten.
»Das hier ...« Er machte das Schlängelzeichen noch mal. »Das sind Komantschen – erschrick nicht, verflixt. Ich bin keiner. Sie verehren Schlangen, weil die listig sind und ohne Warnung zuschlagen, und dieses Zeichen ist eine Schlange. Aber

Teufel auch, ich hab keine gesehen. Sie wandern nicht so weit rauf.«

»Weshalb hat Charlie dich dann gefragt?«, wollte ich wissen.

Sam sah richtig sauer aus. »Jesus, hat dir nie einer gesagt, dass es nicht klug ist, wenn man zu viele Fragen stellt? Er hat einfach gefragt, weiter nichts. Jetzt lass die Zügel los, oder ...« Und mehr brauchte er nicht zu sagen.

Moses, was für ein Tag. Mein Geistesblitz war erloschen, Pinkerton-Männer, die hinter mir her waren, womöglich gottverfluchte Komantschen, die umherstreiften ... Ich hatte gesagt, dass ich in einer Wildnis lebte, und, Gottverdammt, das tat ich, und ich musste mittendrin bleiben, von Männern festgehalten, die ich noch kein einziges Mal gesehen hatte!

Das waren vielleicht Gedanken, sie ließen mich die ganze Zeit nicht los, weshalb ich nicht darauf achtete, was um mich herum vor sich ging, ich erfüllte nur meine Aufgaben und versuchte den Abdeckern aus dem Weg zu gehen, aber im Verlauf des Tages fing ich doch an, auf sie zu achten, was daran lag, dass sie reichlich viel zankten und stritten. Klar, für sie war das so normal, wie es das Knurren für Hunde ist, da sie nicht in der Lage waren, wie Menschen zu reden, aber wie sie das taten, das wurde schlimmer und schlimmer.

Ich hörte sie eines Tages, draußen, wo Felle abgezogen werden mussten, nachdem Sam einen großen Abschuss gemacht hatte. Pike jammerte vor sich hin, dass er die ganze Arbeit machen müsste, und Red Dog knurrte zurück.

»Halt deine gottverdammte Klappe«, sagte er. »Mir geht's nicht so gut mit diesen gottverdammten Bauchschmerzen.«

Das konnte man sich leicht vorstellen, zu dem Leben da draußen gehörten Bauchschmerzen automatisch dazu, wegen dem schlechten Wasser und noch schlechterem Futter, aber er sah wirklich nicht gut aus, irgendwie grün unter seiner sonnengebräunten Haut, und beim Abendessen fiel mir auf, dass er die Hände kaum bis zum Mund bekam, so sehr zitterten sie – und dabei aß dieser Kerl doch mit seinen Händen.

Am nächsten Morgen ging es ihm auch nicht besser, er wollte nicht aus seinem Zelt rauskommen, also musste ich mit Pike los, worüber ich sauer war. Sam war weitergezogen, aber ziemlich in der Nähe waren ein paar Jäger, und wir konnten ihre Sharps krachen hören, also machte ich mir da keine allzu großen Sorgen wegen der Komantschen.

Wir arbeiteten, bis es dunkel wurde, dann kehrten wir zurück. Sam war bereits im Lager und ließ es sich gut gehen, was eine mächtig nette Art zu leben war, wenn man genug Zaster besaß, um sich damit eine Truppe zu finanzieren. Von Red Dog war keine Spur zu sehen, aber ich brutzelte ein Essen zusammen, bloß Brei, Fett und Bohnen, das wir runterschlangen, und ich machte gerade Kaffee, als Red Dog aus seinem Zelt gekrochen kam.

Ich achtete nicht auf ihn, ich glaubte, er würde sich vielleicht besser fühlen, als er sich auf die Knie erhob und, gottverdammt, eine Pistole in seiner Hand hielt!

Beim Jupiter, wir starrten ihn an und dachten, er wäre verrückt geworden – oder noch verrückter, sollte ich besser sagen –, denn während er mit diesem Sechsschüsser herumfuchtelte, murmelte und fluchte er vor sich hin, und zwar ziemlich heftig.

Die Wahrheit war, keiner von uns wusste, was zu tun war, außer abhauen so weit wie möglich, aber so, wie Red Dog mit dieser Pistole fuchtelte, wagten wir nicht, uns zu bewegen, um ihn nicht auf uns aufmerksam zu machen, wisst ihr.

Aber irgendwer musste was tun und Sam versuchte es. »Was

zum Teufel soll das?«, sagte er. »Hast du einen Albtraum? Leg die Waffe weg.«
Das sagte er, aber sicher wünschte er, er hätte es nicht getan, denn Red Dog fuhr zu ihm herum, die Pistole in beiden Händen haltend.
»Du Hurensohn«, krächzte er. »Du diebischer Hurensohn. Glaubst du, du kannst mich rumkommandieren? Denk dir was anderes aus. Pike, hol die Schrotflinte. Wir machen mit diesen beiden Schluss und werden reich!«
Also, ich weiß nicht, ob Red Dog einen Albtraum hatte, aber ich fühlte mich ganz bestimmt wie in einem. Dieser verrückte Kerl hier, der schwenkte die Waffe, und das Licht des Feuers flackerte auf ihm wie bei einem Bild aus solchen religiösen Büchern, und so musste es an dem Ort aussehen, den Sam und ich bald besuchen würden.
»Pike!«, rief Red Dog. »Du tust jetzt, was ich sage, du gottverdammter Maulesel, sonst geht's dir genauso.«
Pike stöhnte, genauso verängstigt wie wir anderen. Dann sagte Sam: »Tu, was er sagt!«
Ich ging davon aus, dass wir jetzt zwei Verrückte hatten, als Sam das sagte, aber da lag ich falsch, denn als Pike aufstand, mit komplett wackligen Beinen, sah Red Dog zu ihm rüber, nicht mehr zu mir, und ich verpasste ihm den Kaffee ins Gesicht. Dieser Kaffee kochte nicht, und wenn er gekocht hätte, dann hätte ich ihn nicht schütten wollen, aber er war heiß und lief Red Dog lang genug in die Augen, sodass Sam über das Feuer springen konnte wie ein verfluchtes Känguru, ihm die Waffe aus der Hand trat und einen Schlag auf den Kopf versetzte, der ihn zu Boden warf, und bevor er da angekommen war, hatte ich mir die Schrotflinte geschnappt und auf Pike gerichtet, für alle Fälle.

Pike hob die Hände so hoch, dass er fast den Mond hätte greifen können, und es sah aus, als hätte er darin einige Erfahrung, und während er schrie: »Nicht schießen! Nicht schießen!«, lag Red Dog stöhnend am Boden, und Sam fluchte wie der Teufel.

»Was zur Hölle geht hier vor sich?«, röhrte er, und wer hätte das gedacht, Pike ging auf die Knie und betete! Betete um sein Leben!

»Ich war's nicht, nein«, stammelte er, »ich schwör bei Gott, ich war's nicht«, jammerte er vor sich hin, bis Sam sagte, wenn er nicht die Klappe hielte, würde er sie ihm stopfen, für immer.

Red Dog war k. o., aber wir fesselten ihn trotzdem, dann machten wir uns an Pike, und nach allem, was wir aus ihm rauskriegten, hatte Red Dog uns zusammen mit Pike umbringen wollen, anschließend wollte er mit ihm die Ausrüstung und die Felle nach Süden bis Fort Supply schaffen.

Sam ließ ihn ausreden, dann sagte er, richtig grimmig: »Du hast dir nichts anmerken lassen, oder?«

Pike stotterte so furchtbar, dass er kaum reden konnte, aber er bettelte noch ein bisschen und sagte schließlich: »Ich hab mich nicht um ihn gekümmert. Ihr wisst doch, wie die Kerle reden. Und, heiliger Jesus, ich hab ihm doch nicht geholfen, oder? Ich hab gar nichts getan.«

Nun, hatte er nicht, und das war Tatsache, und ich schätze, Sam glaubte ihm, denn er ließ von ihm ab, um nach Red Dog zu sehen, dem man auf den ersten Blick ansah, dass er für eine Weile keine Schwierigkeiten machen würde. Er sah wirklich krank aus, und das lag auch nicht bloß an dem Schlag, den er an den Kopf bekommen hatte. Er zuckte richtig wild, und sein Gesicht hatte eine komische Farbe. Aber Sam wollte nichts

riskieren. Wir schleppten den Kerl zum Wagen rüber, banden ihn an ein Rad und warfen ihm einen Mantel über.
Dann wandte sich Sam an Pike. »Geh in dein Zelt«, sagte er. »Und, Jesus steh mir bei, wenn ich dich auch nur atmen höre, puste ich dich mit einer Schrotladung voll.«
Pike kroch davon und tauchte einfach in seinem Zelt unter. Dann machte ich noch mal Kaffee, und Sam und ich setzten uns ans Feuer und schütteten Whiskey in das Getränk.
»Dieser verrückte Hurensohn«, sagte Sam. »Dreht da so ein Ding und ich hätte mich beinahe zum Trottel gemacht.« Er brütete eine Weile, war richtig sauer, dann sagte er: »Das hast du gut gemacht, Kleiner. Wenn du nicht so schnell gewesen wärst, der Himmel weiß, was passiert wäre.«
Ich fand auch, dass ich ziemlich gut gewesen war, aber ich zuckte bloß mit den Schultern, als ob nichts dabei gewesen wäre. »Was hast du mit ihm vor?«
»Darüber mach ich mir morgen Gedanken«, sagte Sam.
»Und Pike?«
»Der ...« Sam zögerte. »Ich schätze, er hat zum ersten Mal in seinem Leben die Wahrheit gesagt. Jedenfalls wird er allein bestimmt keine krummen Dinger versuchen. Auf jeden Fall anzeigen. Wir haben morgen was zu tun.«
Der nächste Morgen war wieder trist, grau und windig, dicke Wolken flitzten über uns hinweg, und es war kalt. Nicht richtig eisig, aber da war so eine dünne Kälte, die dir sagt, dass der Winter auf dich zukommt, und ich war froh, mich an das Feuer zu setzen, das Pike angezündet hatte, und mir von dem Kaffee zu nehmen, den ebenfalls Pike gekocht hatte. Er war eifrig darauf bedacht, alles zu tun, was man wollte. Eifrig und kriecherisch.
Ich wärmte mich ein bisschen, dann ging ich zum Wagen, wo

sich Sam Red Dog ansah. Und, herrjemine, der war vielleicht in einem Zustand! Sein Zucken war noch schlimmer geworden, und schwarzes Zeug floss ihm seitlich aus dem Mund.
»Was hat er?«, fragte ich.
Sam schüttelte den Kopf und wandte sich an Pike, der sich nach vorn beugte. »Ist er gebissen worden, weißt du was, vielleicht von einem Stinktier?«
»Er hat nichts davon gesagt«, antwortete Pike.
»Dann ist es keine Tollwut«, sagte Sam. »Glück für ihn.« Er zündete sich eine Zigarre an. »Könnte dieses Gift von den Fellen sein. Ich hab das schon öfter gesehen, aber noch nie so schlimm. Normalerweise kriegt man bloß Bauchweh, aber dieser Kerl, ihr habt ja gesehen, wie er isst, und er wäscht sich nie ... Na ja, geben wir ihm was.«
Er wühlte im Wagen herum und holte eine Medizin und Whiskey.
»Wird er davon gesund?«, fragte Pike.
»Woher zum Teufel soll ich das wissen?«, entgegnete Sam. »Ich bin kein Hellseher.«
Er schüttelte das Zeug auf, und diese Medizin, die war wirklich stark. Ich hab sie mal probiert, und sie war stark genug, um dir die Schädeldecke zu heben, hinterher wurdest du allerdings ziemlich schläfrig davon.
»Hier«, sagte Sam und hielt Pike die Flasche hin. »Schütte sie ihm rein.«
»Ich?!« Pike schlotterte fast so sehr wie Red Dog.
»Er war doch dein Kumpel, oder?«, rief Sam. »Jetzt mach schon, sonst ...«
Er brauchte den Satz nicht zu beenden. Pike hatte mehr Angst vor Sam als vor dieser Krankheit. Der Abdecker beugte sich vor, hielt sich so weit entfernt, wie es ging, und schüttete Red

Dog ungefähr ein Viertel der Mixtur in den Schlund, woran der beinahe erstickt wäre.

»Okay.« Sam trat zurück. »Frühstücken wir.«

Ich ging zum Fluss runter und wusch mir die Hände, und wie ich sie wusch. Ich schrubbte sie, bis fast keine Haut mehr dran war, aus Angst vor dem Gift, wisst ihr. Und Sam befahl Pike, das Gleiche zu tun, weil der nicht genug Verstand besaß, um selbst draufzukommen. Dann futterten wir, und diese Medizin war wirklich gut, denn als wir mit dem Essen fertig waren, schlief Red Dog wie ein Baby.

»Okay«, sagte Sam. »Schaff ihn in sein Zelt, und dann an die Arbeit.«

Pike ging, um die Ausrüstung zu holen, und Sam sah mich an. »Wir haben da ein kleines Problem«, sagte er. »Mir fehlt ein Abdecker«

»Ist mir irgendwie auch schon aufgefallen«, sagte ich ironisch und wusste, was jetzt kam.

»Schon gut.« Sam wollte mich besänftigen. »Ich weiß, dass du dich dafür nicht verdingt hast, aber wie wär's damit?«

»Herrje«, sagte ich. »Ich weiß wirklich nicht. Häuten das ist so 'ne Sache ...«

»Mach dir wegen dem Gift keine Sorgen«, sagte Sam. »Das passiert fast nie, wenn man vorsichtig ist.«

»Kann sein«, erwiderte ich. »Ich hab bloß nie vorgehabt, Abdecker zu werden, weiter nichts.«

»Ich hatte auch nie vor, Büffeljäger zu werden«, meinte Sam. »Ich war auf dem Weg nach Kalifornien, als ich hier ankam. Aber was meinst du dazu?«

»Ist auch kein Job, aus dem ich mir was mache«, sagte ich.

»Aus dem Job würde sich niemand was machen, der Verstand hat. Ich mach mir auch nicht viel aus der Büffeljagd, aber es ist ein Job, und er macht sich bezahlt. Sieh mal, ich such mir 'nen neuen Abdecker, sobald ich kann – und ich koche auch.«

Ich nahm mir Zeit mit der Antwort. Natürlich hatte ich nicht vor, ihn hängen zu lassen, weil mir gar nichts anderes übrig blieb, wenn ich mich irgendwo in der Nähe von Dodge und von diesen Einmachgläsern aufhalten wollte. Aber ich nahm an, wenn ich so tat, als wäre ich schwer zu kriegen, bekäme ich mehr, und das bekam ich auch, zwanzig Cents pro Fell statt fünfzehn, also sagte ich, ich würde es riskieren, und fing eine ganz neue Karriere an. Als gottverfluchter Abdecker.

DREISSIG

Wie gesagt, wir saßen in der Wildnis, aber es war eher, als ob man in einen Sumpf gezogen wurde, bei all dem Schleim und dem Blut, dem schrecklichen saugenden Geräusch, das die Häute von sich gaben, wenn sie abgezogen wurden, und dem Regen, der uns in dieser Trostlosigkeit überschwemmte, sodass wir nie richtig trocken wurden. Und Red Dog, den hörten wir stöhnen und kotzen. Er lag im Sterben, starb einfach, während wir ihn über die Prärie schleppten, und in Wahrheit wünschten wir uns nur eins für ihn, dass er dieses Sterben hinter sich brachte und es vorbei war, damit wir ihn endlich loswurden.

Furchtbar, nicht wahr? Aber so war es nun mal, jedenfalls ganz sicher für mich. Was zur Hölle hatte ich mit diesem Kerl zu tun? Bloß ein Saukerl, der versucht hatte, uns umzubringen, und wahrscheinlich wegen Mord und Quälerei an einem Dutzend Orten gesucht wurde. Jedenfalls konnten wir nichts mehr für ihn tun, und wir hatten genug Arbeit, nachdem uns ein Abdecker fehlte.

Auf jeden Fall hatte ich nur die Männer von Pinkerton im Kopf – und diese zwanzig Cents pro Fell. Ich stürzte mich richtig aufs Häuten, ließ nicht zu, dass ich langsamer wurde, und Pike auch nicht. Jeder Büffel, den Sam schoss, wurde von uns gehäutet und getrocknet, jeder einzelne. Ich kam sogar so weit, dass ich mich ärgerte, wenn Sam eine Pause einlegte, weil das für mich weniger Cents bedeutete.

Pike wagte eines Tages einen schwachen Protest, sagte, wir würden zu viel arbeiten, aber ich brachte ihn zum Schweigen. Und ich brachte ihn sogar dazu, dass er all die Drecksarbeit machte, die Gedärme und Eingeweide ausnahm, und ich ließ ihn das Gift verteilen, darauf könnt ihr wetten. Er versuchte auch dagegen zu protestieren, aber ich hatte ihn im Griff, was keine große Kunst war. Einmal aufgestampft und er kuschte, und wenn ihr diese Typen nicht kennt, braucht ihr in eurer Stadt bloß mal in eine Bar auf der falschen Seite der Schienen zu gehen, dann lernt ihr sie kennen. Klar, vielleicht lernt ihr dort auch die Typen kennen, die euch zum Kuschen bringen, aber das ist eine andere Geschichte.

Dann starb Red Dog. Wir hatten gegessen, und Pike ging, um ihm die Medizin zu geben, und als er sich über ihn beugte, gab er einen lauten Schnarcher von sich und hatte seine Chips abkassiert, und wir waren lediglich erleichtert, dass er sich im Guten aufgemacht hatte, und verärgert, weil wir ein Grab ausheben mussten, und es hätte nicht allzu viel gefehlt, dann hätten wir ihn einfach da draußen in Sumpf und Schlamm zurückgelassen.

Aber wir taten es – gruben ein Grab, meine ich – und wickelten ihn in eine Decke, und ich wette, jeder von uns dachte, so eine Verschwendung für eine gute Decke, und rollten ihn rein. Ich schätze, Sam meinte etwas sagen zu müssen, also murmelte er das Gebet des Herrn, und dann sagte er: »Also, ich schätze, du bist zu Lebzeiten einigen Richtern durch die Lappen gegangen, aber du wirst einem begegnen, dem du nicht entwischen kannst. Mach's gut, wie bei Sam Hill du auch geheißen haben magst.«

Pike schaufelte das Loch zu, wir markierten es mit ein paar Büffelhörnern, und am nächsten Tag brachen wir das Lager ab und zogen weiter.

Wir wandten uns nach Süden und folgten einem langen, gewundenen Bach, ließen uns südwärts treiben wie die Gänse, die da hinunterzogen und am Himmel schrien, und ich hätte eigentlich nichts dagegen gehabt, mit ihnen zu fliegen, denn so viel war sicher, das Wetter schlug um, der Regen war zeitweise eher wie fliegendes Eis. Aber Sam, er zog jetzt jeden Tag los, Regen oder nicht, nachdem wir dort auf reiche Jagdgründe gestoßen waren, und Pike und ich, wir hackten und schlitzten, und ich freute mich auf den Zeitpunkt, wo ich meinen Kredit in Bargeld umtauschen konnte. Dann kam Charlie wieder angerollt.

Wir waren richtig froh, ihn zu sehen, weil uns allmählich das Futter ausging, und außerdem waren wir froh, wieder ein menschliches Gesicht zu sehen, und der alte Rath, der brachte Zeitungen mit raus und Magazine, mit denen wir uns die Zeit vertreiben konnten.

Es gab die übliche Sause, aber ich schnappte mir Charlie und fragte ihn, wie die Dinge mit meinem kleinen Problem drüben in Dodge lagen.

»Also«, sagte er, »dieser Pinkerton-Mann, der ist weg. Doch das heißt nicht, dass deine Schulden mitgezogen sind. Ich an deiner Stelle, Kleiner, ich würde noch eine Weile hier draußen bleiben. Genau genommen würde ich so lange bleiben, wie ich könnte. Was soll's denn auch? Du hast alles, was du zum Leben brauchst. Jedenfalls ...« Er sah mich scharf an. »Warum zum Teufel willst du zurückkommen? Ich an deiner Stelle, ich würde die Stadt vergessen. Dies ist ein großes Land, also nutz die Chance.«

Die Frage war mir unangenehm, wegen dem Zurückkommen, weil ich nicht vorhatte, ihm von diesem Geld zu erzählen, das ich vergraben hatte und das Teil der Idee war, die er mir bei seinem letzten Besuch aus dem Kopf geschlagen hatte, und ich versuchte mir eine glaubhafte Lüge auszudenken, da fing er an zu lachen.

»Du bist doch nicht verliebt, oder? Hast ein Auge auf Nell Saintclair geworfen?«

Ich wurde rot, und er lachte mich aus und schlappte zu Sam zurück, um abzurechnen, und am nächsten Morgen lachte er immer noch über mich. Ein paar von diesen Kerlen hatten wirklich einen einfachen Humor. Aber er hörte auf zu lachen, als er zu Sam sagte, er würde versuchen, einen Mann zu finden, der bereit wäre in die Wildnis rauszukommen und mitzuarbeiten.

»Bis zum nächsten Mal hier draußen, Jungs«, sagte er. »Der Herr und das Wetter seien mit euch.« Und er und seine Männer setzten die starken Ochsenkarren in Bewegung.

Und dann spielte ich eine kleine Karte von ganz unten aus dem Haufen aus, in der Nacht hatte ich nämlich ein bisschen nachgedacht. »Hab ich richtig verstanden, dass er noch mal rauskommt?«, fragte ich.

»Klar«, sagte Sam. »Warum?«

»Wird vielleicht ein bisschen spät im Jahr, oder?«, fragte ich.

»Na und?« Sam stand da, und der Hagel trommelte ihm aufs Gesicht, ohne dass er blinzelte, er sah aus, als ob er aus Stein wäre.

»Na, und wann fahren wir zurück?«, sagte ich.

Sam rollte seine Zigarre im Mund hin und her, und es war ein

Wunder, wie er sie bei dem Wetter am Brennen hielt. »Reden wir heute Abend drüber«, sagte er.
»In Ordnung«, meinte ich. »Heute Abend.« Da wird er mir dann antworten müssen.
Er ritt los, begab sich auf die Suche nach Büffeln, während wir uns an die Arbeit machten und Felle wendeten, bis es dunkel wurde. Sam kehrte zurück, machte uns was zu futtern, das heißt, wir teilten uns die Aufgaben inzwischen, und läutete dann Feierabend. Pike kroch in sein Zelt, und Sam und ich krochen in unseres. Sam hatte eine Flasche vom guten Kentuckywhiskey, den Rath mitgebracht hatte, er schüttete welchen in seinen Kaffee, zündete sich eine Zigarre an und lehnte sich zurück. Er machte es sich richtig gemütlich, was ich ihm höflicherweise erlaubte, ehe ich sagte: »Wegen der Sache von heute Morgen.«
»Das«, sagte Sam. »Was ist damit?«
»Ich hab gefragt, wann wir irgendwo einkehren«, sagte ich. »Schließlich ist es schon fast Winter.«
Sam antwortete nicht, er lehnte sich mit seinem Whiskey und der Zigarre zurück und brachte mich langsam wirklich zur Verzweiflung.
»Wir gehen doch zurück, oder?«, sagte ich. »Ich meine, du hast doch nicht vor, für den Rest deines Lebens hier draußen herumzuziehen?«
»Nein.« Sam gab zu, dass er das nicht vorhatte. »Aber hier gibt es die Büffel, also wird jetzt Geld verdient.« Er schüttete noch mehr Whiskey in seinen Kaffee, schließlich war er ein vorsichtiger Mann. »Willst du weg?«
»Also, jedenfalls hab ich nicht vor, meine Hände und Füße durch Frostbeulen zu verlieren«, sagte ich.
Sam verzog das Gesicht. »Wird nicht passieren. Die Kerle, die

so was abkriegen, sind einfach nur dumm. Nein, wenn das Wetter richtig übel wird, verkriechen wir uns.«
»Verkriechen!«, rief ich aus.
»Genau.« Sam hörte sich ein bisschen gereizt an. »Das ist überhaupt nicht so, wie du dir das vorstellst. Ich kenn da einen Bach, wo ich mir 'nen Unterschlupf gegraben habe. Hab da fast den ganzen letzten Winter verbracht. Gutes Jagdgebiet, reichlich Büffel. An klaren Tagen gehen wir zur Arbeit raus. An schlechten Tagen bleiben wir ganz gemütlich drin.«
Diesmal verzog ich das Gesicht. »Gemütlich! Ich hab in einem Unterschlupf gelebt, als ich nach Dodge kam. Wenn das ein gemütliches Leben war, dann hab ich zwei Köpfe.«
»Dieser Unterschlupf ist prima«, sagte Sam. »Ganz mit Fellen ausgekleidet, und ich hab 'nen richtigen Ofen und 'ne Pritsche ...« Er fuhr fort, das Loch in der Erde wie einen gottverdammten Königspalast in der Prärie da draußen hinzustellen, während ich dachte, Mannomann, Sam, du hast den falschen Job. Du solltest Zeitungsverleger werden, denn du könntest Vear Porter Wilson Tipps geben. »Zur Hölle, was hast du eigentlich vor im Leben?«, fragte er zum Schluss.
»Weiterleben«, antwortete ich.
»Himmeldonnerwetter!« Sam wurde echt wütend. »Du wirst nicht sterben. Hab ich dir nicht gerade gesagt, dass ich schon mehrere Winter da draußen verbracht habe? Und glaubst du vielleicht, die Indianer würden weiterziehen? Die sitzen in diesen verfluchten Tipis, nett und behaglich, rauchen ihre verfluchten Pfeifen und lassen es sich gut gehen und ...«
»Und schmieden Pläne, wie sie uns umbringen können«, sagte ich.

Sam lachte tatsächlich darüber. »Ich hab nicht gesagt, dass sie das nicht tun«, gab er zu. »Aber ihre Überfälle machen sie im

Sommer. Also, der Winter ist wirklich die sicherste Jahreszeit, um sich da draußen aufzuhalten.« Das hörte sich so an, als ob wir wegen unserer Gesundheit da draußen wären. »Was zum Teufel willst du sonst noch?«

Also, ich wusste, was ich sonst noch wollte, nämlich mehr Geld, aber das wollte ich nicht so direkt ansprechen. Denn ich wollte, dass Sam es sagte, dann konnten wir so feilschen wie beim letzten Mal, deshalb sagte ich bloß: »Die Sache ist die, diese Art, mir meinen Lebensunterhalt zu verdienen, gefällt mir kein bisschen.«

»Glaubst du denn, mir vielleicht?«, sagte Sam. Er seufzte. »Das hatten wir alles schon, als Red Dog starb.«

»Klar«, sagte ich.

»Na also, und da hab ich dir erzählt, dass ich mir dieses Leben nicht ausgedacht habe, die Büffeljagd. Man ist auch nichts weiter als ein Metzger, genau genommen.«

Mann, dachte ich, so geht das. Da erzähl ich ihm von meinem Problem, und jetzt erklärt er mir seins! Das war was, was mir in meinem Leben ständig passierte. Und ich wollte gerade sagen, dass ich ja seine zarten Gefühle wirklich respektieren würde und wie schlimm das für ihn wäre, dass sie verletzt wurden, als er sagte: »Jetzt hör mir zu Ende zu, Kleiner. Hör mir bloß zu.« Er schüttete noch Whiskey in seinen Kaffee und vollbrachte da irgendwie ein Wunder, indem er das eine Getränk in ein anderes verwandelte. »Ich hab es dir schon damals erzählt, als du mit dem Häuten angefangen hast – ich war auf dem Weg nach Kalifornien, als ich mich aufs Schießen verlegte.«

»Klar«, sagte ich. »Kalifornien ...« Das Märchen kam mir bekannt vor.

Ich schätze, Sam hörte den Unglauben in meiner Stimme,

weil er an seinen Zähnen sog, als ob seine Geduld auf eine Probe gestellt würde. »Ich war auf dem Weg«, sagte er, »und ich komm noch hin. Aber ich will dir erzählen, wie ich da hinkomme.«

Ich hätte beinahe selbst angefangen, an den Zähnen zu saugen, schließlich redete ich, damit ich einen Cent mehr pro Fell bekam, und nicht, um mir irgendeinen verfluchten Tagtraum anzuhören, aber ich ließ es laufen und sagte nichts.

»Ich hab Folgendes vor«, sagte Sam. »Bis zum nächsten Jahr will ich weiterschießen, dann kassier ich ab, geh da runter und kauf mir ein Stück Land.«

»Für Vieh, meinst du?«, sagte ich verblüfft.

»Genau, für Vieh. Richtiges Vieh, keine Longhorns. Bisschen züchten und Mastvieh halten. Die Leute da unten mögen genauso gern Rindfleisch wie im Osten. Das Klima ist auch echt in Ordnung, so gut wie perfekt. Obst ...«

Seine Stimme wurde immer leiser, und ich dachte, vielleicht warst du mal Verleger, und ich wollte gerade sagen, alles gut und schön, aber können wir wieder zum Geschäft kommen, als er sich mir zuwandte und sagte: »Ich dachte, du könntest doch mitkommen.«

Ich sag euch, selbst wenn zehn Indianer ins Zelt gesprungen wären und ihre Tomahawks geschwungen hätten, hätte ich nicht mehr erschrecken können. Ich hätte beinahe das blöde Zelt über uns zum Einstürzen gebracht. »Ich!«, rief ich. »Mit dir nach ... nach ...«

»So ist es«, sagte Sam.

Ich legte mich zurück und lauschte dem Hagel, der an unserem Zelt rüttelte, und vielleicht hört sich das verrückt an, aber ich wurde ganz traurig, richtig niedergeschlagen, wie wenn dein Freund einen gemeinen Trick an dir ausprobiert hat –

sagen wir, du setzt deinen allerletzten Vierteldollar auf einen Außenseiter, und dein Freund sagt zu dir, der wäre als Erster eingelaufen, obwohl es nicht stimmt. Verrückt, nicht wahr, aber so fühlte ich mich. Ich drehte mich sogar weg, bis Sam mir in den Rücken pikste.

»Was um alles in der Welt ist los mit dir?«, fragte er.

»Meinst du das wirklich?«, sagte ich, ohne mich umzudrehen.

»Teufel auch, du hast doch Ohren, oder?« Sam pikste mich noch mal.

»Klar«, sagte ich. »Ich hab dich gehört. Sicher.«

»Also, schon gut.« Ich hörte, wie die Whiskeyflasche wieder gegen den Becher klimperte. »Mach doch, was du willst. Wenn dir das Angebot nicht passt ...«

»Das isses nicht«, sagte ich.

»Was um alles in der Welt ist es dann?«

Ich drehte mich um und sah ihn an. »Warum ich?«, fragte ich.

Sam seufzte. »In Ordnung. Sieh mal, du bist kein schlechter Kerl, wenn auch ein bisschen ungläubig für dein Alter. Aber ich weiß nicht, ob ich dir das übel nehmen kann, nachdem du ein paarmal gebissen worden bist. Aber du kannst arbeiten, hast schon mit Vieh zu tun gehabt, und du hast uns beiden einen Gefallen getan mit Red Dog. Ehrlich, wir könnten beide vor uns hinmodern wie der alte John Brown, wenn du nicht Courage gehabt hättest. Aber schon gut. Nur damit du weißt, dass ich ehrlich zu dir bin, es zahlt sich aus in dieser Welt, wenn man einen Kumpel hat, und außerdem werden wir jeden Cent brauchen, den wir kriegen können. Das ist das ganze Angebot. Also, was hältst du davon?«

Also, was ich dachte, war, dass der Weihnachtsmann angekommen war, das dachte ich, denn die Sache mit dem Geld war Augenwischerei. Was ich einbrachte, war nichts im Vergleich zu dem, was er kriegte, also war das Angebot vielleicht sogar echt, vielleicht war ich kein schlechter Kerl, und vielleicht war es eine Chance unter Millionen, nach Kalifornien zu gehen. Und wisst ihr, ich hatte von diesem Ort geträumt seit dem Tag, an dem Keeler sich dahin aufgemacht hatte. Es musste wirklich was dran sein, Sonnenschein und gutes Wasser, dieser Pazifik, der drum herum plätscherte, keine wilden Indianer, bloß eine Hand voll Mexikaner zum Rumkommandieren, und all die Orangen und so Zeug, und das erzählten Männer, keine verlogenen Eisenbahnagenten.

Genau, das dachte ich, aber bevor ich etwas sagen konnte, zuckte Sam mit den Schultern. »Hat echt keine Eile«, sagte er. »Denk ein paar Tage drüber nach. Genau genommen kannst du drüber nachdenken, so lange du willst, denn ich gehe, egal, was noch passiert, aber es könnte sein, dass ich einen anderen Kumpel finde, falls du zu lange nachdenkst.«

»Nein!« Da sprang ich auf. »Nein. He, ich komme mit dir. Klare Sache.«

»Wirklich?«, fragte Sam. »Weißt du auch genau, worauf du dich einlässt? Wir jagen weiter bis zum nächsten Winter. Kein Rückzug.«

»Klare Sache«, sagte ich. »Bestimmt.«

Das hatte ich gesagt. »Bestimmt.« Aber ich will euch auch die Wahrheit sagen: Ich meinte es nicht so. Es war sozusagen gelogen. Ich sage sozusagen, weil ich bereit war, mit Sam mitzugehen, aber falls ich mein Geld aus dem Laden kriegte, nun, dann würden die Dinge vielleicht anders liegen. Mit dem Geld würde ich nach New York gehen können, wenn ich wollte, das war käseleicht, und vielleicht sollte man das tun, denn bei dem Gedanken, noch ein ganzes Jahr weiterzujagen, wurde mir schlecht.

Klar, mit dem Geld konnte ich mir auch ein Gewehr kaufen. Dann konnten Sam und ich wirklich Geld machen. Aber, wohin ich auch sprang, so wie ich die Sache sah, landete ich immer im Rosenbeet. Es war also gar nicht so schlimm, bei diesem Wetter, das immer schlechter wurde, weiterzuziehen, und wir konnten wirklich das tun, wozu wir da waren: töten. Töten und töten, die Büffel abknallen, während die Kälte kälter wurde und der Wind dir ins Fleisch schnitt, sodass du dem Herrgott dafür danken konntest, dass er die Wölfe erschaffen hatte, damit du einen Wolfspelz bekamst. Wir töteten uns durch bis zu Sams Unterschlupf.

In Wirklichkeit war der Unterschlupf nicht so, wie er dargestellt worden war, wie fast alles im Westen, aber schlecht war er auch nicht, und als wir den Ofen repariert und zum Brennen gebracht und ein paar Büffelfelle aufgehängt hatten, war er genauso gut wie der damals, als ich in Dodge angekommen war. Als es kalt wurde, wurde er sogar besser, wenn man bedachte, dass es allmählich keine Käfer und kein Ungeziefer mehr gab, weil sie erfroren, und gar nicht mehr so viel Wasser reinlief.

Es gab andere Jäger da unten, weshalb man das Gefühl hatte, in einer Art großem Lager zu sein. Die meisten hatten nicht gerade viel Ähnlichkeit mit der Sorte von Kerlen, die sonntagabends in einem Salon singen, dass sie sich danach sehnen, den Jordan zu überschreiten und sich eine Harfe zu schnappen. Sie erinnerten eher an Kerle, die andere gern darüberschickten. Aber im Großen und Ganzen waren sie nicht schlecht – Gesellschaft, wisst ihr –, und wir waren so viele, dass es sich die Indianer zweimal überlegt hätten, ob sie uns überfielen.

Und es gab Tage da draußen, an denen es klar und still war,

und die Luft war so trocken, dass man am Morgen nach ein paar Atemzügen schneller auf den Beinen war als nach einem Schluck Fusel, und man fühlte sich gut, voller Leben, und nachdem die Käfer tot waren, war das Häuten auch nicht mehr so schrecklich.

Nun, ich sag das so, aber ich schätze, es lag eigentlich daran – und etwas anderes konnte es nicht sein –, dass ich abhärtete, wie das einem eben so passiert. Ähnlich, wie mir das ein Kerl mal erzählte, der im Krieg in der Armee gewesen war. Als der zum ersten Mal einen Toten gesehen hatte, bei Antietam, kotzte er überallhin, aber nachdem er ein paar mehr zu Gesicht bekommen hatte, machten sie ihm nicht mehr aus als Holzklafter. Und so ging es mir mit den Büffeln. Ich gewöhnte mich schlicht und einfach daran, sie tot daliegen zu sehen, sie waren mir piepegal, ich fand es lediglich schade, dass uns nichts einfiel, wofür man ihre Köpfe noch hätte verwenden können.

Und als das Wetter dann umschlug, als Väterchen Frost richtig zum Zuge kam und diese Blizzards von Kanada einfielen, nun, da taten wir das, was Sam gesagt hatte. Verkrochen uns, und während Pike in die Luft starrte, plauderten Sam und ich oder spielten Schach! Richtig, ich brachte es Sam bei, und wer hätte das gedacht, er wurde besser als ich! Wirklich, und ich hatte es ihm beigebracht! Und bei Dame schlug er mich auch. Charlie Rath kam auch vorbei, und er brachte uns noch jemanden mit, einen von den stillen Wanderern, die für ein bisschen Geld bereit waren, fast alles zu tun. Hack hieß er, sagte er. Er störte nicht und nahm uns ein bisschen Arbeit ab, obwohl ich immer noch mitging zum Häuten – wegen der Dollars, wisst ihr.

Rath brachte auch Neuigkeiten. »Erinnert ihr euch an die beiden Kerle, die ihr im letzten Herbst mal getroffen habt? Die Jäger?«

»Klar«, sagte Sam. »Wie kommen sie zurecht?«

»Prima. Einfach prima. Also, die sind ihre Sorgen ein für alle Mal los.«

Ich dachte, vielleicht waren sie auf Gold gestoßen oder so, aber Sam schüttelte den Kopf.

»Einfach so?«, fragte Sam.

»Einfach so«, sagte Rath. »Steif wie Bretter. Was von ihnen übrig war.«

»Sind sie ... ?« Sam griff sich ins Haar.

»Nein«, meinte Rath. »Nebenbei, die roten Teufel haben sich für den Winter verkrochen. Anscheinend sind die zwei Kerle einfach in ein Unwetter geraten, weiter nichts. Wisst ihr, was wir bei ihnen gefunden haben? Seht mal her!«

Er reichte uns eins von den Flugblättern, wie sie die Eisenbahngesellschaft überall in den Staaten verteilte, und ich weiß nicht, wer das geschrieben hatte oder wer bei Sam Hill verstehen sollte, was da draufstand, weil das meiste genauso gut in Ausländisch hätte geschrieben sein können, aber Sam konnte die Wörter aussprechen, ohne sich dabei die Zunge zu brechen.

»Hört euch das an«, sagte er. »›Kommt nach Kansas, dem Italien von Amerika, wo der altehrwürdige Winter sich endgültig dem lachenden Frühling unterworfen hat!‹ Heiliger Jesus Christus. Der Kerl, der das geschrieben hat, kann besser lügen als Ananias! Der lachende Frühling! Seht euch das an!«

Er lachte bitter, und ich auch, während ich mich umsah – zehn Fuß tiefe Schneewehen und ein Wind, der kalt genug war, um einen in zwei Hälften zu schneiden. »Und die beiden Kerle haben dafür bezahlt.«

»Schätze, so isses«, bestätigte Rath. »Also, macht's gut. Bis zum nächsten Mal, falls ihr nicht vorher zurückkommt.«

Wir sagten auch bis dann und gingen in unseren Unterschlupf, und Pike, der ein kleines bisschen getrunken hatte – das heißt eher mehr als nur ein kleines bisschen –, meinte: »Was für blödsinnige Kerle. Schätze, die wurden von Wölfen gefressen, falls sie sich nicht gegenseitig gefressen haben.« Und er lachte wieder so dämlich, als ob das komisch gewesen wäre.

Aber Sam ließ es nicht durchgehen. »Das ist kein Witz«, sagte er. »Zwei arme Teufel sind tot, wegen einem verlogenen Schreiber. So ist das.«

Pike verzog das Gesicht. »Sie haben's doch nicht anders gewollt, oder?«

»Sie haben versucht, ihren Lebensunterhalt zu verdienen«, sagte Sam. »Und womöglich haben sie Familien, die auf sie warten. Frauen und Kinder, die auf irgendeinem armseligen Stück Land verhungern, das sich nicht zu pflügen lohnt.«

Damit war Pike das Maul gestopft. Er war überrascht, dass Sam so scharf reagierte, und ich war es auch, sentimental konnte man ihn eigentlich nicht nennen. Aber über die Familien dieser Kerle zu reden – das war etwas, woran man selten dachte, wenn man hier draußen jagte. Es gab überhaupt kaum Frauen und Kinder im Westen von Kansas, und wem man begegnete, der zog meist auf die eine oder andere Art herum, ohne Ziel, wie Pike oder Hack oder Sam – oder eigentlich auch wie ich. Genau genommen waren wir alle einsam in einem einsamen Land.

Und es war ein einsames Land. Man konnte da draußen trübsinnig werden, melancholisch, wie man so sagt, allein die Größe bedrückte einen, drückte auf das Gemüt, sodass man

permanent traurig sein konnte, was auch geschah, weshalb so viele Kerle an der Flasche hingen oder einfach nur durchdrehten. Frauen übrigens auch. Und diese Traurigkeit überkam mich in jener Nacht. Ich lag eingerollt in ungefähr zehn Büffelfelle da, während die anderen um mich herum schnarchten, und ich dachte an diese beiden da draußen, die tot und kalt waren, und an ihre Frauen, die auf einen Brief warteten. Und dann fiel mir Bo ein, und ich fing beinahe an zu weinen, und wenn ich ganz allein gewesen wäre, hätte ich es vielleicht auch getan. Und während ich dann noch so über meinen Bruder Bo nachdachte, schlief ich endlich ein.
Aber als der nächste Morgen kam, machte ich mich da draußen ans Häuten und Schälen und dachte nicht mehr an die beiden Kerle. Ich dachte daran, dass ich genug Geld verdienen wollte, damit es mir nie so erging wie ihnen. Einfach nie. Das dachte ich, und ich dachte die ganze Zeit daran, während uns der Winter fest im Griff hatte, und dann lockerte er allmählich wieder seinen Griff, obwohl man da draußen glaubte, dass das nie passierte. Aber, wie auf dem Flugblatt stand, der altehrwürdige Winter unterwarf sich dem lachenden Frühling, was konkret bedeutete, dass es regnete und der Schlamm in den Unterschlupf schwappte. Dennoch steckten ein paar Blumen ihre Köpfe raus, wie Betrunkene, die aus einem Saloon rausgeflogen waren und ihre Köpfe durch die Tür schoben, um zu sehen, ob man ihnen vergeben hatte, und ich, Pike und Hack, wir blickten uns an, wie zum Zeichen, dass es vielleicht doch Zeit für eine Pause wurde. Sagten wir auch, während Sam draußen war, jagte und jagte, als ob er vorhätte, die komplette Büffelpopulation der Vereinigten Staaten allein auszurotten, und dann kam er eines Tages zurück, ließ seine Sharps fallen und sagte: »Seht zu, dass die Felle abgezogen

und getrocknet werden, und wenn sie fertig sind, na ja, dann werfen wir einen Blick auf Dodge.«

Wir johlten, johlten einfach, Hack und ich, und Pike, der sagte: »Willst die Puppen tanzen lassen, was, Boss?«

Aber Sam starrte auf ihn runter, also das konnte er, wie Jack Shears, und sagte: »Die Puppen tanzen lassen, Blödsinn. Der einzige Grund, weshalb ich zurückgehe, ist, dass die Sharps ausgeleiert ist.«

Und das war tatsächlich passiert. Er hatte so viel geschossen, dass die Züge in den Gewehrläufen ausgeleiert waren, sodass mit ihnen nicht mehr viel anzufangen war. Man konnte das irgendwie schwer begreifen, diese Sharps waren die besten Gewehre, die je gemacht wurden, aber es stimmte, woran man sehen konnte, wie viele Büffel Sam getötet hatte, und das kann ich euch aus Sams Rechnungsbuch genau sagen: Wir ließen eintausenddreiundvierzig tote Büffel zurück, als wir uns auf den Weg machten, zurück zum Arkansas und den wunderbaren, leuchtenden, geheimnisvollen, gottverlassenen Schuppen und falschen Fassaden entgegen, die sich Dodge nannten.

EINUNDDREISSIG

Wir durchquerten den Arkansas und stießen östlich von Dodge auf die Eisenbahnschienen der Santa-Fe-Linie, weshalb wir einen interessanten Anblick verpassten, von dem ich euch später berichten werde. Aber die Sache war die, ich machte mir ernsthafte Sorgen. Vielleicht stimmte, was Charlie gesagt hatte, und die Lage war nicht mehr so brenzlig, und es warteten keine Pinkerton-Männer mehr auf mich, um mir Eisen anzulegen, aber vielleicht stimmte es auch nicht. Jedenfalls wollte ich nichts riskieren, deshalb rammte ich mir meinen Hut bis über die Augen und zog mir die Bandana über die Nase.

Sam sah mich total verwundert an. »Wozu um alles in der Welt tust du das?«, fragte er. »Du siehst wie ein Ganove aus.«

»Also ...« Ich zögerte einen Moment, dann dachte ich, was soll's, soll er doch die Geschichte erfahren, also erzählte ich ihm alles, und er fing schallend an zu lachen!

»Da gibt es nichts zu lachen«, sagte ich. »Verflucht, womöglich verschleppen sie mich nach Leavenworth.«

Sam verkniff sich das Lachen. »Mach dir keine Sorgen, Kleiner, ich schätze, wir kriegen dich da raus.«

»Aber was ist mit dem Geld, das ich schulde?«, fragte ich.

»Das geht auch in Ordnung«, antwortete Sam. »Keiner kann dir Geld abnehmen, das du nicht hast!«

Ich wurde rot im Gesicht und Sam hob die Hand. »Ich hab zu dir gesagt, dass du ein ungläubiger Kerl bist, und das bist du wirklich. Dir steht Geld zu, aber wenn ich es bei mir behalte, kann es dir keiner wegnehmen, oder? Jetzt komm schon, in Herrgottsnamen. Du warst es doch, der aus dem Jagdgebiet wegwollte.«

Wir schleppten den Wagen aus dem Schlamm und fuhren die Front Street runter, an den Bahnschienen entlang bis zu Charlie, und das war eine Überraschung. Vor gar nicht langer Zeit hatte er bloß einen Schuppen besessen, und jetzt, heiliger Strohsack, stand da ein echt großes Gebäude mit zwei Stockwerken, genauso ein Haus, wie ich es hätte besitzen können, wenn dieser verdammte Stokes nicht gewesen wäre.

Es gab einen Stall hintendran, wo wir die Maultiere bei einem Kerl abgaben, dann luden wir die Felle ab, und Sam und Charlie gingen den geschäftlichen Teil durch.

»Okay«, sagte Charlie nach der üblichen Feilscherei. »Ich hab deine Abrechnung fertig, und du kannst dir den ganzen Papierkram ansehen, wenn du willst. Aber hier hast du hundert als Anzahlung ...« Er fischte eine Rolle Geldscheine hervor, an der eine Ziege erstickt wäre. »Und ich schätze, du trinkst einen mit mir?«

»Klare Sache.« Sam gab Pike und Hack jeweils zwanzig und sagte, er würde sie später wieder sehen, denn er brauchte diese Kerle zwar bei der Jagd, aber er hätte sich nicht mit ihnen zum Trinken zusammengesetzt und ich ebenso wenig. War nicht unser Standard, wisst ihr. Dann machten wir uns zu dritt auf den Weg ins *Peacock*.

»Hat sich einiges verändert in der Stadt«, meinte Charlie.

»Noch ein Laden, Fred Zimmermann vergrößert sich, und zwei Kerle namens Cutler und Wiley haben dieses riesige Ding da drüben gebaut. Das ist das Lager für die Eisenbahn. Ihr werdet alles zu sehen kriegen, aber ich schätze, zuerst die Erfrischungen, was?«

Das konnte er laut sagen, aber als wir an dem Häuserblock in Richtung *Peacock* vorbeihetzten, kamen uns weniger die Gebäude als vielmehr die Leute fremd vor. Das übliche Gesindel lungerte herum, Jäger und Abdecker waren da, aber die meisten Kerle, denen wir begegneten, hatten noch Stroh im Haar, echte Söhne Jakobs, direkt von der Farm, die herumliefen, als ob sie sich verlaufen hätten, und so angezogen waren, als ob sie zum Melken gingen.

»Hab schon gesagt, dass viel Betrieb ist«, sagte Charlie, als wir uns im *Peacock* niedergelassen hatten. Er und Sam genehmigten sich eine Prise und ich mir ein Bier. Ich war überrascht, dass sie welches anboten, aber Charlie erklärte, dass es seit der Ankunft der Eisenbahn nicht mehr schwierig war, welches beizuschaffen, was man auf den alten Fuhrwerken unmöglich schaffen konnte, und deshalb hatte sich auch der Whiskey als Getränk im Westen so ausgebreitet.

Egal, wir kippten einen Drink ab, dann schüttelte Sam den Kopf, total verwundert. »Was geht hier draußen bloß vor sich?«, fragte er. »Wer sind diese Kerle? Sind das Siedler?«

Charlie lachte. »Das sind Ex-Siedler. Sie strömen nur so herbei, mit der Eisenbahn, mit Karren, Fuhrwerken. Weiß der Himmel, wie sie es bis hierher geschafft haben. Es sind sogar welche zu Fuß von irgendwoher gekommen. Jesus, da lachen doch die Hühner. Seht euch das an!«

Er deutete auf die Türen, die weit offen standen, um den Qualm rauszulassen und den Gestank, von dem zugegebenermaßen ein Teil von mir stammte, und da draußen kriegte man wirklich was zu sehen. Die Straße war völlig überfüllt mit Kerlen, die umherliefen und sich vorwärts schoben, die sich anschrien und brüllten, und einige steckten ihre Köpfe kurz in den Saloon, nervös, als ob sie Angst davor hätten, erschossen zu werden, oder, vielleicht noch schlimmer, als ob sie bezahlen müssten fürs Gucken.

»Jesus«, sagte Sam. »Das sind alles Bauerntrottel. Was machen die da bloß?«

Charlie schrie nach einer neuen Flasche. »Was ihr da seht, Jungs, ist eine Parade. Die erstaunlichste Parade in der Geschichte.«

»Na gut«, sagte Sam. »Und wessen Parade soll das sein, um Himmels willen?«

Charlie grinste und knallte die Flasche auf den Tisch. »Die Parade der Jäger!«

Sam bekam seinen Drink in die falsche Kehle und wäre beinahe erstickt. »Lass die Witze«, rief er, dann prustete er los.

»Ist kein Witz.« Charlie strahlte uns an. »Die Trottel da draußen sind zum Jagen rausgekommen. Zum Büffeljagen!« Er lachte, lachte tief aus dem Bauch heraus und freute sich über seine eigenen Witze. »Und sie sind bankrott, bevor sie angefangen haben! Seit letztem Winter kommen sie reingeschneit. Erinnert ihr euch an die Bankenpleite, als Jay Cooke Bankrott ging?«

Erinnern! Das würde ich bestimmt nie vergessen. Wenn dieser aufrechte, stocknüchterne, gläubige, kirchentreue, gottesfürchtige Hurensohn nicht gewesen wäre, hätte ich in diesem Moment in meinem eigenen Laden gesessen.

»Die Pleite hat wirklich viele Leute getroffen«, sagte Charlie. »Und diese Hinterwäldler da draußen, die haben ihre Farmen verloren, also sind sie hier rausgekommen, um ihr Glück zu versuchen.«

Sam war echt entsetzt. »Jesus, wie wollen die den Weg bis zum Jagdgebiet schaffen, und von was zur Hölle wollen sie leben, falls sie da ankommen? Das ist schlicht Selbstmord, wie bei diesen beiden, die im letzten Winter erfroren sind.«

»Klar«, sagte Charlie. »Aber jetzt ist Frühling, und der Sommer kommt bald, deshalb glauben sie, dass sie es schaffen. Man braucht bloß ein Gewehr. Nach allem, was man von ihnen hört, sind noch Millionen unterwegs hierher. Einfach verzweifelt, weiter nichts. Kämpfen verzweifelt ums Überleben. Kann man ihnen nicht vorwerfen.« Er stand auf. »Ich muss mich noch ums Geschäft kümmern. Wir sehen uns später – vielleicht wenn ihr beiden ein Bad hinter euch habt.«

Er lachte wieder und schlappte nach draußen, schlug dabei fast jedem in der Bar auf die Schulter und rief und lachte, und Sam und mich ließ er mit der Flasche zurück, und Sam sah reichlich nachdenklich aus.

»Irgendwas nicht in Ordnung?«, fragte ich.

Sam schüttelte den Kopf. »Nichts von Bedeutung.« Er trank sein Glas leer und stand auf. »Zeit für ein Bad und einen Haarschnitt, und das gilt für dich genauso wie für mich. Gehen wir.«

Wir gingen hinaus, und es war wirklich komisch, da gab es ein paar Kerle, die ich richtig gut kannte, und Mrs Zimmermann ging an mir vorbei, aber keiner sagte »Hallo«. Ich nahm an, dass sie mich schnitten, weil ich nicht mehr auf der Liste der guten Gesellschaft stand, aber beim Frisör sah ich in den Spiegel und erkannte mich selbst nicht mehr! Menschenskinder, mir starrte eine dreckige, zerzauste, verklebte, blutbefleckte Kreatur mit Haaren bis auf die Schultern und einem von

Wind und Rauch geschwärzten Gesicht entgegen – Stonewall Jackson hätte sich vor Angst in die Hosen gemacht und ich mir beinahe auch.

Das war auch wirklich ein Schock festzustellen, dass ich nicht besser aussah als Red Dog oder Pike, und als ich eine Stunde später den Laden verließ, war mir klar, dass ich nicht länger wie diese Abdecker sein wollte.

Auf keinen Fall. Ich hatte beschlossen, diese Idee, die mir draußen in der Wildnis gekommen war und die ich nach Charlies Nachricht wieder über den Haufen geworfen hatte, nun in die Tat umzusetzen, und falls es klappte, würde ich mit der Jagd Schluss machen, und zum Teufel mit den Träumen von Kalifornien. Ich würde die andere Richtung einschlagen, die Richtung, die zu Henry und in ein zivilisiertes Leben führte, denn ich sah nicht bloß aus wie ein Abdecker, ich hatte das Gefühl, wenn ich weitermachte, würde ich am Ende auch einer sein, und damit wurde ich zu einem dreckmäuligen, Whiskey saufenden, kampflustigen Wilden, der mit einem Messer im Bauch endete.

So verließ ich also den Laden, sagte zu Sam, dass ich ihn später wieder treffen würde, holte tief Luft und machte mich auf die Suche nach Stokes.

Er war nicht schwer zu finden, hockte im Laden, und ich war vielleicht sauer, dass er da hockte! Er hatte ihn aufgemöbelt, was ich auch getan hätte, hatte ausgebaut und das Warenangebot vergrößert, es gab alles von der Sharps bis zur Bratpfanne – und es gab sogar Stokes selbst, er war fein rausgeputzt und blickte zufrieden drein, aber unter all den schicken Klamotten wirkte er doppelt so hart wie Nägel.

»Na, da schau her«, sagte er, als ich eintrat. »Das ist doch der Kleine. Du siehst aus, als könntest du ein paar neue Sachen gebrauchen. Ich kann dir ein mächtig nettes Angebot machen.« Er redete, als ob ihm der Laden tatsächlich gehörte!

»Ich such keine Klamotten«, sagte ich. »Und wenn, würde ich bestimmt nicht hier danach fragen.«

Stokes lächelte scheinheilig und zog an seiner Zigarre. »Du klingst so, als wärst du sauer.«

»Stimmt«, sagte ich. »Ich bin sauer.«

»Kann ich verstehen.« Er nickte. »Aber was hier passiert ist, war nichts Persönliches, bloß ein Geschäft. Du hast doch nicht von mir erwartet, dass ich auf mein Geld verzichte ...«

»Vergessen Sie's«, sagte ich. »Vergessen Sie's einfach.«

»Einverstanden.« Stokes hörte sich ehrlich an. »Aber wenn du nichts kaufen und dich nicht beschweren willst, weshalb bist du dann gekommen?«

Ich holte noch einmal tief Luft und fing an zu schwitzen, weil ich anfing, mit dem Feuer zu spielen, und nicht vorhatte, mich zu verbrennen. »Ich will ein Angebot machen«, sagte ich.

»Ein Angebot?« Stokes zog die Augenbrauen hoch, schenkte sich noch einen Drink ein und bot mir auch einen an, aber ich lehnte ab. »Ich höre«, sagte er.

»Also gut.« Ich holte wieder tief Luft, so tief, dass ich fast die ganze Luft von Kansas verbrauchte, aber ich unterbreitete mein Angebot, und als ich fertig war, holte Stokes auf eigene Rechnung tief Luft.

»Da komm ich nicht mit«, sagte er.

»Brauchen Sie auch nicht«, sagte ich schnell und drängte ihn, weil ich ihm keine Zeit geben wollte dahinter zu kommen. »Sagen Sie doch einfach Ja, dann kriegen Sie fünfundzwanzig Bucks und die Sache ist absolut legal. Aber Sie müssen jetzt sofort Ja sagen.«

Stokes starrte in sein Whiskeyglas, und ich konnte sehen, wie es in seinem Hirn ratterte, weil er dahinter kommen wollte, wo der Haken war, und er war vielleicht der abgebrühteste Bursche diesseits des Missouri, aber trotzdem fing er an zu schwitzen. Schließlich hätte man mit fünfundzwanzig Dollar für nichts und wieder nichts auch ein waschechtes College-Genie verblüffen können. Mir brach zwar ebenfalls der Schweiß aus, aber ich muss sagen, ich behielt die Nerven.

»Also gut.« Ich ging zur Tür. »Wenn Sie nicht wollen ...« Und ich hatte schon die Hand am Türgriff, da legte er los.

»Gut! Gut!«, sagte er. »Ich hab keinen blassen Dunst, was hier abgeht, aber wenn alles legal ist, bin ich dabei.«

»Ihr Ehrenwort«, sagte ich.

Er schluckte heftig. »Ehrenwort. Also, worum geht's?«

»Also«, sagte ich und freute mich, dass ich wenigstens einmal auch meinen Spaß hatte. »Also, öffnen Sie einfach die Tür zum Unterschlupf, und dann werden Sie sehen.«

Und dann hatte er kapiert und ihm fiel die Kinnlade runter. »Ich will verflucht sein«, sagte er. »Du hast da drin Geld verbuddelt.«

»Genau«, sagte ich und dachte, sieh zu, wie du damit fertig wirst, Hurensohn, der du bist.

Stokes war wütend, so wütend, wie ein Kerl nur sein kann, aber er zog einen großen Schlüssel aus seiner Tasche und öffnete ein riesiges Vorhängeschloss an der Tür zum Unterschlupf. »Holen wir es«, sagte er. »Du verfluchter Kojote.«

Er winkte mich rein, aber bevor ich eintrat, log ich, ganz beiläufig. »Nur, damit Sie Bescheid wissen, ich hab da ein paar Kumpel auf der anderen Straßenseite, die wissen, dass ich hier bin. Abdecker. Kapiert?«

»Ich hab's kapiert«, sagte Stokes. »Du hast wirklich ein großes Herz, mein Sohn.«

»Klar«, sagte ich. »Und wenn Sie es mit solchen Leuten zu tun hätten, wie ich sie um mich habe, dann hätten Sie das auch.« Mit diesem mächtig guten Witz trat ich ein, und da erlebte ich vielleicht eine Überraschung. »Beim Jupiter«, sagte ich. »Sie haben ihn umgebaut!«

Hatte er auch, der Raum war dreimal so groß wie zu der Zeit, in der ich mit Brusik darin gehaust hatte, mit Brettern ausgeschlagen, einer Decke und einem Holzfußboden.

»Genau, ich hab umgebaut«, sagte Stokes. »Ich besitz 'nen richtigen Laden. Also, wo ist dieser gottverdammte Schatz vergraben?«

»Ich muss nachdenken«, sagte ich, obwohl mir das schwer fiel. Ich ging ein paar Schritte in die eine Richtung und noch ein paar zur Seite, bis ich genau an der Stelle stand, wo meine Pritsche gewesen war und der Zaster vergraben lag und, beim Jupiter, ich fühlte mich großartig! Ich sah mich bereits im Zug nach New York, wo ich während der ganzen Fahrt Limo und Bier trinken würde. »Geben Sie mir eine Schaufel und ein Brecheisen!«

Stokes reichte sie rüber, und ich machte mich an die Arbeit und dachte, was in der Heiligen Schrift stand, stimmte doch nicht, dass man Schätze nicht dort vergraben soll, wo sie von Motten zum Abendessen verspeist werden. »Auf geht's«, sagte ich und begann die Planken rauszureißen.

Ich hatte eine Stelle frei bekommen und fing an zu graben. Dann grub ich tiefer. »Muss sie doch tiefer vergraben haben, als ich dachte«, sagte ich und grub weiter, aber da war nichts!

»Vielleicht war es da drüben«, sagte ich. »Ein Stück in die Richtung ...« Und ich fing an, dort Planken rauszureißen und zu graben, dann weiter weg, dann auf der anderen Seite davon, grub schneller und schneller, stürzte mich darauf, riss noch mehr Planken raus und grub tiefer, während Stokes mich verwundert beobachtete, und das musste er auch, denn so, wie ich mich anstrengte, wäre ich bald außer Sichtweite gewesen!«

»Was soll das!«, brüllte Stokes. »Was glaubst du wohl, was du da tust? Soll das ein schlechter Witz werden?«

»Witz!« Ich war fuchsteufelswild. »Nein, das ist kein gottverdammter Witz. Ich hab das Geld genau hier vergraben, unter meiner Pritsche.«

»Hast du auch wirklich auf dieser Seite geschlafen?«, fragte Stokes.

»Sicher, das weiß ich genau«, schrie ich. »Ich weiß, wo ich geschlafen hab. Ich hab den Zaster genau hier versteckt.«

»Nun, da ist er jetzt nicht«, sagte Stokes. Und als er das sagte, kam mir ein schrecklicher Gedanke. Wirklich schrecklich. Ich nahm das Brecheisen fest in die Hände und funkelte Stokes an. »Sie ...«, sagte ich, aber Stokes schüttelte den Kopf.

»Ich nicht. Glaubst du, ich würd mir von dir meinen Laden kaputtmachen lassen, wenn ich es hätte?«

Dann schnippte er mit den Fingern. »Verflucht! Das müssen die Männer gewesen sein, die ich mir für diese Arbeit geholt habe.«

»Und was für Männer waren das?«, fragte ich, bereit, mir sofort eine Schrotflinte zu schnappen und überall nach ihnen zu suchen.

»Vom Eisenbahnbau«, sagte Stokes. »Jesus, ich hatte den Eindruck, dass sie mächtig zufrieden mit sich aussahen, als sie abhauten.«

Und das war das Ende meiner unglaublich brillanten Idee. Die Heilige Schrift hatte dann doch Recht gehabt. Diese verfluchten Motten waren in der Nacht gekommen, hatten genagt,

und sie hatten die Dollars bekommen und waren weggeflogen, bloß waren es gottverdammte irische Motten gewesen, die inzwischen auf dem Weg nach Denver waren.
Ich hätte den Mond anheulen können, und Stokes war vielleicht sauer, weil sein Raum aussah, als ob eine Meute Verrückter da einen draufgemacht hätte, und seine fünfundzwanzig Dollar hatte er auch verloren. Aber er war nicht halb so wütend wie ich, noch dazu musste ich die Löcher wieder zuschaufeln und die Planken einsetzen, und ich fluchte dabei. Ich fluchte pausenlos und hundsgemein, und als ich den Laden verließ, tat ich etwas Hundsdämliches, was Red Dog nicht anders getan hätte. Ich ging in George Hoovers Alkoholzelt und trank Whiskey, Mengen von Whiskey, und ich weiß nicht genau, was dann passierte, aber ich wachte im Hinterzimmer von Nell Saintclairs Schuppen auf, mein Kopf fühlte sich an, als ob eine Axt darin steckte, meine Rippen taten mir weh, und mein Gesicht war ganz taub. Was nicht ganz so seltsam wie all das andere war, denn anscheinend war ich in eine Schlägerei mit einem menschlichen Riesen geraten, der mir eine solche Tracht Prügel verpasst hatte, wie Jack Johnson sie austeilt.
Eugene LeCompt fand mich und nahm mich mit zum *Peacock* und lieferte mich bei Sam ab. Sam reagierte ganz mitleidig und väterlich, erklärte, man sollte mir einen Tritt in den Hintern verpassen, dass ich bis nach Wyoming fliegen würde, weil ich so ein Trottel gewesen wäre. Tröstlich, findet ihr nicht? Aber er schüttete Kaffee in mich rein und zwang mich, ein paar Rühreier zu essen, sodass ich wieder rückwärts vesperte, dann steckte er mich in unser Zimmer, wo ich einfach einmal rund um die Uhr schlief.
Ich fühlte mich großartig, als ich dann aufwachte. Erstaunlich

großartig. Ich hatte eine riesige Beule auf der Stirn, meine Lippen waren aufgeplatzt, meine Augen waren blau und schwarz und gelb, und eine Seite tat mir so weh, dass ich kaum laufen konnte. Und kein Geld! Moses, mir wurde gleich wieder total schlecht. Aber das geschah mir ganz recht, wenn ich daran dachte, wie ich Sam wegen Kalifornien belogen hatte, obwohl ich jetzt auch froh war, dass ich ihm nicht die Wahrheit gesagt hatte. Wenigstens gab es so noch irgendeine Zukunft, die mir winkte.

Sie winkte auch schnell, und das war keineswegs nur negativ, weil es mich ablenkte. Als ich Sam in Shermans Bar begegnete, befahl er mir, ich sollte mir neue Klamotten besorgen und was ich sonst noch so brauchte, und zwar schnell, am besten sofort.

»Wir ziehen morgen los, frühzeitig«, sagte er.

Ehrlich gesagt, ich hörte das gar nicht ungern. Ihr wisst, wie das ist, es gibt Orte, mit denen verbindet man schlechte Erinnerungen, sodass man sie nie mehr wieder sehen will, und so waren meine Gefühle für Dodge. Also sagte ich okay, fragte ihn aber, warum er es so eilig hätte.

»Wirst schon sehen«, sagte Sam. »Los, mach deine Besorgungen, zieh dir was Anständiges zu essen rein und hau dich aufs Ohr.«

Ich tat alles, was er mir gesagt hatte, wobei ich mir einige Hänseleien wegen meinem Gesicht anhören musste, und plötzlich kam mir der Gedanke, dass es möglicherweise Brusik gewesen war, der mich zusammengeschlagen hatte, aber als ich nach ihm fragte, stellte sich heraus, dass er angefangen hatte, für Lobenstein in Leavenworth zu arbeiten.

Aber am folgenden Morgen fühlte ich mich etwas besser und schaffte es, ein Frühstück runterzubringen, Steak und Eier,

Dosentomaten, Bratkartoffeln und warme Plätzchen, dann machte ich mich auf zu Charlies Laden.

»Und ich muss dir was von deinem Geld abziehen«, sagte Sam, »weil wir ohne dich aufladen mussten. Trotzdem ...« Er ließ den Satz im Sand verlaufen. »Da gibt es noch was. Hack kommt mit raus, aber der Himmel weiß, wo Pike steckt. Jedenfalls, ich hab mir 'nen neuen Mann besorgt. Er hat keine Erfahrung, aber ...«

Mehr brauchte er nicht zu sagen, denn der neue Mann kam hinter dem Fuhrwerk hervor.

»Heiliger Strohsack!«, sagte ich. »Ein Bauerntrottel!«

War er auch wirklich, schlaksig und bleich, mit großen Händen, die der Ausgleich dafür waren, dass ihm die Zähne fehlten. Ich meine, wenn man ein Stück auf die Beine stellen wollte, in dem einer einen Farmer spielt, dann wäre er der Richtige gewesen, um ihn darzustellen, falls ihr wisst, worauf ich rauswill.

Aber Sam meinte, der Kerl könnte mit Maultieren umgehen und mit Fellen, und er wäre zwar nie draußen in einem Jagdgebiet gewesen, aber an ein hartes Leben gewöhnt. Dass er höchstwahrscheinlich billig war, soll nicht erwähnt werden – ich meine, Sam erwähnte es nicht.

»Er scheint ein ganz anständiger Kerl zu sein«, sagte Sam, als ob dieser Bauerntrottel gar nicht da gewesen wäre. »Ehrlich und so. Ihr werdet miteinander auskommen. So.«

Er saß auf, Hack und ich bestiegen den Wagen, und der Bauer griff nach dem Gebiss des Maultiers. Wir verabschiedeten uns von Charlie, und Sam sagte: »Auf geht's.«

Und das war das Ende meines unterhaltsamen Besuches in Dodge. Achtundvierzig Stunden nacktes Elend!

ZWEIUNDDREISSIG

Sam hatte beschlossen, dass wir unser Glück in den westlichen Jagdgebieten versuchen sollten, also fuhren wir die Front Street runter, und da bot sich uns dieser interessante Anblick, von dem ich euch erzählt habe, dass wir ihn auf der Hinfahrt nach Dodge verpasst hatten. Es gab einiges Durcheinander auf der Straße – Wagen und Fuhrwerke, wohin man auch blickte –, aber als wir am Fluss ankamen, wurde es noch schlimmer. Manche Karren waren richtig gut ausgerüstete Gespanne, wie unserer, aber die meisten waren irgendwie zusammengeschustert, so was Verrücktes hatte man noch nicht gesehen. Alles, was Räder hatte, war vertreten. Ein paar Fuhrwerke hatten Hühner an Bord, und ein paar Ziegen trotteten hinterher, und aus einem starrten sogar Kinder hinten raus! Menschenskinder, da unten sah es aus wie beim Wagenrennen eines Camps, und diese abgebrannten Farmer fuhren raus auf die Jagd, genau wie Charlie gesagt hatte.

»Ich will verdammt sein.« Sam schob seinen Hut ins Genick. »So was hab ich nicht mehr gesehen, seit diese Mormonen vor etlichen Jahren mit ihren Planwagen nach Salt Lake City gezogen sind. Na, schwing die Peitsche, Hack.«

Wir trieben die Maultiere durch den Fluss, fuhren mitten

durch die Mitleid erregenden Karren und hatten am anderen Ufer die meisten abgeschüttelt, aber wir hatten noch keine Meile zurückgelegt, als wir bei einem Wagen ankamen, der umgekippt war, und daneben standen ein paar völlig verdutzte Kerle.

»Seht euch das an«, sagte Sam. »Jetzt schon kaputt!«

Wir lachten laut, bloß der Bauer nicht. »Packen wir mit an?«, sagte er.

Sam sah verwundert auf ihn herunter. »Mit anpacken?«

»Klar«, sagte der Bauer. »Nachbarschaftshilfe. Zu Hause haben wir das immer so gemacht.«

»*Nachbarschaftshilfe*!« Sam wäre beinahe vom Pferd gefallen. »Also, du bist hier nicht in deinem gottverdammten Hungerland oder wo du auch herkommst. Das hier ist ein Jagdunternehmen, Mister, und keine gottverfluchte Barmherzigkeitsexpedition. *Nachbarschaftshilfe*. Jesus im Himmel, du musst noch 'ne Menge lernen.«

»In Ordnung«, sagte der Bauer. »Vielleicht muss ich das. Aber deshalb braucht sich keiner über mich lustig zu machen, und diese gotteslästerliche Reden kann ich auch überhaupt nicht leiden.«

»Du magst nicht ...«, hob Sam an, dann lachte er und drehte sich zu mir. »Erklär besser du ihm, worum's im Leben geht, Kleiner.«

Und dazu hatte ich genug Zeit, schließlich mussten wir erst mal bei den Büffeln ankommen, bevor wir auf sie schießen konnten. Deshalb wollte Sam auf Erkundung ausreiten, und wir sollten ihm folgen, und es gab 'ne Menge von solchen vermodernden Wagentrümmern, aber es gab keine Spur von dem, wonach wir jagten.

Sam sah allmählich ziemlich nachdenklich aus. »Kaum ein

Einziger zu sehen«, sagte er eines Abends. »Letztes Jahr hab ich sie hier ohne Probleme abgeknallt.«

»Das liegt an diesen gottverdammten neuen Jägern«, sagte Hack und deutete auf den Bauern.

»Glaub ich nicht«, sagte Sam. »Die haben kaum angefangen. Schätze, die Herden sind weitergezogen, wo es besseres Gras gibt oder so. Wir ziehen einfach auch weiter.«

Nun, das taten wir, und das war gar keine schlechte Art zu reisen, man saß auf dem Wagen, über sich den Himmel und die Vögel. Genau genommen erinnerte es mich an die Zeit, als ich mir auf dem Trip nach Norden das Bein verletzt hatte, und mir kam in den Sinn, dass ich zwar meine Rücklagen verloren hatte, dass es mir aber immer noch besser ging als damals in Clement und ich mich außerdem auch auf einiges freuen konnte. Und ich saß auf dem Wagen, und das hatte schon was mächtig Nettes, da oben zu sitzen, während der Bauer zu Fuß ging und vor sich hin murmelte.

Und der konnte vielleicht murmeln. Er hieß Abel, stellt euch vor, nach dem Kerl in der Bibel, der von seinem Bruder abgemurkst worden war. Und wenn ich der Bruder vom alten Abel gewesen wäre, ich hätte vielleicht das Gleiche mit ihm gemacht, denn er war zwar kein schlechter Kerl – genau genommen war er ein guter Kerl –, aber was der redete! Er redete uns fast die Beine weg, während er so dahintrottete und über sich selbst brummte, als ob sein Leben seit der Schöpfung das wichtigste wäre.

Er hatte in Ohio auf einer Farm gearbeitet und dann sein Glück mit einer vom Staat erworbenen Parzelle in Ostkansas versucht, aber sein Glück verließ ihn, als dieser Jay Cooke scheiterte, obwohl ihm jeder Trottel hätte sagen können, dass es ihn sowieso verlassen hätte.

»'s war überhaupt nich so, wie's auf'n Plakaten stand«, so redete er, »'s war« und solche Sachen, was sich wirklich komisch anhörte. »Pflug ging kaputt, konnt ich dann 's Getreide nich einkriegen, un die Kuh kratzte ab, einfach so, un Gemüse gingen auch nich anzubaun, musst ich dann die Frau un Kinner da sitzen lassen« – und immer so weiter, aber das war schon okay, schließlich war das ja ein freies Land, bis eines Abends Hack eine Flasche mit dem alten Gebräu auspackte und Abel sagte: »Wär ich Ihn' verbunden, wenn se …« Na, jetzt hab ich genug geschrieben, wie er redete. Er sagte also: »Ich wäre Ihnen dankbar, wenn Sie den harten Alkohol nicht trinken würden, solange ich hier bin.«

Kein Witz, das hat er gesagt, und Hack, dessen Blut zu neunzig Prozent aus Alkohol bestand, starrte ihn mit glasigen Augen an. »Was war das?«

»Trinken.« Abel wackelte mit dem Kopf wie eine Sonnenblume im Wind. »Das ist eine gottlose Sünde. Das Getränk hat der Teufel gebraut«, faselte er weiter wie die Enthaltsamkeitsreformer drüben in Abilene. »Wer das trinkt, wandert direkt in die Hölle, und ich will mit Sündhaftigkeit nicht in Berührung kommen …«

Aber weiter kam er nicht, weil Hack das Hackebeil ausgepackt hatte und ihn am liebsten noch vorher in die Hölle schicken wollte.

Sam setzte dem Ganzen dann ein Ende. »Schluss jetzt damit«, sagte er. »Wir sind hier, um die Büffel umzubringen, nicht uns gegenseitig. Falls wir endlich die gottverdammten Biester finden.«

Und daran hing es. Wir waren schon eine Weile draußen und hatten noch keine gesehen, für die es sich lohnte, ein Lager aufzuschlagen. Dafür brauchten wir einen guten Stand – einfach nur von Zeit zu Zeit den einen oder anderen aufzulesen lohnte sich bei unserer professionellen Truppe nicht.

Dann kehrte Sam eines Abends mit fröhlicherem Gesicht zurück. »Da sind welche am Anfang des nächsten Bachs«, sagte er. »Schon gejagt, aber ich schätze, wir sind am Rand einer richtigen Herde. Also haut euch hin, wir werden sie morgen finden.«

Uns allen ging es besser, als wir das hörten, besonders Abel und Hack, die noch keinen Dime verdient hatten. Und am nächsten Tag waren wir noch viel fröhlicher, als wir einen Haufen Büffel entdeckten, die in zerklüftetem, von kleinen Bächen durchzogenem Gelände weideten.

Zeit für das *Bumm* der Sharps, na klar. Sam hatte seinen Dreifuß aufgestellt und knallte die Biester ab, und das war absolut Klasse. Sie fielen um und wir zogen sie ab, und vielleicht war das Mitleid erregend, aber in unseren Herzen gab es kein Mitleid, außer an einem Tag, als ich mit Abel eins der Tiere häutete und es eine trächtige Büffelkuh war. Und das war ein Mitleid erregender Anblick, das kleine Biest im Bauch seiner Ma zu sehen, das noch nicht mal richtig Gestalt angenommen hatte.

Mir wurde ein bisschen mulmig, aber Abel, der wäre fast in Streik getreten.

»'s is nich recht«, sagte er zu Sam. »'s is überhaupt nich recht.« Und er sagte es Sam ins Gesicht.

Sam ging richtig in die Luft, als er das hörte. »Zur Hölle mit allem, was recht ist«, brüllte er.

Er war richtig wütend, aber das musste man Abel lassen, da blieb er standhaft.

»Es ist nicht recht, ein trächtiges Tier zu töten«, sagte er, dickköpfig wie ein Maultier.

Sam wurde nur noch wütender, und ich schätze, es fehlte nicht viel, und er hätte Abel eine aufs Maul verpasst. »Hör auf, auf die Tränendrüsen zu drücken«, schrie er. »Was soll's denn, die Kälber werden geboren, und wenn sie aufgewachsen sind, werden sie doch abgeknallt, oder nicht?«

»Kann sein«, sagte Abel. »Aber es ist auch gar nicht sinnvoll, sie so abzuschlachten. Wenn ihr trächtige Kühe abknallt, wo soll dann die nächste Generation herkommen?«

»Verdammt noch mal!« Sam ließ die Schultern hängen, was bedeutet, dass man selbst eine reingehauen bekommen hat. »Wenn ich die Büffel nicht erwische, dann tut das ein anderer, aber wenn dir das nicht passt, dann verschwinde doch ganz einfach.«

Und das war's dann. Der alte Abel, er musste aufhören oder den Mund halten, und einen Augenblick lang dachte ich, er könnte den Bettel hinschmeißen. Er stand da, blutüberströmt und schon verdreckt, ein Jagdmesser in der Hand, und er war wirklich ein anständiger Kerl, so, wie er dachte, aber er machte nicht den Abgang. Nein, er tat, was wir alle taten, dachte an die Dollars und Cents, und schließlich zuckte er mit den Schultern, nicht gleichgültig, sondern ohne Hoffnung. Resignierte, wie man so sagt.

»Gut.« Sam funkelte ihn an. »Jetzt mach dich ans Häuten und hör um Himmels willen auf mit der gottverdammten Brummelei.«

Er stampfte davon, kochte bis zum Anschlag, und ich, Hack und Abel machten uns an die Arbeit, und Abel murmelte immer noch, dass es nicht recht wäre, machte aber trotzdem mit, genau wie ich.

Und es war wirklich seltsam. Als Sam bei Dunkelheit zurückkehrte, schob er sein Essen beiseite und zog eine Flasche heraus, was er dort draußen selten tat, und machte sich über sie her. Und als er die Buddel ex hatte, stürzte er sich auf eine neue!

»'s is nich recht, 's is nich recht«, machte er sich über Abel lustig. »Lass ich mir doch nicht von einem gottverdammten Bauerntrottel erzählen, was recht und was unrecht ist«, grummelte er, mit einem bösen Seitenblick auf Abel. Und dieser Narr, statt abzuwarten, bis sich der Sturm gelegt hatte, sagte doch tatsächlich, es wäre auch nicht recht!

Ich trat ihm gegen den Knöchel, wollte ihn freundlich warnen, aber dieser Esel war so blöd, er fuhr mich an!

»Warum machst du das?«, sagte er. »Warum trittst du mich?«

»Tritt er dich, ach ja?«, brüllte Sam laut. »Heiliger Jesus, ich könnte dir eine treten, und beim Herrgott, wenn ich mit meiner Flasche fertig bin, dann tu ich das vielleicht auch.«

Das sah wirklich nach Ärger aus, also versuchte ich, ein bisschen Frieden zu stiften. »Er meint es nicht so, Boss«, sagte ich. »Er weiß noch nicht, wo's langgeht. Ist bloß ein blöder Hinterwäldler, das ist alles.«

Ich wollte den Zündstoff rausnehmen, aber kaum zu glauben, Abel ging wieder hoch! »Du wagst es, mich einen blöden Hinterwäldler zu nennen?«, sagte er. »Ich bin ein friedlicher Mensch, das bin ich, und ich halte nichts von Gewalt, aber ich stürz mich auf dich, das mach ich wirklich. Du nimmst das zurück, hast du verstanden?«

Menschenskinder! Ich wollte ihm aus der Patsche helfen, und er drohte, mir eine zu verpassen! Und Sam machte mit!

»Genau«, sagte er. »Halt deine gottverdammte Klappe, sonst verpass ich dir 'ne Tracht Prügel, schlimmer als die, die du in Dodge abgekriegt hast. Du bist auch kein so großes Licht.«

Da wurde ich ebenfalls wütend, aber weil ich Gewalt genauso

wenig mochte wie Abel und annahm, dass ich zusammengeschlagen würde, wenn ich blieb, ging ich richtig entsetzt weg und stellte mich zu den Maultieren, und die waren ruhig, und wie das mit großen Tieren manchmal ist, sie halfen mir, mich zu beruhigen.

Es war auch eine wunderbare Nacht, wie du sie in Kansas kriegst und sonst nirgendwo. Es gab Millionen Sterne, und der alte Mond stand da oben, sah so nah aus, dass du das Gefühl hattest, du könntest den Arm ausstrecken und ihn kneifen, und er versilberte die Prärie, was seltsam ist, denn der Mond ist doch gelb, und das erinnerte mich daran, was Ma immer gesagt hatte: »Die Erde ist silbern, aber der Himmel ist golden« – was um alles in der Welt das auch bedeutete.

Wie auch immer, ich wurde ein bisschen ruhiger, und dann, weil ich die ganze Zeit über große Angst hatte, dass so eine gottverdammte dicke Klapperschlange ein Stück aus mir rausbiss, ging ich zum Feuer zurück.

Dieser Trottel Abel hatte sich aufs Ohr gehauen, und Hack schlief auf dem Wagen, aber Sam war noch wach, er rückte der Flasche richtig zu Leibe. Ich nahm mich also in Acht und ging in einem Bogen um ihn herum auf das Zelt zu, da rief er mich zu sich. Ich ging hin, aber immer bereit, mich zu verdrücken, darauf könnt ihr wetten. Doch Sams Laune hatte sich gebessert, wie das bei manchen Kerlen so ist, wenn sie trinken, etwa bei diesen Betrunkenen, die dir schluchzend am Hals hängen und dir erzählen, wie Leid es ihnen tut, dass sie ihrer alten, grauhaarigen Ma nie gesagt haben, wie sehr sie sie lieben, und dann beschließen sie plötzlich, dass deine Nase in die falsche Richtung zeigt, und wollen sie dir neu ausrichten. Aber Sam war in keiner von diesen Stimmungen – irgendwo dazwischen, schätze ich –, er brütete über seinem Drink. Er meinte, ich sollte mir einen Kaffee nehmen, was ich tat, um nicht auch da noch Streit anzufangen, und wir saßen eine Weile zusammen und beobachteten das Feuer.

Dann spuckte Sam seine Zigarre aus. »Eigentlich hat er sogar Recht«, sagte er. »Gottverdammmich. Ich hab hier draußen fünf Jahre lang gejagt, und ich weiß: Was wir da tun, ist nicht richtig. Jim Bridger dachte jedenfalls ganz bestimmt so.«

Ich brauchte nicht zu fragen, wer Jim Bridger war, das war nämlich so ungefähr der beste Scout und Jäger, den es je gab, außer vielleicht Kit Carson und dem so genannten Buffalo Bill Cody, und hinter diesen dreien kam lange nichts.

»Ehrlich«, sagte Sam. »Jim begegnete irgendeinem gottverdammten Herzog auf einem Jagdausflug, und dieser Duke und seine Kumpels hatten annähernd dreitausend Büffel abgeknallt! Bridger meinte, das wäre nicht recht. Er hat deswegen sogar an den Gouverneur von Kansas geschrieben, aber nichts ist passiert. Das ist Abschlachten, sonst nichts, aber was zur Hölle kann ich da machen? Wenn ich nicht jage, tun es tausend andere Kerle. Verflucht, anscheinend sind die halben Vereinigten Staaten hier draußen. Also ...« Er brütete ein bisschen weiter, sah zu, wie das Feuer ausging. »Geh schlafen«, sagte er schließlich. »Morgen gibt's Arbeit. Sind 'ne Menge Büffel in der Gegend. Ich kann sie riechen. Genau.« Er leerte seine Flasche. »Na ja, ein Abschlachten ist es trotzdem.«

Er hatte auch Recht. Es war wirklich ein Abschlachten, und wir alle waren Schlächter, lebten in einem Meer aus Blut und Hitze, und immer ertönte das *Bumm, Bumm, Bumm* von dieser alten Sharps, wie ein Ruf, der niemals aufhörte.

Und wir waren bloß eine Truppe in einer Frontlinie, die sich über fünfhundert Meilen erstreckte, und hinter uns gab es

Kerle, die zu arm waren, um sich ein Gewehr zu leisten – und die sammelten Knochen! Ganze Familien von diesen verdammten Vogelscheuchen sammelten Knochen, weil die Geld wert waren, bloß ein paar Cents pro Tonne, aber es gab einen Markt dafür. Diese Knochen wurden zu Dünger zermahlen und, kaum zu glauben, schicke Tassen und Untertassen wurden draus gemacht. Ehrlich, da gab es einige von den alten Ladys drüben im Osten, die erzählten, dass die armen Büffel gerettet werden müssten, und dabei tranken sie ihren Tee aus Tassen, die man aus Büffeln gemacht hatte!

Jawohl, das war wirklich ein Töten. Es gab tausende von Kadavern da draußen, tausende und zehnmal tausende und zehnmal zehntausende, die in der Sonne verrotteten, mit Maden, die drin herumkrochen. Büffelwölfe und Kojoten fraßen sich voll, sodass sie ihre Bäuche kaum vom Boden hochkriegten, und der Himmel war voller Geier und Habichte, sodass man sich beinahe in ihrem Schatten niederlassen konnte. Und wir Metzgerjungens sorgten täglich für neue Kadaver. Dann kam Charlie Rath raus.

Wir hörten auf zu schießen und zu häuten. Sam legte das Gewehr nieder und wir unsere Messer, benommen sahen wir Rath an, als wäre er ein Geschöpf aus einer anderen Welt.

»Wie steht's denn so, Jungs?«, sagte er. »Wart wohl fleißig.«

»Was ist los?« Sam legte eine Hand hinter sein Ohr, wie viele von den Jägern, die von der Knallerei ihrer Gewehre taub wurden.

»Fleißig!« Rath rieb sich die Hände. »Genau genommen seht ihr so aus, als ob ihr Jungs zu einem Schluck Ihr-wisst-schon-Was nicht Nein sagen würdet, wovon ich zufällig ein Fass dabeihabe. Wie hört sich das an?«

Nun, das hörte sich nicht schlechter an als knisternde Dollarscheine, also genehmigten wir uns ein paar Drinks, ich auch, die ich aber mit Wasser verdünnte, bis kaum was anderes mehr drin war.

»Also, dann«, sagte Rath, nachdem wir unseren Fusel abgekippt hatten und ganz entspannt dasaßen. »Habt reichlich Felle für mich? Wenn ihr ein paar von denen gesehen hättet, die mir auf meiner Reise angeboten wurden, Jesus, die Großmutter von diesem Bauern könnte besser schießen, und bestimmt haben sie am Schluss mehr verdorbene als brauchbare Felle.«

»Verfluchte Farmer«, sagte Sam.

»Genau das sind sie«, stimmte Rath ihm zu. »Und ständig kommen welche dazu.«

»Jesus«, stöhnte Sam. »Noch mehr! Es muss doch was geben, um sie aufzuhalten.«

»Wie soll das denn gehen?«, fragte Rath.

»Teufel, weiß ich nicht.« Sam nahm einen kräftigen Schluck. »Wenn man dafür sorgt, dass sie eine Genehmigung brauchen. Die Armee einsetzt ...«

»Die Armee!« Rath verschluckte sich an seinem Fusel. »Diese Kerle sind nicht draußen, um Leute davon abzuhalten, dass sie Büffel schießen. Jesus, die würden eher Leute aufhalten, die versuchen, sie aufzuhalten, wenn du weißt, was ich meine. Zur Hölle, man sagt, dass die Soldaten unten in Fort Supply an jeden umsonst Munition austeilen, der zum Schießen rausfahren will. Essen auch.«

Bei diesen Worten stellte Abel die Ohren spitz auf. Aber wie!

»Umsonst!«, krächzte er. »Essen umsonst! Wollt ihr mir alle erzählen, dass die Armee Essen für gar nichts verteilt?«

Rath grinste. »Willst du auch was abhaben?«

»Nein, will ich nicht«, sagte Abel. »Ich habe noch nie Almo-

sen angenommen, solange ich lebe. Davon halte ich nichts. Ein Mann sollte sich sein Brot verdienen. Ich schätze, es ist eine Schande, wenn die Armee Essen umsonst ausgibt! Das ist Geld aus der Tasche von Steuerzahlern, genau das, und verführt bloß zum Müßiggang.«
Rath starrte Abel echt an wie eine menschliche Missgeburt. »Meint der das ernst?«, fragte er. Und es war auch verrückt – Abel, der ganz zerlumpt war und außer seinem Namen kaum mehr als ein paar Cents besaß, predigte uns vom Steuerzahlen, wie einer von den Prophetenkauzen in der Bibel, und neben ihm saß Hack und soff Fusel wie diese Helden, denen alles egal ist.
»Achte nicht auf den«, sagte Sam. »Der weiß nicht, worum es geht.«
»Und worum geht es hier?«, sagte Abel. »Sag mir doch mal, worum es geht, sag's mir ...«
»Wenn du um Himmels willen mal eine Minute die Klappe halten würdest, dann sag ich's dir«, brüllte Sam. »Sie wollen die Büffel loswerden, verstehst du? Die Regierung und die Armee. Wenn du die Büffel los bist, dann bist du auch die Kerle mit den Federn im Haar los – und damit meine ich keine Verrückten. Sie lassen die Kerle verhungern. Ich hab gehört, dass die Armee Waffen an Jäger austeilen will. Und ich weiß nicht, aber vielleicht ist da was dran, wenn sich diese Indianer über das Abschlachten beschweren.«
»Was dran?« Rath warf Sam einen scharfen Blick zu. »Du wirst doch nicht etwa weich, oder?«
»Zum Teufel«, sagte Sam. »Aber so wie die Jagd abläuft ... Und was passiert nördlich von hier?«
»Das Gleiche«, meinte Rath. »Und an der Bahnlinie, na ja, wenn sie auf eine Herde stoßen, dann halten sie den Zug an

und erschießen die Büffel vom Fenster aus. Als Sport bezeichnen sie das. Sie häuten sie nicht mal. Kein Witz, die Santa-Fe-Bahn und die Kansas-Pacific-Bahn, die setzen extra Büffelzüge für Leute ein, die aus dem Osten auf Urlaub kommen. Sogar aus Europa.«

»Also, da muss was passieren«, sagte Sam.

»Haben sie versucht.« Rath goss Fusel nach. »Vorlagen an die Staatslegislative, an den Kongress, aber die landen bloß in der Schublade und werden vergessen. Und da ist auch was dran. Herrgottnochmal, Millionen von Leuten wollen hier rauskommen. Die werden sich von ein paar tausend Wilden, die ihnen im Weg stehen, nicht aufhalten lassen.«

»Schätze, da hast du Recht«, sagte Sam. »Gib mal den Fusel.«

Sie tranken weiter, ununterbrochen, aber nicht gierig, und ich trank mit, bis sich mein Kopf und die Sterne drehten, und ich drehte mich direkt bis ins Zelt.

Wir halfen Rath am nächsten Morgen beim Aufladen und winkten ihm zum Abschied, und Sam hatte auch keine gute Laune, und es war nicht bloß der Whiskey, der ihm wehtat, es war auch der Preis, den Rath für die Felle geboten hatte. Sam fluchte, aber das half auch nichts. Der Preis war gemacht, und Rath redete zwar viel, was er und Sam für gute Kumpel wären, aber er legte nicht einen Cent obendrauf.

»Angebot und Nachfrage«, sagte er. »Alles Angebot und Nachfrage. Wenn dir ein andrer Händler einen besseren Preis bietet, dann nimm den. Aber das wirst du nicht schaffen. Im Moment ist das Angebot größer als die Nachfrage.«

Das war ein Argument, und dagegen konnte man nichts anderes tun als wieder an die Arbeit gehen. Also, ich sage Arbeit, aber, wie ein Gewerkschaftler mir mal gesagt hat, es gibt zwei Sorten von Arbeit. Es gibt die Arbeit, die man gern tut, und die, die man tut, um leben zu können, und was wir taten, war Letzteres, weiter nichts.

Wir waren wieder zu diesem Wahnsinn zurückgekehrt und stürzten uns nur so drauf. Wir hatten das zerklüftete Land hinter uns gelassen und befanden uns auf den Great Plains. Da gab es vielleicht Büffel, und auf die stürzten wir uns, wie gierige Kerle, die alles in sich hineinschlingen, bevor ihnen das Futter ausgeht, und ich schätze, genau das taten wir – wir rafften, was das Zeug hielt, solange noch was davon da war, genau wie alle anderen da draußen. Wir waren ihnen begegnet, und obwohl von den Kerlen sich einige brüsteten, wie viele Abschüsse sie gemacht hatten, wofür sie eine Revolverkanone gebraucht hätten, gab es auch andere Jäger, wie Sam, und die redeten zwar über Büffel, aber sie sahen sich nicht in die Augen, wie wenn sie sich schämten, vielleicht.

Und dann, als ob die Hitze und das Ungeziefer und der Gestank von verwesendem Fleisch nicht schon genug gewesen wären, was man aushalten musste, kamen auch noch die Heuschrecken.

Es gab immer viele von ihnen, aber das waren bloß ein paar Insekten mehr, und nachdem sie Gras und so Zeug fraßen und nicht uns, kümmerten wir uns kein Stück um sie, aber diese, Menschenskinder! Sie kamen in Wolken, Billionen von ihnen, in riesigen Wolken, schwankten und drehten sich am Himmel wie Zyklonen, und wenn sie landeten, waren sie überall, krochen über dich, über dein Essen, in deinen Haaren, über die ganzen Felle, hüpften vor sich hin, und, verflucht noch mal, du konntest hören, wie sie kauten, all diese Millionen Kiefer. Ich war mit allen möglichen Arten von Ungeziefer groß geworden, aber diese Biester waren etwas komplett anderes. Wir trafen sogar einen Mann, der meinte, er wäre beinahe verdurstet, weil sie ein Wasserloch verstopften, auf das er sich verlassen hatte!

Dann mischte sich Abel ein. »Hoffentlich ziehen sie nicht nach Ostkansas«, sagte er. »Für die Leute da wäre das einfach verheerend.«

»Ist mir komplett egal, wo sie hinziehen«, sagte der Mann. »Sollen sie die verflixten Farmer doch aufessen, wenn sie bloß mich in Frieden lassen.«

Wir lachten ein bisschen, aber Abel lachte nicht mit.

»So komisch ist das nicht«, sagte er. »Na ja, das ist wie mit den Plagen in der Heiligen Schrift. Erst die Banken pleite und jetzt das, lauter Plagen aus dem Osten und dem Westen. Für diese armen Farmer, die ausgehalten haben, ist das der Ruin.«

»Was zum Teufel hat das mit dir zu tun?« Hack redete auch mal, und sogar richtig brutal. »Du hast doch gar keine gottverdammte Farm.«

»Nein, hab ich nicht«, sagte Abel. »Aber ich schaff mir wieder eine an, das mach ich. Diese Tiere hier, die wir abschlachten, die werden nicht ewig da sein, aber dann bauen wir was an. ›Gesegnet ist die Frucht der Erde‹ – so steht es in der Bibel. Jäger wird es keine mehr geben, aber Farmer werden immer da sein.«

»Farmer!«, sagte der Mann. »Hier? Mein Gott, sieh dich mal um.«

So gesehen war das in der Tat lächerlich. Man brauchte sich wirklich bloß umzusehen in dieser Wildnis, die da in der Sonne vor sich hin brutzelte, mit diesen Millionen von herumhüpfenden Heuschrecken.

Aber Abel blieb standhaft. »Lacht ihr nur«, sagte er. »Aber das Lachen ändert daran auch nichts.«

Und ich weiß auch nicht, schließlich war er wirklich blöd,

trotzdem überkam mich das Gefühl, dass er Recht hatte. Er erinnerte mich an den alten Hobs, den Squawmann, den wir auf dem Viehtrieb getroffen hatten, und was er gesagt hatte. Erst würde die Eisenbahn kommen, und dann würden die Büffel ausgerottet und die Indianer, und dann würden die Siedler kommen, und das wäre das Ende einer ganzen Welt. Wir hatten ihn da ausgelacht, und so ganz richtig hatte er es nicht zusammengekriegt, aber wenn ich mir diesen Abel ansah, diesen langen, zerzausten, gottserbärmlichen Strich in der Landschaft, war ich mir nicht mehr so sicher. Er war gerade hartnäckig und dumm genug, um zu versuchen, in der Prärie und den Plains seinen Lebensunterhalt zusammenzukratzen. Er und Millionen mit ihm.

Nun, der Jäger verließ uns, und wir zogen weiter, und während die Sonne runterbrannte, erschienen uns Trugbilder, wir sahen Büffel ziehen und grasen, was sie aber gar nicht konnten, weil sie tot waren. Und dann sah ich eines Tages etwas, von dem ich ehrlich hoffte, dass es ein Trugbild war. Ehrlich, von ganzem Herzen und mit ganzer Seele.

Ich war mit Sam losgezogen. Er meinte, ich sollte mitkommen und mein Glück mit der Sharps versuchen, weil er dachte, wenn wir zu zweit schossen, könnten wir mehr Geld machen, was auch vernünftig klang. Noch eine Sharps bedeutete zwar, dass hundertfünfzig Bucks zwischen mir und dem Büffelabschuss standen, aber er nahm an, die Investition könnte sich lohnen, wenn ich mit der Sharps umgehen konnte. Ich hatte ihn nicht bedrängt, es mir beizubringen, denn nach diesem Erlebnis mit der trächtigen Kuh wurde mir bei dem Gedanken schlecht, aber das Gefühl hatte sich wieder verflüchtigt, und ich hätte auch auf menschliche Wesen geschossen, wenn sie bloß ein Fell und Hörner am Kopf gehabt hätten.

Sam hatte eine Büffelherde ausfindig gemacht, vielleicht dreißig oder vierzig Tiere in einem Tal. Das war auf den Great Plains, von denen euch vielleicht Leute erzählt haben, die wären platt wie ein Billardtisch, was sie auch meistens sind. Aber es gibt dort solche Wellen und Senken, und in einer von denen war diese Herde, hübsch zusammengepackt, und drum herum niemand, der den Abschuss versauen konnte.

Wir umkreisten die Herde, bis wir vom Wind abgekehrt standen, stellten den Dreifuß auf und ließen uns nieder, während Sam die Herde beobachtete, um das Leittier ausfindig zu machen, und als er es entdeckt hatte, *bumm*, ging es zu Boden. Und der Rest ging zu Boden, ein Büffel nach dem anderen, so einen guten Abschuss habt ihr noch nie gesehen, bis bloß noch einer übrig blieb. Nur einer. Dann ließ mich Sam hinter die Sharps.

Ich blinzelte durch das Visier nach dem Büffel, der wie eine Zinnfigur an einem Schießstand dastand. Ich drückte ab, und, beim Jupiter, dieses Gewehr ging hoch wie zwei Kanonen, Rauch stieg aus dem Lauf auf, und in meinem Kopf klingelte es, als würden die Kirchenglocken läuten. Und dieser Büffel – ich hatte mich genauso blöd angestellt wie all die Sodbusters und das Vieh bloß verwundet, das halbwegs zu Boden ging und ein blubberndes, grunzendes Geräusch von sich gab.

Sam fluchte und griff nach dem Gewehr, lud nach, trat dann vor und befreite den Büffel von seinen Qualen. Ich folgte Sam, der eine hässliche Bemerkung über meine Schießkünste von sich gab, aber ich achtete nicht darauf. Ich stand bloß zwischen den Büffeln, und da erwischte es mich wie nie zuvor.

Vor ein paar Stunden war da diese Herde gewesen, so friedlich, wie man es sich nur denken kann, die Tiere hatten gegrast und geschnaubt und sich gegenseitig angegrunzt, auch die Kälber, und jetzt lagen da bloß diese riesigen toten Leiber, und außer dem Summen der Insekten war nichts zu hören. Und ich weiß nicht, ich fühlte mich schlecht, ganz tief in mir drin. Irgendwie traurig, so wie damals, als Bo beerdigt worden war und ich gewusst hatte, dass ich ihn nie wieder sehen würde, niemals. Verrückt, nicht wahr, aber es stimmt. Ich hatte das dumpfe Gefühl, etwas verloren zu haben, aber richtig schrecklich war, dass ich nicht wusste, was ich verloren hatte.

Ich übergab Sam sein Pferd und rechnete mit mehr Flüchen wegen diesem schrecklichen Schuss, aber es kamen keine. Er packte mich und riss mich an die Flanke des Pferdes, während er stehen blieb und über den Sattel hinausstarrte, und ich folgte seinem Blick, und was ich sah, gefiel mir kein bisschen, denn wir sahen einen Mann auf einem Pferd am Horizont.

DREIUNDDREISSIG

»Kannst du ihn erkennen?«, fragte Sam.

Ich schüttelte den Kopf, außer einer schwarzen Gestalt konnte man kaum etwas sehen, da der Kerl die Sonne hinter sich hatte. Er sah also richtig unheimlich aus, noch mehr, als er sein Pferd zwei- oder dreimal um sich selbst kreisen ließ.

»Jesus«, sagte Sam. »Das ist ein Indianer, der seine gottverdammten Kumpel herruft. Ach herrje!« Er fluchte weiter, weil noch mehr Reiter auftauchten, und die jagten einem richtig Angst ein, sie zeichneten sich schwarz vor dem Himmel ab, bewegten sich nicht, saßen da oben, als ob sie alle Zeit der Welt vergehen lassen könnten, bevor sie runterkamen, um uns umzubringen.

»Vielleicht sehen sie uns nicht«, flüsterte ich, ohne zu wissen, warum, denn die Kerle waren eine halbe Meile entfernt.

»Und vielleicht können gottverdammte Schweine fliegen.« Sam ließ seine Sharps über den Sattel gleiten. »Beten wir zu Gott, dass sie uns nicht feindlich gesinnt sind, denn da kommen sie schon.«

Die Reiter tauchten unter die Horizontlinie, kamen direkt auf uns zu, und ich hatte das Gefühl, als ob da, wo mein Herz war, ein Frosch saß, so sehr hüpfte es herum. Aber Sam hatte

Recht und auch wieder nicht, denn feindlich gesinnt waren sie zwar nicht, aber es waren auch keine Weißen, einer von ihnen war ein Pawnee-Scout, der hartgesottener und bösartiger als ein Bahnpolizist mit Kater dreinblickte, und die anderen beiden Kerle waren Büffelsoldaten. Und vielleicht war das nicht gerade die erstaunlichste Sache der Welt, schließlich gab es da draußen eine Menge Soldaten, die schwarz waren, aber eins war wirklich erstaunlich, so erstaunlich, dass es einen glatt bis in die Stiefel erschütterte – zu dem einen von ihnen, der ein Korporal war, sagte ich nämlich: »Also, da will ich verdammt sein. Das ist Tom Carney!«

Er war es auch, Tom saß lässig in seinem Sattel und blinzelte mich an, genauso verwundert wie ich.

»Mensch, das ist der Kleine«, sagte er. »Ben Curtis! Was zum Teufel machst du hier draußen?«

»Und was zum Teufel machst du hier?«, sagte ich mit dem gleichen breiten Grinsen wie er. »Du bist bei den Soldaten! Heiliger Strohsack, was ist mit Dutton passiert?«

»Ist abgeworfen worden«, sagte Tom, »so wie du auch auf dem Viehtrieb, weißt du noch? Also, mit dem Reiten ist es vorbei, deshalb ist er nach Galveston gezogen. Glaubt, er kann mit Öl Geld machen. Echt verrückt, was? Egal, ich bin mit noch 'ner Herde hergezogen, dann dachte ich, ich versuch's mal als Soldat, und weil ich lesen und schreiben kann, haben sie einen Korporal aus mir gemacht. Und wie steht's mit dir, Kleiner?«

Aus den Augenwinkeln beobachtete ich Sam, der ein bisschen steif dastand, und ich wusste einfach, dass es ihm nicht gefiel, wie Tom mit mir redete, ganz locker und frei. Aber zum Kuckuck, das war Tom – obwohl, ich weiß auch nicht, irgendwas war anders an ihm. Auf dem Viehtrieb, na, da war er doch trotz seiner Größe und seiner Überlegenheit irgendwie Duttons Schatten gewesen. Aber jetzt war er sein eigener Herr. Das klingt seltsam, schätze ich, schließlich war er Soldat, aber vielleicht lag es an den beiden Streifen an seinem Ärmel, und dieser Ärmel hatte das Blau von Onkel Sam. Erobereruniform, schätze ich, wenn man bedachte, dass die Armee in dieser Farbe den armen Süden fertig gemacht hatte.

Wie auch immer, ich erzählte Tom die Geschichte, und er schüttelte den Kopf. »Also, so was.« Tom nahm einen Schluck Wasser aus seiner Flasche. »Hab gehört, Kessel hat bekommen, was er verdient hat.«

»Hat er auch«, sagte ich. »Aber wo sind die anderen Jungs?«

Tom grinste. »McCann vergiftet immer noch Reiter. Die anderen sind überall verstreut, weiß du. Aber sag mal, erinnerst du dich an Jack Shears? Anscheinend hieß er in Wirklichkeit Jack Madigan, und die Rangers waren hinter ihm her. Aber stell dir vor, er ging als Mann des Gesetzes nach Denver und wurde umgebracht.«

»Judas Priester!«, pfiff ich. »Hätte nicht gedacht, dass sich viele finden, die schneller ziehen als er.«

»In den Rücken geschossen«, sagte Tom. »Wie bei fast allen. Na, war nett, dich zu treffen, Kleiner, aber wir müssen weiter, sonst beißt uns der Leutnant dahin, wo es am meisten wehtut.« Er blickte zu mir runter, und wie er da oben saß, stellte er schon was dar. »Seid ihr beiden allein hier draußen?«

»Und wenn?« Sam war ziemlich nervös, es schien ihm nicht zu gefallen, dass ein Nigger ihn ausfragte.

»Bisschen gefährlich, sonst nichts«, antwortete Tom.

»Nicht mehr als sonst auch«, sagte Sam, laut und langsam, als ob er mit einem Idioten redete.

»So?« Tom spuckte über seinen Sattel und warf Sam einen Blick zu, und ich dachte mir, Sam, wenn du den Mann kennen

würdest, mit dem du dich da anlegst, würdest du leisere Töne anstimmen. »Haben Sie nichts davon gehört?«, fragte Tom in genau demselben Tonfall zurück, den vorher Sam angeschlagen hatte.
»Wovon gehört?«, fragte Sam, um die Lippen ein bisschen blass geworden.
»Mister!« Tom schüttelte den Kopf. »Sie haben nicht gehört, was in Adobe Walls passiert ist?«
»Wir haben seit Wochen nichts gehört«, meinte Sam. »Und wenn du was zu sagen hast, dann spuck es aus, du ...« Er brach ab, und ich schätze, da hatte er Glück gehabt.
»Sicher.« Tom nahm sich Zeit mit der Antwort. »Mister, vor ein paar Wochen waren da unten bei Adobe Walls ein paar Jäger, und ungefähr eintausend Wilde haben versucht, sie fertig zu machen.«
»Jesus!« Sam erschrak und ich auch.
»Genauso war's«, meinte Tom. »Anscheinend haben sie so einen großen Rat einberufen, Komantschen und Kiowa und Cheyenne, und diese Häuptlinge, Lone Wolf und Quannah Parker und Satanta, haben die Dog Soldiers mitgebracht. Sie haben genug von der Büffelschlachterei. Deshalb sind wir hier, wir suchen nach ihnen.«
»Also haben sie es schließlich doch noch getan«, sagte Sam. »Sie sind aus ihren Löchern gekrochen.«
»Genau.« Tom sah sich im Tal um, nickend, als ob er die toten Tiere zählen würde. »Sie haben es getan. Wenn Sie meinen Rat wollen ...«
»Will ich nicht«, schoss es aus Sam heraus, und es war klar wie Kloßbrühe, dass er den Rat nicht wollte, weil Tom ein Nigger war. Und das war verrückt. Da hatten wir Tom und die anderen Büffelsoldaten, die uns weiße Männer vor den roten

Männern schützten, aber Sam würde einem Korporal der US-Kavallerie nicht zuhören, bloß weil der schwarz war!

Nicht, dass Tom sich gewundert hätte. Er grinste sogar fast. »Wie Sie wollen«, sagte er. »Aber du, Kleiner …«

»Ja?«, sagte ich.

»Verschwinde von den Plains. Pronto. Kapiert?«

»Kapiert«, sagte ich. »Mach ich bestimmt.«

»So ist's recht. War mir immer schon klar, dass du schlau bist. Also dann.« Tom hob die Hand zum Gruß. »Bis zum nächsten Mal, Kleiner.«

Er und die anderen ritten davon, zurück in die Sonne, und wir waren still, machten uns unsere Gedanken, und ich dachte darüber nach, wie seltsam es doch war, dass ich Tom getroffen hatte, aber das war nicht mein Hauptgedanke, und man muss sicher kein Hellseher sein, um draufzukommen, was mich wirklich beschäftigte.

Dann brach Sam das Schweigen. »Also, verflucht«, sagte er. »Sie haben's getan. Sie sind rausgekommen.«

»Sieht so aus«, sagte ich.

»Okay.« Sam wurde ganz barsch. »Geh und hol Abel und Hack. Wir haben zu tun.«

Ich konnte einfach nicht glauben, was ich da hörte. »Meinst du, anfangen zu häuten?«

»Was glaubst du wohl, was ich sonst meinen könnte?«, bellte Sam. »Wir fangen bestimmt keinen Square Dance an.«

»Aber …«, hob ich an. »Aber du hast doch gehört, was Tom gesagt hat?«

»Dieser Bock?« Sam spuckte aus. »Ich hab's gehört. Was ist damit? Es sind also ein paar Wilde unterwegs. Herrje, Adobe Walls ist ein Wochenritt von hier entfernt, und ich werd diese Felle hier nicht liegen lassen.«

»Sam«, sagte ich. »Verdammt noch mal, wir brauchen drei Tage, um die Felle zu trocknen.«
Meine Argumente gefielen ihm gar nicht, kein bisschen. Er schimpfte und fluchte, aber es lag auf der Hand. Für ein paar Dollar lohnte es sich nicht, die Kopfhaut zu riskieren, und Adobe Walls war vielleicht ein Wochenritt entfernt, wenn ein Weißer auf einem Pferd saß, aber diese Komantschen und Kiowa ...
Am Ende sah Sam trotz all seiner Flüche meine Argumente ein und stimmte zu, dass wir dorthin gingen, wo wir Gesellschaft hatten, und zwar nicht gerade Gesellschaft, die den Winter über in einem Tipi saß und dir die Haare kämmte und dich nicht zu fragen brauchte, ob du es hinten ein bisschen kürzer haben möchtest, weil du selbst gar nicht mehr da warst.
Wir ließen die Felle also liegen und verrotten und kehrten zum Lager zurück, und wenn ich nicht so viel Angst gehabt hätte, dann hätte ich lachen können, so wie Hack und Abel erschraken. Blitz und Donner, in einer halben Stunde hatten wir die Sachen aufgeladen und uns auf den Weg gemacht!
Wir zogen nach Norden, auf dem kürzesten Weg zur Bahnlinie, wo es weiße Männer gab, und ungefähr einen Tag lang war es ein unheimlicher Ritt. Die Luft war so trocken, dass Dinge da draußen, vielleicht ein verkrüppelter Strauch oder, wahrscheinlicher, die Büffelskelette, zu zucken oder sich zu bewegen schienen, als ob sie lebendig wären. Wenn du anfingst, solche Sachen zu sehen, dann hattest du das so genannte Präriefieber, und davon hatten wir bestimmt 'ne doppelte Dosis. Jedes Zucken war ein riesiger Indianer, der darauf wartete, uns zu überfallen, und diese Trugbilder – also, wir sahen nicht bloß Büffel auf dem Kopf oder Seen oder Wälder

oder Paläste, wir sahen die komplette Komantschennation auf uns zukommen.
Und ungefähr am dritten Tag sahen wir etwas, was kein Trugbild war. Judas Priester, wir standen hinter dem Wagen, die Sharps und die Schrotflinte im Anschlag, Sam biss sich auf die Lippen, Hack fluchte, und der alte Abel rief den Herrn an, und ich drängte ihn, er sollte lauter rufen. Und vielleicht war der Herr an jenem Tag in der richtigen Stimmung, um zuzuhören, denn die Reiter, die da auf uns zukamen, waren keine angemalten Wilden, sondern ein ganzer Trupp Jäger, die auch gehört hatten, was los war, und in die gleiche Richtung wollten wie wir.
Was waren wir froh, sie zu sehen! Mindestens so froh wie ein Säufer, der eine Bar gefunden hat, die auch sonntags aufmacht, denn zusammen bildeten wir einen ganz ordentlichen Haufen, über zwanzig bewaffnete Männer, und wir konnten Indianern, die sich auf dem Kriegspfad befanden, Widerstand leisten, falls nicht zu viele Krieger dabei waren, die gern vor ihrer Zeit in die ewigen Jagdgründe eingingen.
Aber obwohl wir alle froh waren, einander zu sehen, war keiner sonderlich guter Laune. Wir taten nichts anderes, als bloß Richtung Norden dahinzutrotten und zu fluchen, zu fluchen und zu schießen, denn diese Kerle, wenn die einen Büffel entdeckten, der übersehen worden war, dann knallten sie ihn ab, sie machten sich gar nicht die Mühe, sauber zu töten oder überhaupt zu töten. Sie ließen die verwundeten, langsam krepierenden Tiere einfach liegen oder umherwandern, als ob sie den Büffeln antun wollten, was sie den Indianern nicht antun konnten.

Es machte mir nichts aus zuzusehen, was sich da abspielte. Sam übrigens auch nicht, aber Abel war schier entsetzt. Er

fragte einen von den Jägern, der aussah wie ein Verwandter von jenem Kerl, den Henry an seiner Wand in Abilene hängen hatte, warum er das eigentlich tat.
»Warum?«, fragte der Typ. »Was glaubst du wohl, warum. Wenn ich das Vieh schon nicht kriegen kann, will ich wenigstens sichergehen, dass es keiner von den gottverdammten Indianern kriegt.«
Es war einfach dumm, dumm und gemein, aber ich hielt meinen Mund, denn der Typ sah nicht so aus, als ob man mit ihm reden könnte. Aber wenn ich auf dieser Reise auch nicht viel sagte, so dachte ich umso mehr nach. Nicht bloß über diese sinnlose Verschwendung, sondern über eine Menge Dinge. Zum Beispiel über Tom Carney, dass ich ihm wieder begegnet war, und über Jack Shears, der abgemurkst worden war – was zeigte, dass ein Kerl, der von einem 45er Colt lebte, auch durch ihn starb –, und über die Jungs dachte ich nach, mit denen ich hergekommen war und die jetzt überall verstreut waren, wie Tom gesagt hatte, und über Dutton, der Öl verkaufte! Das war verrückt. Er hätte beim Viehhüten bleiben sollen, weil man da richtig Geld machen konnte.
Aber ich schätze, das war Amerika. Es hatte viel zu bieten, von allem reichlich. Viel, wo man umherziehen konnte, viel, womit man sein Glück machen und übrigens auch Pleite gehen konnte, und viel, woran man sterben konnte. Und vielleicht lag es einfach nur daran, dass es so viel davon gab – von Amerika, meine ich –, es machte die Leute rastlos. Mit solchen brillanten Gedanken lehnte ich mich auf dem Wagen zurück, und der Schweiß triefte mir direkt aus den Stiefeln, die voller Löcher waren, bis wir bei Balley's Halt auf die Bahnlinie stießen.
Früher war das eine Zwischenstation auf dem alten Santa-Fe-

Trail gewesen, aber die Eisenbahn hatte einen Haltepunkt für die Züge daraus gemacht. Nicht, dass es für irgendjemanden einen Grund gegeben hätte, da auszusteigen, es gab da bloß ein paar übereinander gestapelte Holzbretter für die Lokomotiven und noch ein riesiges Whiskeyfass mit einem Schuppen drum rum. Aber als wir ankamen, war 'ne Menge los. Viele Jäger wussten Bescheid, so wie wir, und waren zurückgekehrt, fluchend und stinksauer, was in gewisser Weise beruhigend war.

Trotzdem fanden wir alle drin Platz, fluchten und tranken und spielten, und wir wurden aufgeklärt über das, was wirklich in Adobe Walls passiert war.

Nach allem, was einer zu erzählen wusste, hatten die Kwahadi-Komantschen, die die Schlangen verehrten, ein bisschen gebetet, bei so was wie 'nem großen Zeltlagergebetstreffen, und sich darüber aufgeregt, dass die Büffel abgeknallt wurden und die ganzen Jäger kamen und das Abkommen brachen, von dem ich euch erzählt habe, das von '67 in Medicine Lodge. Und Lone Wolf, Satanta und Quannah Parker, ihre Kriegshäuptlinge, die hatten ungefähr tausend Krieger zusammengetrommelt, um ein bisschen zu jagen, und nachdem nicht mehr viele Geschöpfe auf vier Beinen übrig geblieben waren, wollten sie ihre Künste an denen auf zwei Beinen versuchen, und damit fingen sie in Adobe Walls an, was nur aus einer Lehmziegelhütte bestand, die mal ein paar Mexikaner gebaut hatten, aber dann von Jägern als Saloon und Lager benutzt wurde.

Einer, der später ankam, erzählte uns von dem Überfall, und als wir die ganze Geschichte gehört hatten, konnten wir kein Wort glauben.

Sam schüttelte den Kopf. »Das muss ich genau wissen«, sagte

er. »Du sagst, dass ein paar Dutzend Jäger eintausend Komantschen und Kiowa widerstanden haben?«
»Klare Sache«, sagte der Kerl. »Ich hab mit einem von ihnen geredet. Zwei Jäger wurden draußen überfallen und skalpiert, aber der Rest blieb einfach drinnen und knallte die Wilden ab.«
Es hörte sich wirklich so an, als ob da irgendwo einer übertrieb, doch wie sich herausstellte, stimmte die Geschichte, kaum zu glauben, und damit war zwar noch nicht viel ausgesagt über die so genannten fürchterlichen Krieger, aber 'ne Menge über die gute alte Sharps.
»Und wo sind diese Indianer jetzt?«, fragte jemand.
Der Kerl zuckte nur mit den Schultern. »Wer weiß? Verstreut, schätze ich, am einen Tag hier, am anderen dort. Ziehen umher. Sie haben allerdings ziemlich lange gewartet, bis sie rausgekommen sind. Die Büffel ...«
Er brauchte den Satz nicht zu beenden, wir wussten alle, was er meinte. Was sie als südliche Herden bezeichneten, die Büffel südlich der Bahnlinie, nun, die waren zwar nicht ausgerottet, aber darauf lief es hinaus, nachdem man die Tiere weggefegt hatte wie Blätter im Herbst. Wisst ihr, am einen Tag wimmelt es nur so von ihnen, am nächsten Tag sind sie weg, bis auf ein paar in den Ecken, wo der Wind sie nicht gefunden hat.
Und das machte mir irgendwie Sorgen, denn Sam hier, der wusste, wo diese Ecken waren, und ich hatte das unangenehme Gefühl, dass er daran dachte hinauszuziehen, um ein bisschen in ihnen herumzustochern.
Wenn er mich ansah, wandte ich mich ab, dachte daran, dass die Indianer vielleicht verstreut waren, aber sie kannten die Plains genauso gut wie Sam, wenn nicht besser, und wenn sie

hinter Büffeln her waren, konnte man davon ausgehen, dass wir uns an derselben Stelle trafen, und da wollte ich mich nicht unbedingt aufhalten. Also versuchte ich, Sam aus dem Weg zu gehen, spielte mit ihm rund um diesen Schuppen Versteck – und als die Sonne unterging, stiefelte ich sogar ein Stück den Weg hinunter, und das war noch beängstigender als die Vorstellung, draußen bei den Indianern zu sein, denn ein paar von den abgebrannten Farmern hatten sich dort verkrochen und sammelten Knochen, und diese Knochen säumten den ganzen Weg, Millionen von Knochen. Einer von den Kerlen behauptete sogar, die Knochen lägen überall am Weg bis nach Dodge, und es hätte mich nicht gewundert, wenn es wahr gewesen wäre.

Richtig aus dem Weg gehen konnte man Sam aber nicht, und er wartete dann sowieso den richtigen Moment ab, trank und spielte um das Fass herum und tat all die Dinge, von denen die Prediger sagen, dass du sie nicht tun sollst, weil sie jetzt schon schlecht für dich sind und noch schlechter sein werden, wenn du den Löffel abgegeben hast, obwohl das doch wirklich nicht fair ist.

Also schnappte er mich eines Morgens und sagte, er würde losziehen. »Und mach nicht so 'n Gesicht«, sagte er. »Du wirst deine Haare schon behalten.«

»Weiß ich«, sagte ich, »weil ich nirgendwo hingehen werde, wo ich sie loswerden könnte.«

Sam schnaubte verächtlich. »Es kann gar nichts passieren.«

»Ist das wahr?«, fragte ich. »Willst du vielleicht in Chicago jagen gehen?«

»Jetzt werd nicht frech«, sagte Sam. »Du wirst in Sicherheit sein.«

»Schätze, das haben diese Jäger in Walls auch gedacht«, sagte

ich. »Und was sind sie jetzt? Zwei glatzköpfige Gespenster, das sind sie.«
Sam seufzte. »Kleiner, erinnerst du dich an die Ranch in Kalifornien, von der wir geredet haben?«
»Klar erinnere ich mich«, sagte ich. »Ich träum davon« – was stimmte – »und ich will da heil ankommen, und genau deshalb sollten wir nicht mehr losziehen.«
»Ist gut«, sagte Sam. »Ist schon gut! Und wenn du mal einen kurzen Moment aufhörst zu reden und so ein dummes Zeug zu schwatzen, dann sag ich dir, warum du dir wegen der Indianer keine Gedanken machen musst.«
»Gut«, sagte ich. »Ich höre ...« Und das tat ich, und er hatte beinahe Recht – denn so, wie wir dann tatsächlich loszogen, konnten wir vermutlich den Indianern und der russischen Armee zusammen Angst einjagen, es waren fast fünfzig Jäger, die sich mit Wagen und Abdeckern auf den Weg machten, und wie Sam sagte, wenn wir den Indianern dadurch keine Angst einjagen konnten, dann war mit denen was faul, denn wir waren richtig wild. Wild und zerzaust, bärtig, mit roten Augen, und wir schleppten richtige Waffen mit uns mit. Und falls wir allein nicht genügend Leute gewesen wären – es gab zum Glück noch reichlich Kavallerie in der Gegend, die die Prärie mit Pawnee-Scouts durchkämmte, und nach allem, was die Kerle uns erzählten, waren fast gar keine Indianer unterwegs. Ein Sergeant erzählte uns das. Er und ein Reitertrupp lagerten an einem Bach, an dem wir Halt machen wollten, und er kam vorbei, um zu plaudern und den Whiskey zu probieren.
»Na ja«, sagte er nach ein paar Schlucken zu uns. »Der alte General Crook, also, der hat was vor. Er und Sheridan und Custer. Da ist ein komplettes Regiment in Dodge eingezogen und noch eins drunten in Fort Concho.«

»Ach wirklich?« Ein Jäger namens Manners, ein rücksichtsloser, brutaler Bursche, ergriff das Wort. »Sag bloß, die Armee hat tatsächlich vor, gegen diese roten Bastarde was zu unternehmen.«

»Wir werden mit ihnen fertig«, sagte der Sergeant barsch, Manners ironische Bemerkung schien ihm nicht zu gefallen. »Finden müssen wir sie allerdings erst.«

»Sie finden!« Manners lachte und murmelte dann, die Armee könnte nicht mal einen streunenden Hund ausfindig machen.

»Was haben Sie gesagt, Mister?« Der Sergeant fuhr zu Manners herum, ganz nervös, wie Soldaten gegenüber Zivilisten sind, weil sie wissen, dass man sie verachtet und so. Bevor aber Manners mehr von sich geben konnte und wir anfingen, uns statt die Komantschen zu bekämpfen, griff Sam ein und besänftigte die Gemüter.

»Hier.« Er schenkte dem Sergeant noch einmal was ein. »Was glauben Sie, wo sie sich aufhalten?«

»Weiß ich nicht«, gab der Sergeant zu. »Aber unser Pawnee-Scout nimmt an, dass die Cheyenne nach Norden gezogen sind und die Komantschen und die Kiowa zu irgendeinem gottverdammten großen Canyon in Texas. So was wie ein geheimes Versteck, das sie da unten haben.«

»Geheim! Du lieber Himmel!«, sagte Manners und drehte ihm den Rücken zu.

»Wissen Sie, wo das ist?« Der Sergeant war richtig wütend. »Denn wenn das so ist, dann rücken Sie besser damit raus.«

»So meint er das nicht«, sagte ein anderer Kerl, Manners Partner. »Aber wir haben davon gehört. Ein Händler hat mir mal davon erzählt. Palo Duro nennen sie den Ort. Mächtig hübsches Plätzchen, sagte er. Bin selbst allerdings nie da gewesen, mit den Komantschen steh ich nicht so gut.«

»Verstehe«, sagte der Sergeant. »Also, wir werden sie kriegen. Aber das Land ist groß.«
Er genehmigte sich noch ein bisschen Fusel und zog dann ab zu seinen Jungs, sodass wir uns hinhauen konnten. Aber ich lag wach, dachte daran, was dieser Soldat gesagt hatte, dass das ein großes Land wäre. Klar, man musste kein Genie sein, um das rauszufinden. Genau genommen redeten die Kerle andauernd davon. »Wirklich«, sagten sie, wenn ihnen ansonsten nichts mehr einfiel, »das ist ein großes Land« – als ob sie dafür verantwortlich wären oder so oder als ob sie wegen dem großen Land selbst auch groß wären. Aber so war es nicht, ich sah das anders. Es machte sie höchstens kleiner, so wie sie sich mit ihren geschlossenen Fäusten und ihren engstirnigen Gehirnen verhielten, zum Beispiel diese Reformer damals in Abilene, als ob sie wegen der Größe des Ortes zu Zwergen wurden und sich in sich zurückzogen, um sich zu schützen.
Aber wie dem auch sei, es war tatsächlich ein großes Land. Menschenskinder, ich dachte an die Komantschen und die Kiowa, die sich vielleicht zu tausenden in einem versteckten Canyon zusammenzogen, und niemand konnte sie finden! Noch nicht mal die halbe Armee der Vereinigten Staaten! Das musste ein großes Land sein, ganz klar, und wie ich mich freute, mehr davon zu sehen! Über die Rocky Mountains nach Kalifornien runterzureiten, Viecher aufzuziehen, statt sie abzuschlachten ... ja, es lag einiges vor mir in dem großen Land, das wusste ich sicher.
Aber bevor ich solche Zukunftsträume verwirklichen konnte, musste ich erst noch die gegenwärtigen Zeiten hinter mich bringen, und das war nichts, wovon man seiner Ma nach Hause schrieb. Wir schleppten uns über die Plains, stießen hier und da auf ein paar Büffel, kleine Herden, die wir ab-

murksten, ohne viel darüber nachzudenken, und wenn wir auch nicht viele lebende Büffel fanden, dann auf jeden Fall reichlich tote, Meile um Meile verrottende Kadaver, und egal, woher der Wind wehte, du bekamst einen Gestank ab, dass dir übel wurde.

Dann, eines Tages, als wir so vor uns hin trotteten und sich sogar Sam zu fragen begann, ob es sich lohnte weiterzumachen, sahen wir Manners und seinen Partner auf uns zukommen, die an der Spitze geritten waren, um alles gründlich auszukundschaften. Als wir sie entdeckten, dachten wir, sie hätten vielleicht Büffel gefunden, weshalb es uns gleich ziemlich gut ging. Aber es ging uns nicht mehr so gut, als Manners sein Pferd zu einem scharfen Galopp antrieb und auf uns zuraste und dabei rief: »Indianer!«

Moses, die Männer hatten ihre Gewehre draußen, bevor du auch nur einmal geblinzelt hattest, und ich suchte nach einem Versteck, da bekam Manners einen seiner bescheuerten Lachanfälle.

»Haha!«, lachte er. »Regt euch nicht auf. Das sind gute Indianer. Kommt mit und seht selbst. Ist gar nicht weit.«

War es auch nicht, gleich hinter einer von diesen Bodenwellen, und da, neben einem schlammigen Wasserloch, waren dann auch die Indianer. Zwei Männer, vier Frauen, einige Kinder und ein paar Ponys.

VIERUNDDREISSIG

Ich hatte geglaubt, und ihr vielleicht auch, dass die Indianer draußen auf den Plains mit großem Kopfputz aus Federn und allem rumliefen, und manche taten das vielleicht auch, aber diese nicht. Sie waren in Wildleder gekleidet, ganz normal, bis auf ihre Ponys, diese hübschen Schecken, die sie bevorzugten, die waren mit Sternen, Monden und Sonnen bemalt. Auf seltsame Art erinnerten sie mich an die Büffel, als ob sie keine wirklichen Tiere wären, so wie die Indianer einem nicht wie wirkliche Menschen vorkamen und eigentlich nicht in unserer Welt aus Landparzellen und Banken und Krediten lebten. Eher, als ob sie aus einer eigenen Welt gekommen wären, vielleicht einer Traumwelt, einer, die sie sich für sich selbst zusammengeträumt hatten, vor langer Zeit, vor langer, langer Zeit, und als sie mit ihrem Traum zu träumen angefangen hatten, waren alle Uhren stehen geblieben. Und eins war sicher, die Uhren würden sich für diese Indianer nie wieder in Bewegung setzen, nie wieder, denn sie waren tot. Alle miteinander. Die Männer, die Frauen, die Kinder, sogar die Ponys und ein paar Hunde.

»Hab doch gesagt, dass sie gute Indianer sind«, sagte Manners. »Sehen wir sie uns mal an.«

Wir stiegen in das Tal hinab, durch einen Schwarm Krähen hindurch, die sich kaum die Mühe machten, aus dem Weg zu fliegen, und was wir dann zu sehen bekamen, war todtraurig. Also jedenfalls für einige von uns. Aber für andere nicht, sie liefen um die Leichen herum, piksten an ihnen herum, als ob sie Fleisch auf einem Markt kauften, und diese Indianer, die hatten keine Augen mehr, aber es kam einem so vor, als ob immer noch etwas in diesen Löchern wäre, etwas, was zu uns hinaussah.

»Das sind bloß Arapahos«, sagte Manners. »Seht ihr diese Zeichen, die auf das Leder gemalt sind? Sie haben verschiedene Zeichen, damit sie sich auseinander halten können, und das müssen sie auch, denn sie sehen alle gleich aus, haha.«

»Was glaubst du, was passiert ist?«, fragte jemand.

»Sind überfallen worden, so sieht's aus«, sagte Manners. »Vor drei, vier Wochen, schätze ich, so verschrumpelt, wie sie sind.« Wahrscheinlich hatte er gut geraten, dieses Schwein war daran gewöhnt, sich tote Sachen anzusehen. Er spuckte aus, dann sagte er: »Also, seht mal her, schätze, das erklärt die Geschichte.« Er beugte sich hinunter und hob etwas auf. »Seht ihr das?«

Wir scharten uns um ihn, als er die Hand ausstreckte, und was er hatte, erklärte wohl tatsächlich die Geschichte, denn er hielt einen Messingknopf in der Hand, in den zwei gekreuzte Säbel und der US-Schriftzug eingeprägt waren.

»Tja.« Manners schnippte den Knopf in die Luft und fing ihn auf. »Kavallerie. Müssen sie erwischt haben, als sie die Hosen unten hatten, bloß tragen die gar keine Hosen, haha.«

Nicht alle lachten darüber, doch wir standen alle herum und starrten wie gebannt auf den Knopf. Aber dann erhob Abel, der richtig benommen dagestanden hatte, als hätte er eins auf

den Kopf gekriegt, die Stimme: »Du meinst, Soldaten der US-Armee haben das getan?«
»Klar«, sagte Manners. »Kavallerie. Das ist ein Knopf von der Kavallerie.«
Abel trat einen Schritt vor. »Willst du mir erzählen, dass amerikanische Soldaten einfach daherkommen und diese Frauen und Kinder erschießen?«
Manners runzelte die Stirn. »Bist du taub oder was?«
Wie schon gesagt, Abel war ein hartnäckiger Fall. Er stand da, den Kopf gesenkt wie eine Ziege, die gegen einen Baum anrennt. »Du sagst mir, diese Soldaten haben sie getötet?«
Manners Stirnrunzeln verwandelte sich in eine richtig grimmige Miene. »Ich hab's dir zweimal gesagt, oder nicht? Willst du behaupten, dass ich lüge? Willst du das? Bei Jesus, zieh dich zurück, sonst kannst du dich verdammt noch mal zu den Indianern dazulegen, Gott helfe mir.«
Also, stellt euch vor, Abel trat nicht zurück, sondern vor, den Kiefer vorgestreckt, und der Himmel weiß, was passiert wäre, wenn Sam nicht eingegriffen hätte.
»Hört auf damit«, sagte er, und es klang genauso bedrohlich wie bei Manners. »Er meint damit nicht, dass du ein Lügner bist. Er versteht es einfach nicht, das ist alles. Jedenfalls lasst uns jetzt bloß hier abhauen. Beweg dich, Abel. Du auch, Kleiner. Hier bleibt man besser nicht länger.«
Er schnappte sich Abel und schob ihn zurück den Hügel hinauf, und ich folgte ihm mit Hack, froh, von dort wegzukommen, als sich mein Fuß in etwas verfing, das im Gras lag. Ich hob es auf und rief nach Sam.
»Also, na wirklich«, sagte Sam. »Ein Bogen.«
Genau das war es, ein Bogen, ein paar Fuß lang.
»Sieh her, Kleiner«, sagte Sam. »Das ganze Ding ist aus Büf-

fel. Das ist Büffelhorn, aufgeschnitten und zusammengesteckt, und die Sehne ist eine Büffelsehne, und dieser Griff, das ist Büffelleder.« Er schüttelte den Kopf. »Nicht viel gegen ein Repetiergewehr der Armee, was?«

Das war es auch nicht. Es war bloß ein Bogen, sonst nichts, aber es war auch irgendwie mehr dran. Man hatte ein bestimmtes Gefühl, er war ausbalanciert, und wenn man ihn nur festhielt, wollte man ihn abziehen. Ein richtig gutes Werkzeug, aber wie Sam sagte, nicht viel gegen einen Karabiner. Auch nicht viel, um damit einem riesigen Büffel gegenüberzutreten, genau genommen.

Ein paar andere Kerle waren hergekommen, um ihn sich anzusehen, und der eine pfiff. »Weißt du, Kleiner«, sagte er, »für den kriegst du fast überall ein paar Bucks, wo es einigermaßen zivilisiert ist.«

»Jesus!« Einer der Abdecker schlug sich auf die Schenkel. »Was zum Teufel ist los mit uns? Hier liegt doch Geld für uns rum.«

»Da hast du allerdings Recht!« Manners ließ einen Juchzer los. »Holen wir es uns!«

Er ging zu den Leichen runter, fing aber an zu fluchen und rief, die Soldaten hätten wohl mitgenommen, was zu holen war, während andere durch das Gras schlenderten, lachend und witzelnd, als wäre das Ganze ein lustiges Fingerhut-Suchspiel. Und einer von ihnen, ein echtes Genie, zog einer der Frauen den Mokkasin mit dem hübschen Perlenmuster aus, und die ganze Zeit schienen die Indianer uns aus ihren Augenlöchern zu beobachten.

Sam und ich und ein paar andere Kerle, wir fühlten uns bestimmt nicht wohl bei der ganzen Sache, während Abel so aussah, als hätte er einen Albtraum, und mir ging es auch so.

Aber das war immer noch nicht das Schlimmste, denn plötzlich sagte Hack: »Seht euch das an.«
Wir drehten uns um, und da stand Manners über eine der Leichen gebeugt, mit dem Jagdmesser in der Hand. Er sah uns an und grinste übers ganze Gesicht. »Jesus«, rief er, »die ganze Zeit suchen wir nach Andenken, und da liegen sie direkt vor unseren Augen!« Er zerrte den Indianer an den Haaren, wobei er ihm fast den Kopf abriss. »Verflucht, man kriegt fünf Bucks für 'nen echten Skalp!«
»Also, bei Jesus, da hast du Recht«, sagte ein Abdecker. »He, das sind nicht alles deine.« Er zog sein Messer, dann starrte er uns an. »Was guckt ihr bloß alle so heilig aus der Wäsche? Das sind Indianer, oder etwa nicht – und tot sind sie auch.«
Manners und seine Kumpel machten am Abend einen drauf, soffen sich zu bis zum Anschlag. Das war nichts Besonderes, aber sie waren richtig wild, und ich weiß nicht, vielleicht kam das daher, weil sie wussten, dass sie da etwas richtig Schlimmes getan hatten, etwas so Schlimmes, dass sie versuchten, es auszulöschen. Vielleicht. Und ich sage vielleicht, weil draußen auf den Plains nichts dabei war, wenn man Skalps mitnahm. Man konnte einen Indianerskalp genau wie jede andere Kuriosität verkaufen, und die Indianer selbst hängten sie sich in ihre Tipis, um zu zeigen, wie viele Feinde sie getötet hatten. Ich weiß nicht, vielleicht hatte es damit zu tun, dass diese Skalps von Leichen stammten, und das waren Frauen und Kinder gewesen … Es kam einem einfach nicht anständig vor, sonst nichts. Und besonders Abel nicht.
Er redete und redete, dass es nicht recht wäre und dass er das den Senator wissen lassen würde und General Sherman und den Präsidenten, redete und redete, bis Sam, der mächtig still gewesen war, ihm einfach sagte, er sollte um Himmels willen

die Klappe halten. »Wo du herkommst, da sind auch Indianer rumgezogen, oder etwa nicht?«, schrie er rum. »Was glaubst du eigentlich, was mit denen passiert ist?«

»Die haben Reservate bekommen«, sagte Abel. »Ihr eigenes Land, um darin zu leben.«

Sam machte ein Gesicht, als wüsste er nicht, ob er in Lachen ausbrechen oder Abel eins auf die Nase geben sollte, aber er holte tief Luft, zählte so etwa bis zehn, und dann sagte er: »Das hier ist ein Reservat! Wir sind in einem. Du lebst davon, und wenn du nicht aufpasst und fremdes Gebiet betrittst, dann kommst du von hier direkt in die Hölle. Bloß halt die Klappe!«

Damit hätte die Sache eigentlich erledigt sein müssen, denn wir waren wieder dabei, Büffel abzuschießen und hart zu arbeiten, und konnten es uns nicht leisten, über ein paar Wilde zu brüten. Aber Manners hatte die Skalps an eine Stange an seinem Wagen genagelt, um sie trocknen zu lassen, sodass sie mit uns kamen, wohin wir auch fuhren, und es war wirklich schaurig mit anzusehen, wie sich das Haar im Wind wiegte und kräuselte, als ob die Indianer gar nicht tot wären, oder falls sie doch tot waren, dann folgten uns ihre Geister, sie verfolgten uns über die ganzen weiten Plains.

Einmal, später, da war ich in Oklahoma, dem ehemaligen Indianerterritorium, wo Bo und ich den Chisholm Trail entlanggeritten waren. Zusammen mit einem Indianer schlug ich unter einer Kanalbrücke mein Nachtlager auf. Es war Winter, aber keiner von uns wollte in ein Hotel gehen, er nicht, weil es keins gab, das Indianer aufnahm, und ich nicht, weil ich mich für die Rechte der Arbeiter einsetzte und ein ganzer Haufen Hilfssheriffs hinter mir her war, um Baseball mit mir zu spielen – das heißt, sie hatten die Schläger, und mein Kopf sollte der Ball sein –, und außerdem gab es kein Hotel, das uns annähernd schick genug vorkam, haha. Und dieser Indianer, der erzählte mir, sein Pa hätte gesagt, dass Indianer niemals sterben würden. Nicht so, wie weiße Männer sterben. Er meinte sogar, dass weiße Männer nicht wirklich wären. Dass wir Geister wären, und diese Städte, Chicago und Oklahoma City, die wären auch nicht wirklich, und die Indianerstämme, die Komantschen und die Cherokees und die Sioux, die Kiowa, Arapaho, Schwarzfußindianer und Crows, sie und die Büffel würden immer noch über die Plains ziehen, und nur weil in Wirklichkeit wir weißen Männer Geister wären, könnten wir sie nicht sehen. Und ich weiß auch nicht, aber da draußen, mit den Skalps, die an unserem Wagen hingen, da hatte ich manchmal das Gefühl, dass tatsächlich wir es waren, die nicht wirklich waren.

Dann wurde es endlich Herbst, was ein Segen und eine Erleichterung war, die Sonne brannte nicht mehr auf uns runter, die Luft wurde klar und frisch, und ich hielt langsam die Augen nach den Gänsen offen, die ich immer gern sah, zweimal im Jahr kamen und gingen sie, schrien und riefen weit über uns, und vielleicht klingt es verrückt, aber mir kam es immer so vor, als ob sie sich auf dem Weg nach Norden traurig anhörten, aber fröhlich in Richtung Süden flogen und sich auf ein einfacheres Leben freuten.

Ich erwähnte das mal eines Nachts Sam gegenüber. Abel schnarchte vor sich hin, und Hack war nach Balley's Halt gegangen, unsere Fuhrleute wechselten sich ab mit dem Wegschaffen der Häute, die wir erbeutet hatten. Wir hatten also unsere Ruhe.

»Tja.« Sam saß nachdenklich am Feuer und rauchte eine Zigarre. »Vielleicht ist da was dran.« Er brütete weiter, rieb sich das Kinn. »Kleiner«, sagte er, »ich hab ein bisschen nachgedacht.«

»Okay«, sagte ich, dagegen hatte ich nichts einzuwenden, und wenn, hätte das auch keinen Unterschied gemacht. Aber ich hoffte, dass er was sagen würde, was ich hören wollte, und ich drängte ihn innerlich, dass er es sagte, und er tat es!

»Wegen der Ranch«, sagte er. »In Kalifornien.«

Also, beim Jupiter, genau das hatte ich hören wollen! Es war, als ob ich geheime Kräfte hätte, Gedanken losschickte und die Leute dazu brachte zu tun, was ich wollte. Ich dachte sogar, ich sollte mal dran arbeiten und ausprobieren, ob ich Leute dazu bringen konnte, mir Geld zu geben. Also machte ich weiter, schickte wie verrückt Gedanken zu Sam, wobei ich, nur zur Sicherheit, auch etwas sagte.

»Genau«, sagte ich. »Die Ranch. Also, es wäre mächtig schön, gerade jetzt dort zu sein. Genau genommen« – ich stieß ihn richtig mit der Nase drauf – »genau genommen könnten wir bei den Büffeln, die wir kriegen, genauso gut jetzt schon da sein.«

Die geheimen Kräfte funktionierten auch! Jedenfalls beinahe, denn Sam, der zog kräftig an seiner Zigarre und stocherte im Feuer, dann sagte er: »Ich sag dir, was ich überlegt habe ...« Er wusste nicht, dass ich für ihn dachte. »Die Plains sind fast leer geschossen ... Erinnerst du dich an den letzten Winter, als ich gesagt habe, wir jagen so lange, bis es sich nicht mehr lohnt oder der erste Blizzard ausbricht?«

»Klar weiß ich das noch«, sagte ich.

»Nun.« Sam betrachtete das Ende seiner Zigarre, wie das die Leute tun, wenn sie zögern. »Ich schätze, wir kriegen genug Geld rein, um zuzuschlagen!«

Jehosaphat! Das waren die Worte, die ich hören wollte. Ich

wollte mich auf der Stelle zur Bahnstation aufmachen, aber Sam sagte, ich sollte mich beruhigen.

»Das hat keine große Eile«, sagte er. »Ich hatte vor, von Balley's Halt aus Charlie Rath zu benachrichtigen, dass wir im Anmarsch sind. Aber bis die Blizzards hereinbrechen, können wir uns noch nördlich der Bahnlinie umsehen, ob wir da nicht noch die eine oder andere Herde finden. Ich kenn da oben ein paar Stellen, wo wir es mal versuchen sollten. Und schließlich sollten wir so viel Geld wie möglich machen, solange es da rumläuft. Aber wenn da nichts ist, was sich lohnt, hauen wir ab. Wie gefällt dir das?«

Wie mir das gefiel! Ein maßgeschneiderter Anzug war nichts dagegen, wirklich. Beim Jupiter, ich schlief fast die ganze Nacht nicht, ich dachte an Kaliformen, an die grünen Felder und an fließendes Wasser und an die Bäume, die dreihundert Fuß hoch waren, jedenfalls sagte das Sam, der da wohl ziemlich übertrieb. Und warum nicht, vielleicht traf ich Keeler, und vielleicht hatte der sein Glück gemacht und war Millionär, was mächtig praktisch sein würde.

Der Herbstmond stand am Himmel, rund und voll und rot, wie eine von diesen Orangen, die man drüben in Kaliformen kinderleicht auftreiben konnte. Er hing so tief am Himmel, dass man glaubte, man müsste nur den Arm ausstrecken und ihn abpflücken und sich in den Mund stopfen, der kühle Saft würde einem das Kinn runterlaufen, und ich schätze, ich hatte Präriefieber, denn ich stellte mir vor, die Sterne wären Trauben, und lauter ähnlich lächerlichen Dichterkram, also schloss ich die Augen – aber, kaum zu glauben, ich träumte von diesem fernen Land. Genau wie die wilden Indianer, die ebenfalls ihre Träume träumten.

FÜNFUNDDREISSIG

In jenem Sommer draußen auf den Plains war die Zeit irgendwie dahingeschwunden. Sie hatte keine Bedeutung, außer wenn die Sonne aufging und sich daranmachte, dir dein Gehirn zu brutzeln, dann fingst du an, die Stunden zu zählen, bis sie wieder unterging. Tage zählten nicht, Tage und Wochen nicht und Monate auch nicht. Aber nachdem Sam gesagt hatte, dass wir wirklich nach Kalifornien gehen würden, also da bedeutete Zeit mir allerdings wieder was.

Ich konnte es einfach nicht erwarten, bis Hack aus Balley's Halt zurückkam, und als er dann kam und wir aufluden, konnte ich es wiederum nicht erwarten, bis wir die Bahnlinie erreichten, so, als würde die Zeit schneller laufen, wenn wir uns beeilten. Und ich sag euch noch was. Die einzige Jahreszeit, wo ein menschliches Wesen wirklich auf den Plains leben konnte, das war der Herbst, aber ich wette, ich war der Einzige im ganzen Westen, der sich danach sehnte, dass er zu Ende ging, dass der Winter kam und wir uns auf den Weg in dieses gelobte Land machen konnten.

So ist das eben. Zwar spielte Zeit wieder eine Rolle in unserem Leben, aber sie verging vielleicht langsam! Als wir uns nach Balley's Halt schleppten, kam mir jede Minute wie eine

Stunde vor, während die alte Sonne über uns hing. Ich begann mich langsam zu fragen, ob der alte Josua nicht irgendwo da draußen saß und sie anhielt.
Ich saß auf dem Wagen und sah den Rädern zu, wie sie sich drehten und drehten. Eines hatte einen Riss im Rahmen, und ich fing an, den Riss zu zählen, bis hundert, dann fing ich wieder von vorne an, murmelte genauso schlimm vor mich hin wie der alte Abel.
Wir waren immer noch dieselben, gedankenlos und rücksichtslos. Einmal sahen wir in weiter Ferne eine Kolonne in Blau mit einem flatternden Wimpel, Kavallerie, vielleicht waren es die, die die Indianer zur Strecke gebracht hatten, aber wir machten uns kaum die Mühe, den Kopf zu heben, um hinzusehen, trotteten einfach weiter durch das endlos lange Knochenlager – die Prärie, ihr wisst schon, übersät mit den Knochen der Büffel –, während ich die Räder betrachtete, wie sie sich drehten. Und dann hielten sie an, und wir hatten Balley's Halt erreicht, und da stand tatsächlich ein Zug! Er machte nicht viel her, es waren bloß eine Lokomotive, ein Wagen und ein Dienstwagen, und er rauchte auch nicht, stand einfach da, sah verlassen aus und auch mächtig seltsam an dieser Stelle, als ob ihn irgendein Verrückter einfach mal so da abgestellt hätte.
»Also, verfluchter Ziegenbock«, sagte Sam. »Was bei Sam Hill macht der hier?«
Diese Frage war verständlich, schließlich gab es für einen Zug hier nichts zu tun, aber wir bekamen die Antwort, als wir in die Scheune einkehrten und den Fusel umkreisten – Hack und ich jedenfalls, Abel meinte, er würde sich wirklich gern um die Maultiere kümmern, was zeigte, dass er nur Stroh in seinem Kopf hatte und sowieso mit diesen Knochensammlern

über solch faszinierende Themen wie Heuschrecken und Pleiten reden wollte.

Ein Soldat, einer von den wenigen Kerlen, die dort herumhingen, erzählte uns von dem Zug. Er gehörte zu dieser Sorte von Leuten, die stumm sind und erst reden können, wenn sie durch ein Wunder geheilt werden – und das Wunder aus einem großen Glas Whiskey besteht.

»Das wisst ihr nicht?«, sagte er in diesem verwirrenden Ton, mit dem Leute reagieren, wenn man ihnen bloß eine Frage stellt. »Das ist ein Rettungszug.«

Sam zog die Augenbrauen hoch. »So was hör ich zum ersten Mal. Was für eine Art Rettungszug?«

»Armee«, sagte der Soldat. »Für Verwundete. Deshalb sind wir hier, um die Verwundeten dahin zurückzubringen, wo es Krankenhäuser und so was gibt.«

»Verwundete?«, fragte Sam.

»Klar.« Der Soldat spielte mit seinem Glas, ganz diskret, indem er es auf den Tisch knallte, es auf den Kopf stellte, durch es hindurchblinzelte und so weiter, bis Sam kapiert hatte und ihm einen neuen Drink spendierte.

»Genau«, sagte der Soldat. »Im Kampf verwundet.«

»Und was für ein Kampf soll das wohl gewesen sein?«, fragte Sam, in einem Ton, als ob er mit Erstaunen zur Kenntnis nähme, dass die Armee tatsächlich gekämpft hatte.

»Na ja«, sagte der Soldat, »es gab eine große Schlacht mit den Indianern südlich von hier. Wir haben vor ein paar Tagen davon erfahren. Wundert mich, dass ihr Jungs nichts davon mitgekriegt habt.«

»Nun, das haben wir nicht«, sagte Sam. »Und es würde mich wirklich überraschen, wenn du noch einen Drink bekämst, bevor du uns erzählt hast, was das für eine Schlacht war.«

»Ich komm schon noch drauf zu sprechen«, antwortete der Soldat. »Nach allem, was wir gehört haben, waren es der alte General Mackenzie und das Vierte Kavallerieregiment, die haben einen Haufen Indianer in irgendeinem großen Canyon entdeckt ...«

»Im Palo Duro?«, unterbrach Sam ihn.

»So was Ähnliches«, gab der Soldat zu. »Sieht so aus, als hätten sie einen ganzen Stamm oder so was ausgerottet, deshalb sind wir gekommen, um die ganzen Verwundeten da raus zu holen.«

»Verwundete Indianer?« Sam hörte sich ziemlich ungläubig an.

»Was glaubst du denn!« Der Soldat war richtig entsetzt. »Unsere Jungs.«

»Der Weg kommt mir ziemlich weit vor, um Verwundete mitzuschleppen«, sagte Sam. »Ich hätte gedacht, man bringt sie nach Fort Concho.«

Der Soldat sah Sam an und grinste irgendwie trocken. »Warst wohl nicht bei der Armee, Bruder.«

Das war die Geschichte, die man uns erzählte, und sie stimmte, denn ein paar Tage später trafen ein paar Kavalleristen ein, die da unten gewesen waren, und die waren bereit, für ein paar Drinks die Einzelheiten beizusteuern. Demnach hatten anscheinend einige Tonkawa-Scouts den Canyon gefunden, und Mackenzie hatte angegriffen und die Indianer beim Mittagsschlaf überrascht.

Ein Korporal erzählte uns das. »Zum Teufel«, sagte er. »Diese Kiowa lieferten uns ein Gefecht, sodass ihre Frauen und Kinder abhauen konnten und die Komantschen ebenfalls, die weiter oben im Canyon saßen. Aber wir schnappten uns ihre ganzen Vorräte, verbrannten ihre Tipis und knallten ihre Ponys ab. Müssen mindestens tausend gewesen sein.« Er zuckte mit den Schultern. »Musste wohl sein, schätze ich.«

»Und wo sind die Indianer?«, fragte Sam.

»Überall verstreut, einfach so. Wir treiben sie jetzt zusammen. Ich hab gehört, dass Little Wolf mit ein paar Kriegern entkommen konnte, und zwar zu Pferd, und vielleicht auch Quannah Parker. Aber die meisten sind zu Fuß, und die können nirgendwohin außer in ein Reservat. Jawohl, der Rest ist schnell erzählt. Es wird keinen Ärger mehr geben mit den Rothäuten.«

»Schätze, nein.« Sam stand auf. »Werd mir mal den Weg runter die Beine vertreten. Komm schon, Kleiner.«

Ich ging mit ihm zur Tür, aber Sam blieb noch einmal stehen. »Was ist mit den Verwundeten? Für die der Zug da ist?«

Da spielte der Korporal mit seinem Glas. »Gab keine Verwundeten«, sagte er. »Hatten überhaupt keine Verluste.«

Die Nacht war klar und frisch, Millionen Sterne funkelten, als ob sie gerade poliert worden wären, und die Knochen am Wegrand leuchteten weiß. Und in einiger Entfernung von Balley's Halt, wo die Soldaten lärmten und auf die Pauke hauten, war es richtig still, nur der Wind seufzte, und ein leises Rasseln kam von den Knochen, wo irgendein Ungeziefer herumbuddelte.

Wirklich, es war ruhig und friedlich, als wir den Weg runtergingen, und mir fiel es schwer zu glauben, dass da draußen, in der ganzen weiten Nacht, tausende von Indianern herumhumpelten, ohne Ponys, ohne Tipis, ohne alles, schätze ich, während der Winter nahte und nichts außer einem Reservat auf sie wartete, wie der Soldat gesagt hatte, und auch da gab es nichts für sie.

Ich schätze, Sam waren die gleichen Gedanken durch den

Kopf gegangen, was ziemlich nahe lag. Jedenfalls blieb er stehen und zündete eine Zigarre an, das Streichholz flammte gelb auf und beleuchtete sein abgehärtetes Gesicht, das gar nicht so abgehärtet war, wenn man es mal kannte.

»Also«, sagte er. »Sieht so aus, als hätten sie sie gekriegt.« Er paffte vor sich hin. »Hast du jemals einen Prärieindianer gesehen, Kleiner? Ich meine einen richtigen, wenn er reitet?«

Ich gab zu, dass ich nie einen gesehen hatte, und das war wirklich erstaunlich, nachdem ich zwei Jahre draußen auf den Plains gewesen war. Ich hatte zwar Arapaho- und Pawnee-Scouts gesehen und diese Rothäute unten im Indianerterritorium, aber noch nie einen richtig wilden Indianer.

»Das ist kein Wunder«, sagte Sam. »So weit südlich sind wir nicht gewesen. Aber ich hab schon welche gesehen. Das war ein Anblick, mit ihren bemalten Pferden und den Perlen! Sie trugen eine Art Brustplatte, verstehst du? Aus Stachelschweinstacheln, ganz toll gefärbt in Rot und Blau. Sie trieben Handel. Wusstest du das? Über ganz Amerika.«

»Handel?«, sagte ich. »Du meinst, so wie wir?«

»Sicher«, sagte Sam. »Mit Fellen und Perlen, mit Muscheln und diesem Stein, aus dem sie ihre Friedenspfeifen machen.« Er rauchte eine Weile, und der Zigarrenrauch zog durch die Nacht. »Ich bin mal in eine Kriegsfeier geraten. Da gab's vielleicht was zu sehen. Dieser Kriegshäuptling, der trug einen kompletten Kopfschmuck aus Adlerfedern. Und die Krieger ... Sie waren stolz. Genau, das ist das richtige Wort. Stolz. Als ob ihnen die Welt gehörte.«

»Hast Glück gehabt, dass du deinen Skalp behalten durftest«, sagte ich.

»Ach was.« Sam schüttelte den Kopf. »Sie waren hinter einem anderen Stamm her, Pferde stehlen. Mit uns wollten sie keinen Ärger. Wir gaben ihnen ein bisschen Tabak und sie waren zufrieden. Wir haben ihnen nichts getan, jagten bloß Büffel, und damals gab es genug für alle. Du würdest doch niemanden umbringen, weil er ein paar Grasbüschel aus deinem Feld rausreißt, oder? Nein, als ich rauszog, die Büffel, ich weiß nicht, sie kamen einem vor wie ein riesiger Fluss. Wir standen am einen Ufer und sie am anderen, das hat überhaupt niemandem geschadet. Aber jetzt sind sie weg, die Büffel und die Indianer.«

»Glaubst du?«, fragte ich.

»Klar, auf den Plains jedenfalls. Hast du den Soldatenburschen gehört? Sie haben keine Ponys und auch keine Chance, welche zu kriegen. Hast du 'ne Ahnung, wie es da draußen ist, wenn man kein Reittier hat? Nein, die Büffel sind weg, und die Indianer sind mit ihnen gegangen. Musste passieren, schätze ich, aber ich weiß nicht ...«

»Was weißt du nicht, Sam?«, fragte ich.

Sam winkte ab. »Bloß ... bloß, obwohl sie vielleicht mörderische Bastarde waren, ist das wie ... wie ein Verlust. Zur Hölle!« Er wurde ganz scharf. »Wozu rede ich so daher? Macht mir gar nichts aus. Jedenfalls sind die Maultiere ausgeruht, ich schätze also, wir gehen auf die Jagd.«

»Die letzte«, warf ich schnell ein.

»Klar.« Sam grinste und schnippte seinen Zigarrenstummel auf den Weg. »Klar. Morgen geht's los.«

Wir kehrten um, und ich fühlte mich frisch wie im Frühling, obwohl wir die erste Oktoberwoche hatten. Aber ich schätze, ihr wisst, was ich meine. Bloß noch ein paar Wochen, dann Lebewohl der gottverdammten Schlachterei und Hallo da unten, Kalifornien. Genau, ich fühlte mich echt gut, während wir durch die klappernden Knochen zurückgingen.

Am nächsten Morgen zogen wir weiter, folgten der Bahnlinie ein Stück, bis wir nach Norden schwenkten, auf zerklüftetes Land zu, von dem Sam annahm, dass es ein Gebiet war, das noch nicht leer geschossen war. Noch zwei Jäger kamen mit uns, denn zu mehreren war man sicherer, und wir waren froh über die Gesellschaft, wo doch dieser Lone Wolf irgendwo durch die Gegend streifte, aber wir begegneten die ganze Zeit über niemandem, bis wir das Jagdgebiet erreichten, wo es ein richtiges Lager gab mit vielleicht fünfzehn oder zwanzig Jägern, die sich entlang zweier Bäche eingegraben hatten. Und was an diesen Bächen komisch war – die waren wie in Abilene, den einen konnte man mit der North Side und den anderen mit der South Side vergleichen, Leute wie wir lebten an dem einen Bach, und, na ja, *andere* Leute an dem anderen. Gleich und Gleich gesellt sich gern, wie man so sagt. Klar, an dem anderen Bach gab es keine richtigen Tanzsäle oder Saloons, und bei unserer Gruppe gab es auch keine Kirchen oder Enthaltsamkeitstreffen, aber es gab einen Unterschied zwischen hier und dort, und es war beruhigend, unter seinesgleichen zu sein.

Auf alle Fälle, wir kamen an, sagten Hallo zu den anderen, kratzten uns einen Unterschlupf aus, nur grob, da wir nicht lange blieben, suchten einen Platz für die Maultiere zum Ausruhen, dann zogen wir weiter.

Es war auch mächtig nett. Goldenes Wetter und Buttermilchhimmel, und sogar die toten Büffel kamen uns nicht so schrecklich vor, das Wetter und das Ungeziefer hatten sie ein bisschen sauber gemacht.

Und es gab auch die andere Art von Büffeln, solche, die immer noch ihre vier Beine benutzen konnten, um weiterzuziehen, und Sam wusste, wo er sie suchen musste – in Senken und hügeligem Gelände –, und sagt, was ihr wollt, aber als die Sharps zum ersten Mal ihre Stimme erschallen ließ und der erste Büffel fiel und der erste Dollar in die Kasse rollte, da flog das ganze Mitleid zum Fenster raus.

Und ohne das Mitleid konnte man die Tage aushalten, diese goldenen Tage und Nächte, wie man sie sich nicht ausmalen könnte – wenn der Mond so groß ist und die Sterne so hell leuchten, dass die ganze Welt in Silber und Gold getaucht zu sein scheint. Und selbst beim Häuten hatten diese Tage etwas Träges, Leichtes an sich. Es war warm, sodass man die Kühle der Nacht genoss, und die Nächte waren kühl genug, um den Geruch des Holzfeuers zu genießen und sich auf die Sonne im Rücken am nächsten Tag zu freuen. Es war ein echter Indianersommer, ein verschwommener Traum, in dem alles recht erschien. Einfach recht.

Dann ging es dem Winter entgegen. Aber dieser Winter, der schien wirklich schrecklich lange auf sich warten zu lassen, und es gab Zeiten, da glaubte man, er hätte frecherweise beschlossen, in diesem Jahr zu Hause zu bleiben. Aber dann kamen die Gänse und schrien zu uns runter, sie glänzten am Himmel, als ob sie aus der Finsternis ins Licht fliegen würden, und ich winkte ihnen zu und rief: Hallo, ihr Mädels, wir sehen uns bald. Und ich hätte schwören können, sie riefen zurück: Nur zu, Ben!

Der Winter kam nach den Gänsen. Es wurde allmählich kälter, an manchen Tagen war der Wind ungewohnt scharf, und nachts klirrte der Frost. Und dann blies uns der Wind stetig entgegen, tippte dich an wie jemand, der dich warnen will. Es kam auch kalter Regen, Schneeregen zog über das Land, und Blitze gab es, mächtige Kältegewitter, und dieses Wetter sagte: Glaub bloß nicht, dass das alles ist, was ich kann. Nichts

da, ich hab noch ein Ass im Ärmel, und darauf kannst du dich verlassen, mein Sohn.
Dann kam der Schnee, und Sam ließ sich nicht darauf ein, ein paar Schneeflocken für einen Blizzard zu erklären, er meinte, das würde er entscheiden.
»Hast du verstanden?«, sagte er richtig bösartig.
Ich hatte verstanden. Am Tag, als der erste Schnee fiel, hatte ich verstanden, und an den folgenden Tagen verstand ich noch besser. Es regnete und hagelte, und der Wind heulte, aber Sam schien dies für die lächelnden Brisen des grünenden Frühlings zu halten, und mich ließ das wirklich schlimme Gefühl nicht los, dass er niemals aufgeben würde, solang es noch Büffel gab, die man kriegen musste. Und es gab welche, verdammt noch mal. Nicht gerade massenweise, aber es gab genug, damit sich die Jagd lohnte, und Sam jagte. Er ließ nicht nach, die Biester fielen um, fielen um, fielen um, wenn die Sharps krachte. Und dann gab es keine mehr.
Ich sage, es gab keine mehr, aber damit meine ich nicht, dass auf der ganzen Welt keine mehr übrig waren oder in den Vereinigten Staaten. Bloß da, wo wir waren, gab es keine mehr, wenn wir also weiterjagen wollten, mussten wir weiterziehen, und bis heute bin ich mir nicht sicher, ob Sam das nicht auch getan hätte, denn wenn die Dollars dich mal gepackt haben, dann lassen sie dich nicht mehr los. Aber das Licht wurde langsam komisch, dunkel und doch hell, auch wenn das vielleicht albern klingt, wie Metall von einem Schießeisen, und wir wussten beide, was das bedeutete. Aber sogar da zögerte Sam, lief vom Feuer zu seinem Pferd und vom Pferd zum Feuer, trank Kaffee, paffte seine Zigarre und sah außerdem wütend aus!
Abel und Hack lehnten am Wagen, betrachteten ihre Stiefel,

bedrückt, und ich stand am Feuer und starrte in den Himmel, vielsagend, ihr wisst schon, starrte einfach hoch und blinzelte mit keinem Lid, und das brachte Sam auf die Palme. Er kam zu mir herüber und giftete mich an. »Brauchst gar nicht so stocksteif dazustehen!«, schrie er. »Ich weiß doch, was du denkst.«

Ich gab gar keine Antwort darauf, blieb einfach nur stehen, starrte nach Norden, und Sam, na ja, ich schätze, er wusste nicht, ob er loslachen oder mir eins auf die Nase geben sollte, tat dann aber keins von beiden.

»Schon gut«, sagte er. »Schon gut! Da ist ein verfluchter Blizzard im Anmarsch.« Er schnippte den Zigarrenstummel ins Feuer. »Gut. Also, warum eigentlich nicht. Okay, verduften wir von hier.«

Beim Jupiter! Ich wäre am liebsten über den Mond gehüpft! Ich hätte einen Büffel mit bloßen Händen zu Boden würgen können. Ich hätte den Wagen allein ziehen können. Ich hätte verdammt noch mal fast alles tun können und wäre nicht mal ins Schwitzen gekommen. Denn das war's. Denn jetzt war Schluss. Aus und vorbei. Schluss mit dem Schießen und Häuten. Schluss mit dem Blut und den Därmen und dem Fett. Schluss mit dem verfaulten Essen und Schluss mit dem Ungeziefer, das einen fast auffraß, und Schluss mit der Angst, denn endlich zogen wir ab, zogen in das Land, wo die Sonne schien und die Vögel zwitscherten, und ich fragte mich bloß noch, warum um alles in der Welt wir nicht längst da waren.

Aber wir zogen wirklich ab, und wir fuhren zurück ins Lager, mit dem Blizzard im Rücken, und er erwischte uns auch, und es war ein Killersturm, für Mensch und Tier. Er wütete zwei Tage und zwei Nächte, aber wir kamen durch, und zu unserem Glück setzte anschließend harter Frost ein, statt dass es etwas wärmer wurde, wie das manchmal passieren konnte, sodass wir über die Prärie ziehen konnten und nicht in dem tiefen, weichen Schnee stecken blieben, durch den die Maultiere niemals durchgekommen wären, weil sie schlicht erschöpft waren.

Aber wir kamen durch, fuhren zurück zum Bach und zu unserem Unterschlupf, steckten die Tiere in einen primitiven Korral, den es unterhalb von uns gab, und Sam, das muss man ihm zugute halten, der machte es ihnen so bequem wie möglich, deckte sie mit Decken zu und fütterte sie mit dem Besten, was da war. Dann gingen wir in unseren Unterschlupf und machten es auch uns so bequem wie möglich, was auch nicht besser war als bei den Maultieren, und Sam fischte eine Flasche Whiskey heraus, die er aufgespart hatte. Er schenkte uns ein, mir auch, obwohl er meinen Drink mit so viel Wasser verdünnte, dass er eher nach Kräuterlimo schmeckte, und dann lehnten wir uns zurück.

»Jungs«, sagte er zu Hack und Abel, »ich schätze, ihr wisst, das ist das Ende der Fahnenstange. Ich und der Kleine, wir gehen zurück nach Dodge. Wenn ihr mitkommen wollt, okay, aber wenn ihr hier draußen bleiben wollt, vielleicht nimmt euch einer von den Jägern da oben am Bach. Ich kann euch einen Schuldschein geben, den könnt ihr irgendwann bei Charlie einlösen. Macht, was ihr wollt. In der Zwischenzeit geb ich mir selbst 'ne Party.«

Das war Klasse, wisst ihr. Klasse und prima. Es schneite wieder, und wir saßen in einem Loch in der Erde, aber ich hatte einen echten Kumpel und eine Zukunft, deshalb war das Loch für mich genauso gut wie das *Drovers Cottage* damals in Abilene. Aber ich muss sagen, der alte Abel tat mir Leid. Hack war mir piepegal, der gehörte zu den Typen, die im Leben kommen und gehen, nie viel sagen, bloß ihre Arbeit machen und dann abhauen. Eigentlich wusste ich nicht mehr über ihn als an dem Tag, wo er angefangen hatte. Aber dieser Abel, in die Ecke gekauert, die Knie bis an die Ohren hochgezogen ... Irgendwie Mitleid erregend, wie seine Frau und seine Kinder drüben im Hungerland saßen oder sonst wo und er seinen verrückten Träumen von einer neuen Farm nachhing. Genau, er tat mir richtig Leid für fünf Minuten, aber danach, und nach dem nächsten Schluck, hätte ich nicht mal eine Dose Bohnen gestiftet, wenn er in die Erde getaucht und verschwunden wäre, und da ich nicht vorhatte, irgendwas für ihn zu tun, war es sowieso egal.

Und unsere Party war nach der Nacht nicht zu Ende. Sie ging irgendwie weiter und fing am nächsten Tag wieder von vorne an. Es hatte sich rumgesprochen, dass wir aussteigen würden, und die Kerle kamen den Bach runter, brachten uns Post und Nachrichten, und da kam dann eins zum anderen, Leute luden uns in ihren Unterschlupf weiter oben ein, und dann, es hatte aufgehört zu schneien, veranstalteten wir ein großes Lagerfeuer. Mehr Whiskey wurde hervorgezaubert, und wir saßen um das Feuer, auf dem Büffelfleisch kochte, und, wer hätte das gedacht, einer von den Kerlen hatte eine Fiedel dabei und kratzte darauf Musik für uns! Es war richtig gut, wir hatten Musik und Futter und Whiskey, und von ein paar Tanzmädels abgesehen fehlte uns nichts, und das Ganze war bestimmt eine prima Art und Weise, den Abschied vom Schlachterleben zu feiern.

Eine Orgie war es nicht. Von der Fiedelmusik abgesehen war es bloß ein ordentliches Rund-um-das-Feuer-Besäufnis, bei dem reichlich über Indianer geredet wurde und dass es im Colorado River Silber und oben in den Black Hills Gold geben

würde, wo die meisten Männer so bald wie möglich hinwollten, und zum Teufel mit den Sioux, die da oben ihre Götter anbeteten, die Armee würde schon mit ihnen fertig werden, so wie mit den Komantschen. Und weil die Kerle wussten, dass wir zurückfuhren, kam die Sprache auch auf Dodge.
Einer sagte, dass eine Kirche gebaut worden wäre, was mir neu war, und dass eine richtig normale Stadt aus Dodge würde, obwohl andere behaupteten, es wäre bloß ein Büffellager, das aus den Nähten platzte, weshalb es verschwinden würde, genau wie hunderte von anderen Städten, auch wenn es eine Bahnstation und einen Stadtrat hatte und einen richtigen Mann des Gesetzes anheuern würde.
Das Gespräch drehte sich dann nicht weiter um Dodge, das ohnehin keinen wirklich interessierte, sondern um Männer des Gesetzes im Allgemeinen, und einer sagte, egal wie knallhart sie auch wären oder wie gut sie schießen könnten, am Ende würde es sie doch alle erwischen.
»Genau wie Bear Thompson in Abilene«, meinte ein Jäger. »Die hielten ihn für den härtesten Mann unter den Lebenden, trotzdem wurde er abgeknallt, oder nicht? Und Hickok, der kann wohl am besten mit dem Schießeisen umgehen von allen, die rumlaufen, aber irgendeiner erwischt ihn doch, früher oder später.«
Keiner sagte was dagegen, aber ich hatte da einen Einwurf, und den machte ich auch. »Hickok ist aber kein Scharfschütze«, sagte ich.
Man brauchte nicht besonders schlau zu sein, um zu wissen, was passieren würde, und es passierte, die Kerle brüllten mich nieder und riefen, was wüsste ich denn schon, wie üblich.
Aber ich war im letzten Jahr ein bisschen weitergekommen und bereit zurückzuschreien, und als mich einer niederbrül-

len wollte, indem er sagte, was zum Teufel ich davon wüsste, sagte ich bloß: »Mister, ich weiß es, weil ich Hickok gesehen habe, sonst nichts. Und ich hab gesehen, wie er Phil Coe und Mike Williams abgeknallt hat, vor dem *Alamo*.«

»Du hast das gesehen?«, fragte ein anderer ungläubig.

»Klar hab ich«, sagte ich. »Und mein eigener Bruder ist abgeknallt worden in Abilene.«

Wenn es ein Erdbeben gegeben hätte, dann hätte es unter Umständen mehr Aufregung gegeben, obwohl ich das bezweifle. Die Kerle stürzten sich auf mich, wollten jedes kleinste Detail über die Morde wissen. Seltsam, oder? Die Jungs waren richtig abgehärtete Männer, aber sie hingen an jedem einzelnen Wort wie Kinder, die einem Märchen zuhören. Selbst wenn ich gesagt hätte, ich würde Leute vom Mars kennen, hätten sie mir nicht aufmerksamer an den Lippen hängen können.

Ich nehme an, es war Langeweile. Das hört sich vielleicht verrückt an, wenn man sich vorstellt, in welcher Gegend wir uns aufhielten, da draußen im wilden Grenzgebiet, wo wir Büffel schossen und die wilden Indianer frei herumliefen, aber das Leben war die längste Zeit über bloß eine harte Plage, und die meisten Kerle, denen man begegnete, empfanden das auch so, sie dachten dieselben Gedanken und redeten über dieselben Sachen, genau wie die Leute fast überall, deshalb suchten sie im Leben anderer Leute sozusagen die Romantik und das Abenteuer, genau wie sie über Berufsboxer oder Baseballspieler redeten, wenn man's genau nimmt. Wirklich, Bat Masterson, einer der berühmtesten Banditen, die je einen Marshalstern getragen haben, war auch Sportberichterstatter in New York, und wenn das, was er schrieb, genauso erfunden war wie die Geschichten von Wyatt Earp über Tombstone in Arizona, dann ist es kein Wunder, dass damals keiner eine Sportwette gewann.

Wie auch immer, die Kerle waren alle ganz still, während ich ihnen von Hickok und Bo und allem erzählte, was genau genommen nicht viel war, aber ich schmückte es aus, damit ich im Mittelpunkt stand.

»Und es tut mir verdammt Leid, dass Kessel woanders gekriegt hat, was ihm zustand«, sagte ich. »Beim Allmächtigen, das tut es. Ich hätte den Hund gern selbst fertig gemacht, das könnt ihr mir glauben.«

So redet man im Suff. Es war bloß der Suff. Wie ich da am Feuer saß, auf dem Sprung nach Kalifornien, und mich mit einer Rache wichtig machte, an die ich keine fünf Minuten gedacht hatte, seit ich Abilene verlassen hatte!

Aber meine ganze scheußliche, sinnlose Aufschneiderei an dem Abend meinte ich gar nicht wirklich. Ich wollte bloß im Mittelpunkt stehen, weiter nichts, und ich weiß nicht, aber als die Kerle genug von mir bekamen und sich anderen Draufgängern und Mördern zuwandten, war ich auch nicht froh darüber, und das zeigt nur, wie widersprüchlich die Menschen sind, denn ich war ein bisschen sauer und fühlte mich ausgeschlossen.

Aber wenn du die Katze mal aus dem Sack gelassen hast, ist es nicht so einfach, sie wieder zurückzustopfen, denn während ich mich gegen ein Wagenrad zurücklehnte, kam einer mit einer Flasche zu mir rüber. »Nimm einen Schluck, Kleiner«, sagte er.

Ich sagte, ich wollte nicht, und er bedrängte mich auch nicht, hockte sich bloß neben mich und nahm selbst einen Schluck.
»Stimmt das alles, Kleiner?«, fragte er. »Was du da erzählt hast?«

»Über Hickok? Klar stimmt das«, erwiderte ich richtig sauer. »Halten Sie mich für einen Lügner?«

»Also ...« Der Kerl küsste die Flasche. »Das würde mir nicht einfallen, und falls doch, würde ich es geradeheraus sagen. Ich rede von deinem Bruder. Bist du wirklich der kleine Curtis?«

»Wenn ich der nicht bin«, sagte ich, »dann hab ich keine Ahnung, wer zum Teufel ich sonst bin.«

»Und dieser Kessel ...«

Aber ich wollte nicht länger über ihn reden. Wenn ich nur von ihm redete, hatte ich einen schlechten Geschmack im Mund. Ich wollte die Sache auf sich beruhen lassen. Sie einfach vergessen. Wegstecken. Das war eine Last, die ich nicht länger tragen wollte, und das sagte ich ihm. »Vergessen Sie das«, sagte ich. »Lassen Sie es sein.«

»Okay, Kumpel.« Der Kerl stand auf. »Tu ich bestimmt. Aber ich bin mir nicht sicher, ob Kessel das tut!«

SECHSUNDDREISSIG

»Schätze nicht«, sagte ich mürrisch und hatte dabei diesen schlechten Geschmack im Mund, und dann fing mein Herz an zu kribbeln. »Was meinen Sie damit, ob er es tut? Haben Sie einen Draht zur Hölle?«

»Weiß ich nicht«, sagte der Kerl, und das Feuer flackerte auf seinem Gesicht, als ob wir auch wirklich an der Schwelle zu diesem Ort stünden. »Ich sag dir nur, was ich weiß, weiter nichts.«

»Ach ja?« Ich erhob mich taumelnd. »Treiben Sie bloß keine blöden Witze mit mir, Mister. Ich bin dafür nicht in Stimmung.«

Es ist ein Wunder, dass der Kerl mir keine runterhaute, aber er schüttelte nur den Kopf. »Das ist kein Witz«, sagte er. »Zum Teufel, da gibt es überhaupt nichts, worüber man lachen könnte.«

»Aber«, sagte ich, »aber ...« Ich suchte wie ein Betrunkener nach Worten. »Wollen Sie damit sagen, dass der Hurensohn noch lebt?«

»Er ist so lebendig wie du und ich«, sagte er und schaute mich echt ernst an.

»Aber, verdammt noch mal ...« Ich hielt mich am Wagen fest,

um nicht umzufallen. »Er wurde ermordet. Erschossen in … Genau, in St. Louis. Hat mir Hickok erzählt.«
»Man hat dir was Falsches erzählt, Kleiner«, sagte der Kerl. »Vielleicht hat jemand auf ihn geschossen, aber tot ist er sicher nicht.«
Ich wedelte durch die Luft, als ob ich Spinnweben beseitigen wollte, und versuchte wegzuwischen, was mir dieser Kerl erzählte. Ich wollte das Zeug nicht hören. Ich wollte nicht, dass Kessel am Leben war und ich an ihn denken musste, wie er trank und spielte und mit Frauen rummachte. Ich wollte, dass er tot war. Und ich wollte auch nicht mehr an Rache denken. Und ich schätze, das war das Schlimmste daran. Statt meinen goldenen Träumen nachhängen zu können, war ich wieder zurückgeworfen worden in einen gottverdammten Albtraum. Und wütend wurde ich auch, wütend auf den Kerl, weil er mir das erzählt hatte. »Woher wissen Sie das bloß?«, fragte ich ihn. »Woher wollen Sie wissen, dass er noch lebt?«
»Na ja …« Der Kerl sah mich richtig fest an. »Na ja, weil er hier ist!«
Jesus, es war ein Albtraum. Und zwar einer von der schlimmsten Sorte. »Hier?!«, rief ich.
»Genau.« Er senkte die Stimme. »Kleiner, er sitzt in einem Loch an dem anderen Bach. Nach allem, was ich gehört hab, hat er bei Larned einen Siedler umgebracht. Es gibt einen Steckbrief für ihn, und deshalb ist er hier. Und, Kleiner, wie schon gesagt, mich geht's ja nichts an, aber er hat Kumpel, die hier auf der Party waren, und du hast gerade mächtig laut rumgetönt. An deiner Stelle würd ich mir also was überlegen. Pronto.«
Er ging davon, und als das, was er gesagt hatte, zu mir durchgedrungen war, ging ich auch, doppelt pronto, und schnappte

mir Sam, der ein paar Jägern dabei behilflich war, eine Flasche zu erleichtern.

Er war sauer, weil ich ihn vom Feuer wegzog und vom Whiskey, und das sagte er auch. »Ich kann nur für dich hoffen, dass es was Wichtiges ist«, grollte er.

»Es ist wichtig«, sagte ich und erzählte ihm die Geschichte, und als ich geendet hatte, ließ er einen von diesen tonlosen Pfiffen ab.

»Jesus!«, sagte er. »Heiliger Jesus Christus! Wer hat dir das erzählt?«

Ich deutete auf den Kerl, und Sam ging zu ihm rüber und redete eine Weile mit ihm, während ich blieb, wo ich war. Ich zitterte, obwohl ich einen Wolfspelz anhatte, und mir war schlecht, was auch nicht bloß vom Whiskey und dem halb garen Büffelfleisch kam, und dann kam Sam zurück.

»Okay, Kleiner«, sagte er. »Jetzt hör mir zu und reg dich nicht auf. Hast du das kapiert?«

Ich sagte, ich hätte, und dabei packte er mich und hielt mich hinten an meinem Mantel fest und zog mich langsam zurück, aus dem hellen Licht des Feuers in die Dunkelheit und blieb dann stehen.

»Jetzt hör mir zu«, sagte Sam, ohne mich loszulassen. »Dieser Kerl, ich schätze, der ist in Ordnung, und er ist sich sicher, dass sich dieser Mörderbastard hier rumtreibt.«

»Also, was tun wir jetzt?«, fragte oder vielmehr krächzte ich.

»Die Frage heißt eher, *was du tust*«, antwortete Sam.

Genau, das hatte ich mir gedacht. Gerade waren wir noch brüderlich in Liebe verbunden, und wir würden einen neuen Anfang machen und ein neues Leben beginnen, aber machten sich ein paar Schwierigkeiten bemerkbar, dann war ich es mit meinen Problemen. Aber ich hatte Sam falsch aus der Hand

gelesen, und das zeigt, dass man nicht voreilig irgendwelche Schlüsse ziehen soll, schon gar nicht, wenn sie falsch sind.
»Die Sache ist die«, sagte Sam, »dieser Kessel, der ist nicht allein.« Was ich mir schon dachte, schließlich ziehen diese Ratten meistens in einer ganzen Schar umher. »Und ganz sicher wollen wir nicht in eine Schießerei kommen.«
Das kannst du laut sagen, dachte ich. Liebster Jesus, bei dem bloßen Gedanken kam mir alles hoch. »Also, was machen wir?«, fragte ich. »Trommeln die Jäger zusammen ...«
»Blödsinn«, sagte Sam. »Glaubst du, die wollen sich da reinhängen?«
»Aber er ist ein Mörder!«, rief ich. »Schon gut, ich rede leiser. Gottverdammmich, er wird per Steckbrief gesucht. Er hat diesen Siedler umgebracht, und er hat auch meinen Bruder umgebracht!«
»Genau«, sagte Sam. »Und die Jäger wollen nicht, dass er sie umbringt. Und dieser Steckbrief, hier draußen ist er nicht das Papier wert, auf dem er gedruckt wurde.«
»Also, was zum Teufel soll ich machen?«, fragte ich.
»Du haust ab«, sagte Sam. »Und zwar schnell, bevor dieser Kessel mitkriegt, dass du dir dein dusseliges Maul verbrannt hast. Also, hör zu«, zischte er, denn ich war kurz davor umzufallen. »Er wird nach dir suchen, um dich abzuknallen, das ist so sicher wie das Amen in der Kirche, deshalb wirst du dir mein Pferd nehmen und dich in Bewegung setzen, und zwar schnell. Du reitest nach Balley's Halt, aber da hältst du nicht an. Reit weiter. Bis nach Dodge, und da wartest du auf mich. Ich werd dir mit dem Wagen folgen, aber du ziehst los.«

»Ganz allein?«, krächzte ich, denn im Winter über die Prärie zu reiten war schon schlimm genug, und erst recht ohne Gesellschaft.

»Ich weiß«, sagte Sam, ihm hätte das keiner zu sagen brauchen. »Kleiner, ich weiß, wie du dich fühlst, aber was Besseres fällt mir nicht ein. Wir haben sowieso keine große Chance gegen ein Rudel mordlustiger Kojoten. Komm schon, ich helf dir satteln und geb dir was zu futtern.«

Wir entfernten uns von der Meute und gingen am Bach entlang, bis wir zu unserem Wagen kamen und zu dem primitiven Korral, der sich da unten befand. Es war auch eine unheimliche Nacht, der Frost knirschte unter unseren Füßen, und ein weißer Mond starrte so hell herab, dass die ganze Welt ausschließlich schwarz und weiß aussah, die weißen Teile waren weißer, als man sie je gesehen hatte, und die schwarzen schwärzer, wie wenn auf der ganzen Welt die Farbe ausgelaufen wäre. Und die Schatten, die waren so schwarz, dass man glaubte, man könnte sie berühren, Gottverdammt, und ich blieb erstarrt stehen, weil Kessel vielleicht in so einem Schatten lauerte und darauf wartete, mich zu überfallen und hinter Bo herzuschicken.

Aber nichts passierte. Kein Kessel tauchte auf, wir erreichten den Korral und bewegten uns zwischen den friedlichen Tieren, fischten Sams Pferd aus der Herde, und während wir das taten, murmelte Sam etwas in sich hinein.

»Was ist denn?«, flüsterte ich.

»Dieses Pony«, sagte er.

Ich trat zu ihm, und da stand ein Pony, das ich nicht kannte, komplett gesattelt.

»Jemand neu angekommen«, sagte Sam. »Wirklich, man sollte doch meinen, dass er es erst absattelt.«

Heiliger Moses, dachte ich, da war ich kurz davor, einen Fahrschein in die Ewigkeit zu kriegen, und Sam tat ein gottverdammtes Pony Leid! Aber wir hatten keine Zeit für eine Aus-

einandersetzung, also griff ich einfach nach Sams Pferd und führte es hinaus.
»Okay«, sagte Sam. »Wir holen den Sattel, und du kannst die Sharps von mir haben. Komm schon.«
Der Unterschlupf befand sich vom Korral aus stromaufwärts, und so schlichen wir hinauf, das Pferd schnaubte mir dabei warm in den Nacken, und dann gingen wir über den zugefrorenen Bach ans Ostufer. In dem gleißenden Mondlicht sah der Unterschlupf bloß wie ein schwarzes Loch aus, die Überreste des Feuers glühten in dunklem Rot, und dieser Unterschlupf sah wirklich beängstigend aus, wie die Kellertür, durch die man als Kind auf keinen Fall durchgehen wollte.
Sam blieb stehen. »Abel«, rief er, so leise er konnte. »Abel, ich bin's, und der Kleine.«
Es kam keine Antwort, da war nichts außer dem schwarzen Loch, es sah aus wie ein blindes Auge in einem toten weißen Gesicht. Das Pferd folgte mir, nervös, wie Pferde das manchmal sind, und ich war es auch, aber Sam fluchte bloß.
»Hat seine blödsinnigen Hymnen gesungen und ist eingeschlafen. Abel, ich komm rein.«
Er trat vor, nur einen Schritt, ein seltsamer Schrei ertönte, eher ein Quietschen, eine Flamme leuchtete auf, und dann gab es einen dumpfen Schlag. Sam hustete fürchterlich, er schien zu würgen, dann kam noch ein Schlag, und er ging zu Boden, ganz zusammengekrümmt und zuckend, und eine Gestalt trat aus dem schwarzen Unterschlupf in das Mondlicht.
Es war Kessel, wisst ihr, wer sonst. Er, der mich in meinen wachen Stunden und in meinen Träumen gehetzt hatte, war aus der Hölle zurückgekehrt, ohne jeden Zweifel.
»Du Bastard, du dreckiger hündischer Sohn einer Hure«, sagte er, und er sagte es langsam. Langsam und deutlich, als

ob er seine Worte sorgsam wählte und genoss. »Jetzt blas ich dir das Licht aus.«
Er konnte mich gar nicht verfehlen, und er zielte direkt auf mich, bloß – er feuerte nicht. Ich hörte, wie der Hahn klickte, es klang wie bei einem Riegel, der das Tor zu dem Ort öffnet, den man niemals betreten will. Aber es passierte nichts!
Es kam mir auch wirklich wie ein Wunder vor, obwohl gar nichts Wunderbares daran war, es war einfach eine Fehlzündung, aber sie reichte aus, um mich aus meinem Schock aufzurütteln, und während Kessel fluchte und mit seiner Pistole weiter abzudrücken versuchte, rannte ich um das Pferd herum und über den Bach in die schwarze Nacht.
Leute, hatte ich ein Tempo drauf! Ich rannte wie ein Hase den Bach runter, und in dem Augenblick hatte ich auch nicht mehr Verstand als ein Hase. Ich hätte den Bach hochrennen müssen, zu dieser verfluchten Feier, aber du denkst einfach nicht klar, wenn du gerade zugesehen hast, wie dein Partner in zwei Hälften zerteilt wird, und ein hundertprozentig durchgedrehter Killer hinter dir her ist, in der Hand einen Sechsschüsser von der Größe einer Kanone. Du bist einfach nicht vernünftig, haust auf dem schnellsten Weg ab, und der ging abwärts, aber sogar während ich da runterschlitterte, kam mir ein Gedanke, denn weiter unten am Bach gab es einen Ausweg, und den nahm ich.
Ich erreichte den Korral und, Leute, wie ich den Kerl segnete, der zu Tieren nicht nett war, weil ich im Nu auf dem gesattelten Pony saß und wie ein geölter Blitz losschoss, und wie ich außerdem den Tag segnete, als ich zum Viehtrieb kam! Obwohl das Tier keine Ähnlichkeit hatte mit den Ponys, auf denen ich geritten war, die wie die Katzen springen konnten und Feuer hatten. Es war sogar so ausgelaugt und schlecht gefüt-

tert, dass ich es, wenn ich etwas größer gewesen wäre, leichter hätte tragen können, als es mich trug. Und ich segnete noch eine dritte Sache. Ich hatte keine Sporen, aber ich hatte mein Jagdmesser, also benutzte ich das, stach auf das Pony ein, bis es aus dem zerklüfteten Gelände raus in die Prärie trabte, wo die Bäche in eine Art Fluss mündeten. Und es ist verrückt, der Fluss war fest zugefroren, sodass er eigentlich kein Hindernis darstellte, aber ich überquerte ihn, damit ich mich sicherer fühlte, dann ließ ich die Zügel durchhängen.

Ich glitt von dem Pony und lehnte mich an es, obwohl es mir eher so vorkam, als ob es sich an mich lehnte. Ich konnte sein Herz spüren, wie es gegen die vortretenden Rippen pochte, aber das schlug auch nicht schneller als meins. Moses, ich konnte nicht glauben, was passiert war. Ich konnte es einfach nicht. Gottverdammmich, Sam niedergestreckt, Kessel zurückgekehrt, und ich da draußen auf den weiten Plains im schaurigen Mondlicht. Und diese zwei Namen kreisten unentwegt in meinem Kopf. Kessel und Sam, Sam und Kessel. Und bei den Tränen Gottes, warum war Kessel zurückgekehrt, und warum gerade dahin, wo wir waren, und warum waren wir nicht einen Tag früher losgezogen, und warum und warum und warum. So ging es weiter und weiter, solche Gedanken kamen mir in einem fort und kratzten an meiner Schädeldecke.

Und ich weiß nicht, vielleicht wäre ich einfach da stehen geblieben, bis das Pony und ich zusammenfroren, aber es war das Pony, das mich wieder zurückholte. Es bewegte sich unruhig und spitzte die Ohren, und als ich hörte, was es hörte, spitzte ich meine auch. Da draußen heulte ein Wolf, ein verdammter, großer Büffelwolf heulte den Mond an, und ein anderer antwortete. Aber obwohl sie einem Angst einjagen konnten, denn diese Wölfe waren in der Lage, einen Büffel niederzustrecken, wenn sie hungrig waren, jagten sie mir doch nicht so viel Angst ein wie dieser menschliche Wolf.

Okay, sagte ich zu mir, okay. Reiß dich zusammen. Du musst zu den Menschen zurückkehren – obwohl das leichter gedacht als getan war. Auf keinen Fall würde ich es ohne etwas zu essen bis Balley's Halt schaffen, aber da hinten bei den Bächen war Kessel ...

Ich blieb eine Weile stehen, lauschte den heulenden Wölfen, redete mir ein, dass sie sich von mir entfernten, dann beschloss ich, das Einzige zu tun, was mir übrig blieb, und zwar den Fluss wieder zu überqueren und einen Bogen um die Bäche zu schlagen, um mich von Norden her zu nähern. Auf diese Weise konnte ich vielleicht menschliche Wesen erreichen, ohne dass Kessel mich sah, vielleicht konnte ich Hilfe bekommen, vielleicht – aber auf jeden Fall konnte ich mir ein Gewehr holen.

Ich kletterte wieder auf das Pony, das beinahe unter mir zusammenbrach, und sah mich um. Es ist erstaunlich, wie viel weiter man von einem Sattel aus sehen kann als vom Boden, und in weiter Ferne, da in der weißen Ebene, sah ich eine schwarze Gestalt, die sich bewegte.

Es war bloß ein schwarzer Fleck unter dem Mond. Ich dachte, vielleicht ist es ein Wolf, aber es war zu weit weg, als dass ich hätte erkennen können, was es war, und so, wie es sich bewegte, schien es zu kriechen. Beim Jupiter, noch nie hatte ich so was Fürchterliches gesehen, etwas Kriechendes und Krabbelndes – dann hielt es an. Und ich weiß nicht, ob mir das nicht noch mehr Angst machte, dass diese schwarze Gestalt anhielt, wie eine Kreatur, die etwas gewittert hat. Und ich saß auf dem Pony und rührte mich nicht. Zwei schwarze Flecken auf den verschneiten Plains, reglos, unter einem sternenübersäten Himmel im kalten Mondlicht.

Und dann, als ich mich fragte, was zum Teufel da los war, gab es einen Knall, den gedämpften Knall von einer Sharps. Und ich sag euch was, ihr werdet es kaum glauben. Als da dieses Gewehr seinen Gesang anstimmte, schaute ich nach hinten! Kein Witz. Ich sah mich um, weil ich sehen wollte, worauf geschossen wurde!

Der Gewehrschuss hallte nach und erstarb, und es dämmerte mir, dass ich es war, auf den geschossen wurde, und dass die schwarze Gestalt Kessel war. Und das war keine schlechte Idee, einen Schuss zu wagen, auch nicht aus der Entfernung. Da draußen war es taghell, und vielleicht dachte er sich, wenn er mich nicht traf, dann vielleicht das Pony, und vermutlich wusste er, dass ich ein Gewehr oder einen Sechsschüsser hatte, weshalb es sich für ihn auszahlte, wenn er auf Distanz blieb. Und obwohl ich mir ausrechnete, dass ich außer Reichweite sein musste, dachte er eindeutig anders, und soweit ich wusste, konnte er Entfernungen besser abschätzen als ich.

Aber nachdem er also da war und auf mich zukam, gab es nur einen Ausweg, und den schlug ich ein. Ich riss dem Pony den Kopf herum und stach auf es ein, bis es sich in Bewegung setzte, wieder in Richtung Süden, raus auf die gleißenden Plains unter dem gleißenden Licht.

Ich versuchte nicht, das Pony zu einem Galopp anzutreiben, und ich glaube auch nicht, dass es das geschafft hätte, wenn ich es versucht hätte. Es war in einem bedauernswerten Zustand, der Atem rasselte in seiner Lunge, und der Kopf hing tief. Auch ich war in einem echt bedauernswerten Zustand, schwitzte und zitterte gleichzeitig und schnappte nach der stillen, eisigen Luft wie ein Mensch, der stirbt. Was ich auch glaubte, dass ich es tat – ich starb mit jeder Minute, die verging, und mit jedem Schritt, den wir hinter uns brachten. Es war bitter, wirklich. Die Galle stieg in mir auf und diese Bitterkeit, wenn du merkst, dass deine Zeit abgelaufen ist und keiner deiner Träume sich je erfüllen wird, dass du dem Mädchen deiner Träume nie begegnen wirst und nie das Leben leben wirst, das du dir gewünscht hast, und in spätestens einer Stunde nichts weiter mehr sein wirst als ein Klumpen Fleisch mit Knochen dran, der in der Prärie herumliegt, bis ein Wolf kommt und ihn verschlingt. Kein bisschen anders, als es deinem Pferd ergeht oder jeder anderen Kreatur, die da draußen auf den Plains stirbt.

Trotzdem sah ich mich um, beinahe aus reiner Neugier. Ich konnte Kessel deutlich erkennen, aber er schien nicht viel näher gekommen zu sein und versuchte auch nicht, mich im Galopp einzuholen, gab sich einfach damit zufrieden, mir zu folgen, verständlicherweise. Er würde mich früher oder später kriegen, und er würde nicht riskieren, dass sein Pferd abgeknallt wurde – schließlich wollte er doch zurückreiten.

Aber, beim Jupiter, es war schlimmer als in einem Albtraum, wie er sich bewegte. Langsam, langsam, meine Zeit lief ab, und er hatte alle Zeit der Welt. Die Sharps krachte wieder, und als ich mich umdrehte, sah ich, dass er abstieg, anscheinend hatte er genug Zeit, um runterzuklettern und den Dreifuß aufzustellen. So viel Zeit hatte er.

Ein leichter Wind wehte, wirbelte den Schnee auf, und kleine Flöckchen huschten vorbei. Sie machten den Albtraum noch unwirklicher, die ganze Ebene wirbelte und bewegte sich. Auch das Licht veränderte sich, das reine Weiß bekam einen seltsamen Gelbstich, wurde böse, könnte man sagen. Zuerst dachte ich gar nicht darüber nach, sagte einfach zu mir, stimmt, das Licht verändert sich, wird gelblich, genau. Dann sah ich auf, und da war eine Wolke vor dem Mond.

Es war bloß eine Wolke. Bloß die eine, die den Mond verdeckte und seine Farbe veränderte. Aber irgendwo in meinem Hinterkopf blitzte ein Gedanke auf, wie wenn man denkt: Das hast du doch schon mal gesehen, du Trottel, und ich sah nach Norden, und der Große Bär war auch nicht mehr da und auch der Polarstern nicht.

Der Wind trieb noch mehr Wolken heran, und für einen Moment kam Hoffnung in mir auf. Wenn genug Wolken da waren, hatte Kessel kein Licht mehr zum Schießen, und dann ... Aber die Hoffnung hielt nicht lange an, weil es kein »Und dann« gab, oder vielleicht doch, aber darauf würde bloß das »Amen« folgen, weil es nirgendwo einen Ort gab, wo ich hinrennen konnte. Da waren bloß die nackten Plains und Kessel, der mit jedem Schritt näher kam. Und wie um mich daran zu erinnern, dass er hinter mir war, knallte die Sharps wieder los, und vielleicht war es Blei, oder vielleicht war es dieser Wind, aber ich dachte, ich hätte etwas an meinem Ohr vorbeisausen hören, und wenn man dieses Sausen übersetzen wollte, dann hieß das wohl: »Ich komme näher, du Hurensohn. Ich komme näher.«

Und vielleicht war es das Sausen, das mich berührte, aber ich dachte, okay, okay, du wirst mich kriegen, aber du wirst verdammt noch mal für meine Haut was tun müssen, du schwarz gefleckter Bastard.

Ich stach mit dem Messer auf das Pony ein, trieb es vorwärts, rechnete mir aus, dass ich es antreiben würde, bis es tot umfiel, um mich dann dahinter zu ducken und Kessel näher kommen zu lassen, und dann, vielleicht, konnte ich ihn erstechen. Irgend so was jedenfalls.

Das arme Pony bewegte sich vorwärts. Dann passierte etwas mächtig Seltsames. Ich drehte mich häufig um, weil ich wissen wollte, was Kessel vorhatte, und dann sah ich nach hinten, und er war weg! Allmächtiger im Himmel! Für eine Sekunde glaubte ich, er hätte sich geschlagen gegeben, hätte einfach aufgesteckt und mich laufen lassen. Dann fiel mir auf, dass ich da hinten überhaupt nichts sehen konnte. Ich rieb mir die Augen und sah noch einmal hin, und da war immer noch nichts. Überhaupt nichts außer einer verschwommenen Fläche. Und dann flackerte diese Hoffnung nicht nur ein bisschen auf, sie loderte wie ein Waldbrand, denn das Verschwommene war Schnee.

Gottverdammmich! Ich hatte sogar eine klitzekleine Chance. Vielleicht konnte ich Kessel abschütteln, im Bogen zum Lager zurückkehren, ihn sogar überfallen! Und wenn ich das nicht konnte, wenn ich erfror, mir der Blizzard den Garaus machte, dann war das besser, als von Kessel zusammengeschossen zu werden.

Der Schnee erreichte mich, kleine Flocken, die im Wind wirbelten, und ich kehrte um, sah zu, dass der Wind jetzt an meiner linken Backe blies, in der Hoffnung, hinter Kessel zu kommen. Ich musste mich anstrengen, um auch das Pony zum Umkehren zu bewegen. Es wollte sich vom Wind treiben lassen, wenn es sich schon überhaupt bewegen sollte. Ich musste an der Trense zerren, und ich wollte lieber nicht darüber nachdenken, wie ich das Maul des Viehs behandelte, aber das Pony wendete, und wir kamen ein kleines Stück voran. Dann zog der Schnee weiter, der Mond schien herab, und ich war wieder eine sitzende Zielscheibe.

Aber ich rechnete mir aus, dass es einiges zu meinen Gunsten gab. Das Pony und ich waren mit Schnee bedeckt, weshalb man uns schwer ausmachen konnte, und außerdem gab es den Schnee selbst. Wir hatten nur einen Schauer abgekriegt, aber der konnte der Anfang von was Größerem sein. Und mit diesem Gedanken hatte ich Recht, aber nicht mit meinem ersten, denn die Sharps knallte erneut.

Jesus, dachte ich, dieser gottverdammte Mörder hat Augen wie eine Eule, und ich setzte das Messer wieder ein, zwang das Pony vorwärts, duckte mich selbst tief in den Sattel, als ob das was genutzt hätte. Dann schneite es wieder.

Diesmal kam der Schnee dicker, dicht sozusagen, große, dicke Flocken wurden auf einem heulenden Wind dahergetragen, der einen wie mit dem Hammer traf. Man konnte nichts weiter tun als stehen bleiben, und dieses Pony konnte sich bei dem Wetter einfach nicht mehr bewegen. Ich glitt aus dem Sattel und lehnte mich an der im Windschatten gelegenen Seite an das Pony. Ich hätte es zu Boden gezogen, nur wäre es dann nie wieder aufgestanden, und ich schätze, das war auch gut so, denn wenn ich mich hingelegt hätte, wäre ich auch nie wieder aufgestanden. So kamen Leute um, hatte ich gehört, legten sich in einem Blizzard nieder und schliefen ein und wachten nie wieder auf.

Davor hatte ich auch Angst, deshalb fesselte ich mich an das Pony, wickelte die Zügel um den einen Arm und glitt mit dem anderen durch den Steigbügel. Und ich wäre sogar fast woanders gelandet. Meine Gedanken fingen an zu wandern, glitten wie der Schnee dahin, ich dachte, ich wäre in Clement oder im Laden mit dem alten Besser ... Verrückte, zufällige Bilder. Dann fing ich an zu fallen und wurde hochgerissen, weil mir der Steigbügel ins Fleisch schnitt. Ein paarmal, schätze ich, schlief ich ein und wurde wieder wach, weil das Pony mich vorwärts zerrte, wenn es sich vor dem Wind bewegte. Ich war

kurz davor, es geschehen zu lassen, mich vorwärts schleppen zu lassen wie ein Fell. Einfach aufzugeben.
Dann ließ der Schnee nach. Er fiel immer noch, aber längst nicht mehr so dicht, und dahinter sah man ein kränkliches, fahles Licht. Es dämmerte, und ich hatte zwar schon ein paarmal ein böses Erwachen hinter mir, aber keines war so schlimm wie dieses, denn ganz gleich, wie man die Dinge betrachtete, mein letzter Tag auf dieser Erde brach an.
Aber diese Hoffnung, ihr wisst schon, die in der menschlichen Brust auf und nieder hüpft, die war immer noch da, sie zischte nicht unbedingt wie ein Feuerwerk umher, war aber auch noch nicht komplett ausgepustet. Leute waren schon von Blizzards überrascht worden und kamen doch durch, und ich war auch noch nicht erfroren, so wie die Kerle, die Charlie Rath gefunden hatte. Ich trug die richtigen Sachen, und wenn es zum Äußersten kam, konnte ich das Pferd essen. Nur zwei Dinge wollte ich. Dass der Schnee aufhörte und dass Kessel nicht mehr da war.
Und der Schnee hörte auf. Also, er zog nach Süden weiter, und ich hätte eins tun sollen – mich gegen den Wind stellen, um das Lager zu erreichen, aber ich schaffte es einfach nicht. Ich nicht und das Pony nicht. Genau genommen traf es die Entscheidung, was schon was ist, oder nicht, wenn ein Pony für dich entscheidet?
Ich ließ es laufen. Ich stieg nicht einmal auf, hielt bloß die Zügel und ließ mich von ihm weiterschleppen, Schritt für Schritt, betete zu Gott, dass es durchhielt und wir auf ein Lager trafen oder auf die Bahnlinie. Fantasien, wisst ihr. Reine Fantasien. Aber es war alles, woran ich mich klammern konnte, und das tat ich. Ich hielt sie so fest wie die Zügel, während wir ins Nirgendwo taumelten und stolperten und das

Licht allmählich heller wurde und ich sogar eine Spur von der Sonne entdecken konnte, was meiner Hoffnung einen Schubs gab. Und dann hörte ich wieder einen Knall. Langsam drehte ich mich um.

Es war Kessel, keine halbe Meile entfernt tauchte er aus den Schneeflöckchen auf und schoss vom Sattel aus, was nicht die richtige Art war, eine Sharps zu bedienen, und wenn er sich Zeit gelassen und sie auf einen Dreifuß gesteckt hätte, wäre ich totes Fleisch gewesen.

Und beinahe wartete ich auf ihn. Beinahe blieb ich da stehen, in der Hoffnung auf diese eine Chance, aber ich tat es nicht. Ich stieg auf das Pony, immer noch hoffend. Hoffnung gegen Hoffnung. Und man konnte ja auch nie wissen. Sein Pony konnte in ein Rattenloch treten und sich das Bein brechen und er sich das Genick vielleicht gleich mit. Und wie man so sagt: Wenn man nur noch eins tun kann, dann ist es das, was man tun muss, und man hat in dem Fall keine Wahl, also stach ich wieder auf das Pony ein, schnitt es gewissermaßen in Streifen, trieb es auf eine der Schneewehen zu in der Hoffnung auf ein Versteck. Hoffnungslos hoffend, und ich hätte es beinahe geschafft. Ich war fast da, als das Pony aufgab. Es fiel nicht um, es sank einfach unter mir zusammen, den Hals gestreckt, die Augen nach oben verdreht, und blutiger Schleim lief ihm aus dem Maul.

Aber ich lief weiter, könnt ihr euch das vorstellen? Sogar dann noch, zu Fuß und mit nichts weiter als einem Jagdmesser. Ich wühlte mich aus den Steigbügeln und schleppte mich weiter, stapfte durch den Schnee, wartete auf die Kugel in meinem Rücken, war auch nicht mehr als ein gejagtes Tier, irgendeine arme Kreatur, die zu Tode gehetzt wird, außer dass mir keine Zeit zum Rennen und kein Loch zum Verkriechen blieb. Nur

der flimmernde Schnee, in dem man sich so gut verstecken konnte wie in einem Spinnennetz.
Ich sah über meine Schulter, und es hatte kein Wunder gegeben. Kessel kam immer noch näher, und ich weiß nicht, ob es daran lag, dass ich zu Fuß war und er auf einem Pferd saß, oder ob es vielleicht einfach am Licht lag, aber er sah gigantisch aus, ragte auf wie eines von diesen Trugbildern, als wäre er unwirklich, und ich konnte in der Tat auch nicht glauben, dass er wirklich war, konnte genauso wenig glauben, dass ich es war. Und ich konnte auch nicht glauben, dass all das geschah. Das war nicht Ben Curtis da draußen auf den Plains, nicht der dumme Junge aus Clement, der es bis zu einem eigenen Laden gebracht hatte und der *Kaufmann werden leicht gemacht* gelernt hatte, der war es nicht, dem der Kopf weggepustet werden sollte.
Nein, das war jemand anderes, dem das passierte, jemand, an den ich bloß dachte. Nicht ich war es, der stöhnte und fluchte und weitertaumelte und sich in seine Kleider verkroch, als das Gewehr loskrachte, und der erkannte, dass der Schuss aus einem Sechsschüsser abgefeuert worden war, was bedeutete, dass Kessel nah genug war, um ihn zu benutzen. Und ich war es auch nicht, der sein Jagdmesser zog und sich umdrehte, bereit, sich zu stellen und sich auf jenen Schatten zu stürzen, der mein Leben in Abilene verdunkelt hatte als er Bo umgeracht hatte.
Aber wie in einem Traum drehte ich mich um, das Messer gezückt, und beobachtete, wie er näher kam, langsam, langsam und gelassen, ohne jede Eile, sein Pony schonend, und er war nicht mehr bloß eine schwarze Gestalt, ich konnte sein Gesicht unter seinem Hut erkennen und sehen, dass er überhaupt kein Traum war. Und dann bewegte sich etwas hinter

mir, etwas Riesiges, Schneebedecktes, schnaubend und grunzend.
Genau, es war ein Büffel, und es gab noch weitere, eine kleine Herde, die von Gott weiß woher aufgetaucht war, vielleicht vom Blizzard nach Süden getrieben und von den Jägern übersehen, aber sie waren da, und sie waren für mich da. Eine letzte Chance, und ich nutzte sie. Ich dachte nicht mehr, dass ich das hier draußen gar nicht war, weil ich es verflucht noch mal ja doch war. Und ich wusste etwas, was Kessel vielleicht nicht wusste. Ich war zu Fuß, und Büffel kümmerten sich nicht um solche Kerle. Aber das Pferd würden sie angreifen, und einer der Büffel tat es. Er ging auf Kessel los, nicht wirklich, um ihn zu töten, eher drohend, aber es reichte, um ihn abzulenken, und ich hatte Zeit, in die Herde hineinzurennen. Wir spielten Versteck, wisst ihr. Versteck in der Herde, und nur wenn man geschnappt wurde, war man nicht mehr dabei, dann war man draußen. Und dann war's aus und vorbei für immer.
Es gab außerdem nicht viel, wo man sich verstecken konnte. Da waren nicht mehr als ein Dutzend Tiere, und die waren verstreut, sodass Kessel auf mich losgehen konnte, wenn er sich traute – und das tat er.
Ich konnte ihn sehen, wisst ihr, wie er in den Schneewehen auf und ab tauchte, versuchte, in die Herde einzudringen, und er konnte mich sehen, wie ich zwischen den Biestern umhersprang. Ein paarmal schaffte er es, hinter mich zu kommen, aber ich war schneller als sein Pony und sah zu, dass zwischen ihm und mir ein Büffel blieb. Und es war, als ob wir in die
 Traumwelt zurückgekehrt wären – diese riesigen Tiere, die drohend aus dem Schnee aufragten, wie etwas aus einer längst vergangenen Zeit, ganz mit Schnee bedeckt, und Kes-

sel und ich, ebenfalls weiß, wie wir auftauchten und wieder verschwanden, als ob wir tatsächlich Geister wären, Geister in einer geisterhaften Welt, und die Grenze zwischen hier und dort bereits überschritten hatten, und dort war der Ort, wo man nie wieder Kaffee am Morgen schmeckte oder Frühlingsblumen roch oder es sich bequem machte, wenn die Dämmerung hereinbrach.

Aber als wir durch die Herde flitzten, wurden die Büffel unruhig, liefen umher, stampften auf den Boden und grunzten, und während ich dachte, heiliger Jesus, mach, dass sie nicht rennen, hörte ich das Krachen einer Pistole, dann noch einmal, und ich hörte, wie Kessel brüllte, und dann blieb mir das Herz wirklich fast stehen, weil er den gleichen Gedanken hatte: Lass die Herde rennen. Bring sie einfach in Panik. Und falls ich nicht totgetrampelt würde, dann würde ich allein zurückbleiben, und in diesem ganzen Land, diesem riesigen Land, so groß, wie all die Kerle immer behaupteten, dreitausend Meilen von Meer zu Meer, würde ich ohne einen Ort zurückbleiben, zu dem ich rennen konnte.

Und so, wie es schätzungsweise passieren musste, passierte es. Erst langsam, beinahe schlendernd, bewegten sich die Büffel, aber als Kessel johlte und herumballerte, fingen sie an zu rennen, und sie rannten, bis keiner mehr übrig war, außer einem, der am Boden lag und Blut hochwürgte, und ich blieb allein zurück mit Kessel, der mit seinem Pony im Schritt auf mich zukam.

Es gab nichts mehr, was ich hätte tun können. Kein Ort zum Hinrennen und kein Ort zum Verstecken, also blieb ich einfach stehen, hielt mein Messer fest, während Kessel sich mir näherte, langsam, als ob er alle Zeit der Welt hätte und wüsste, dass meine Zeit abgelaufen war. Lässig hielt er seinen

Sechsschüsser, er schien zu wissen, dass er sich keine Mühe machen musste, weil er nichts weiter zu tun brauchte, als ihn zu heben und abzudrücken.

Er näherte sich mir bis auf fünf Fuß, und dann redete er. »Lichter aus für dich«, sagte er. »Lichter aus, du Hurensohn.«

Es hört sich verrückt an, wenn ich sage, dass ich Angst hatte, weil ich in den letzten zwölf Stunden nichts anderes gehabt hatte, aber als ich mir Kessel da so ansah, da hatte ich wirklich Angst. Bis dahin, ich weiß auch nicht, aber im Hinterkopf dachte ich irgendwie immer, dass ich noch irgendwas tun könnte, selbst wenn er mich schnappte. Wenn nicht auf ihn einstechen, dann ihn anflehen, und ich konnte nicht glauben, dass er nicht zuhören würde, schließlich konnte man unmöglich glauben, dass irgendwer Ben Curtis töten wollte. Jemand anderen, klar, aber mich? Dieses Vollbluttexanerkind, das in seinem ganzen Leben nie irgendjemandem ernsthaft was getan hatte und nur in Ruhe gelassen werden wollte, um sich seine Scheibe vom Kuchen abzuschneiden …

Es stimmt, ich hatte es nicht geglaubt, aber da glaubte ich es, als ich zu Kessel aufsah, wie er lässig auf seinem Pferd saß und Schneeflocken um ihn herumwirbelten. Er sah verrückt aus. Ich meine, alle Killer waren verrückt, aber er sah so aus, als würde er den ersten Preis im Verrücktenwettbewerb gewinnen, und so hörte er sich auch an, als er wieder redete. »Du«, sagte er mit einer kratzigen Stimme, die ganz schief klang, wie ein verstimmtes Klavier. »Du. Du hast mich verfolgt. Du hast mir lang genug auf der Pelle gehockt. Gottverdammter Jesus, ich hätte dich nie am Leben lassen sollen. Ich hätte dich einfangen und mit dir Schluss machen sollen.«

Und das war wirklich verrückt, wir beide da draußen in der verschneiten Weite und Einöde, neben einem sterbenden Büffel, der Blut in den Schnee spuckte, und Kessel beschimpfte mich. Ich wollte ihm das sagen, ihm sagen, dass das uns beiden nichts nützte und dass nicht ich ihn verfolgt hatte, sondern er mich. Ich wollte sagen, warum lassen wir es nicht einfach, damit er seiner Wege gehen konnte und ich meiner. Wollte an seine Vernunft appellieren. An seine höhere Vernunft und an sein besseres Ich. Aber er war immer noch nicht fertig. Er hatte noch mehr zu sagen, spuckte es eher aus, wie eine Eiterbeule, die platzte.

»Genau«, sagte er. »Ich hab auf dich gewartet. Überall, wo ich hinging. In jeder Bar, in die ich ging. Immer, wenn ich die Augen aufgemacht hab, hab ich damit gerechnet, dass du vor mir stehst. Genau. Aber jetzt ist es vorbei, und du kannst jetzt gehen, zu deinem hündischen, gottverdammten Scheißbruder.«

Er beugte sich im Sattel ein bisschen vor, blickte prüfend über den Lauf seiner Pistole, ganz sorgfältig, wie bei einem Schießwettbewerb, und ich hörte das *Klick-klick*, als er den Hahn spannte, und ich wusste, dass es diesmal keine Fehlzündung geben würde, und ich wollte das Messer nach ihm werfen und zur Seite springen, da richtete er sich plötzlich auf, die Kinnlade fiel ihm runter, und er sagte: »Jesus Christus!«

Ich konnte es nicht lassen. Eigentlich wollte ich ihm in meinen letzten Momenten nicht den Rücken zuwenden, aber mein Hals drehte sich, als ob ihn ein anderer herumdrehen würde, und dann fiel auch mir die Kinnlade runter, und auch ich sagte: »Jesus Christus«, denn was man da aus dem wirbelnden Schnee auftauchen sah, war ein unglaublicher Anblick, so was hatte ich noch nie gesehen, und ich glaube, ich werde so was auch nie wieder sehen.

Früher, mir schien das schon eine Million Jahre her zu sein, hatte mir jemand erklärt, man brauchte es mir nicht zu sagen, und das musste man auch nicht. Sie hatten keine schicken Perlen an und auch keine Federn im Haar. In Wirklichkeit waren sie ganz in ihren Büffelfellen vermummt, aber sie brauchten keine Schilder, auf denen dann stand, wer sie waren. Ich schätze, es lag an der Art, wie sie auf ihren Ponys saßen, hochmütig könnte man dazu sagen, als ob sie noch immer die Plains mit allen vorhandenen Kreaturen regieren würden und die ganze Welt, soweit sie sie kannten, genau wie zu der Zeit, bevor wir weißen Männer kamen und sie wegpusteten, weg in eine Welt aus Träumen und Visionen und armseligen Shows, nicht wirklicher als eine Rauchwolke in einem billigen Saloon.

Ich schätze, Kessel brauchte man es auch nicht zu sagen, weil er mit seinem Sechsschüsser losballerte und noch einmal ballerte, aber ein drittes Mal hatte er kein Glück, weil einer von diesen wilden Indianern mit seinem Pferd auf ihn zutänzelte und ihm eine Lanze zwischen die Rippen spießte. Und mehr bekam ich nicht zu sehen, denn während ich diese Geister anstarrte, kam einer von ihnen, ganz mit Schnee bedeckt, an mir vorbei und schwang mit seiner Rückhand eine Keule, und ihr werdet es nicht glauben, aber ich lachte, lachte darüber, wie verrückt das alles war, und dachte, jetzt werde ich auch den Elefanten zu sehen kriegen, und ich lachte immer noch, als die Keule gegen meinen Schädel donnerte und ich zu Boden ging, wirklich, in den Schnee und in die Finsternis.

EPILOG

Ich habe seither 'ne Menge Haare lassen müssen, nicht jedoch an jenem Morgen im Schnee, denn die Krieger ließen mich liegen. Allerdings nicht aus Barmherzigkeit, sondern weil sie ihre eigenen Sorgen hatten, und sie machten sich Sorgen, weil ihnen die Kavallerie der Vereinigten Staaten auf den Fersen war.

Ich erfuhr später, dass es Cheyenne waren, die von Palo Duro aus geflüchtet waren, nur hatten sie keinen Ort mehr, wohin sie flüchten konnten, wenn ihr wisst, was ich meine. Die meisten ergaben sich kurz darauf, als ihre Ponys zusammenbrachen, aber man erzählt, dass einige es bis in die Black Hills schafften und bei Crazy Horse und den Sioux waren, als sie Oberstleutnant Custer und der Siebten Kavallerie am Little Big Horn den Garaus machten. Der letzte Sieg der Prärieindianer, schätze ich.

Der Rest geriet einfach in Vergessenheit, sonst nichts. Klar, ein paar hängen immer noch herum. Du kannst sie bei einem Volksfest sehen, in irgendeiner monströsen Show, oder vielleicht in einer Show von Monstrositäten, oder wenn du durch Amerika reist und in eine Landschaft kommst, die übler nicht sein könnte, und da siehst du einen Haufen Gerümpel, alte

Klapperkisten und so was, wo räudige Hunde rumlaufen, na ja, dann ist das ein Reservat, und die Betrunkenen, die da umhertaumeln, das sind die Nachkommen der Prärieindianer. Aber was sie zu sein glaubten oder vielleicht auch waren, die Herren von Erde und Himmel und die Brüder und Schwestern von Sonne und Mond und Regen und Wind, na ja, das ist weg, einfach weg wie die Büffel. Genau genommen sind sie mit den Büffeln verschwunden, und die loszuwerden dauerte nicht länger als zehn Jahre, nachdem die Jungs sich mal drangemacht hatten. Wirklich, vielleicht zwanzig Millionen Tiere. Daran sieht man, was die Armee der Vereinigten Staaten alles kann, wenn sie bloß will.

Was mich betrifft, ich wurde von einer Kavalleriepatrouille eingesammelt, die hinter den Indianern her war. Sie waren Büffelsoldaten, und einer von ihnen war Tom Carney, also wurde ich anständig behandelt, und obwohl ich einen zertrümmerten Schädel und ein paar Frostbeulen davontrug, schaffte ich es bis nach Dodge. Und jeder wusste zwar, dass ich Sams rechtmäßiger Partner war, trotzdem bekam ich das Geld für die Felle nicht. Von wegen, ich bekam fünfzig Bucks, damit ich meiner Wege gehen konnte.

Ich stritt mich nicht darum. Ich hatte einfach die Nase voll vom Streiten um Geld. Vom Westen hatte ich auch die Nase voll, also nahm ich das Almosen und machte mich auf den Weg nach New York City zum alten Henry, und wie er in seinem Brief geschrieben hatte, freute er sich, mich zu sehen, obwohl ich die Million nicht gemacht hatte.

Ich zog mit ihm zusammen in eine Hütte an der Lower East Side, mit einer netten Katze, die er sich zugelegt hatte, einer bernsteinfarbenen, gewöhnte mich an das behaarte Bild an der Wand und wurde Drucker. Danach zog ich herum, arbeitete für die verlogenen Zeitungen und half mit, die Arbeiter zu organisieren. Ich kriegte noch ein paarmal eins über den Schädel, von Herren, die meinten, Gewerkschaften hätte sich der Teufel ausgedacht, und ich lernte ein paar Gefängnisse von innen kennen, trotzdem schaffte ich es nie bis nach Kalifornien.

Ist schon seltsam. Während wir umherzogen – und die Indianer und die Büffel auch –, zogen hinter uns die Siedler ins Land, kämpften gegen Dürren und Blizzards und Zyklone und Heuschrecken und Bankiers und die Eisenbahngesellschaften, und sie blieben dran. Es waren genau genommen ein paar Ausländer, die eine bestimmte Weizensorte einführten, Turkey Red, die das Wetter in Kansas vertrug, und diese Einwanderer wussten auch, wie man mit dem Wetter fertig wurde, also hatte ich mich eigentlich lächerlich gemacht mit meiner Spöttelei da draußen über Landwirtschaft, wenn man bedenkt, dass Kansas die halbe Welt ernährt. Und während wir wie Wilde lebten, erfand dieser Kerl namens Glidden den Stacheldraht, mit dem man sein Land einzäunen konnte, und McCormick entwickelte diese Mähmaschinen, mit denen man die Ernte einholen konnte, und am wichtigsten war, schätze ich, dass dieser Pflug erfunden wurde, der tief in das Büffelgras eindringen konnte. Wie man so sagt, der Pflug, der die Plains aufgebrochen hat.

Wie auch immer, jetzt ist das alles Geschichte, das alles sind Geschichten und Träume und Groschenromane und Filme. Kein Traum ist allerdings, was gerade jetzt passiert. Der Börsenmarkt ist wieder zusammengekracht, genauso wie damals, als Jay Cooke Pleite ging und ich und die anderen Trottel mit ihm Pleite gingen. Da gibt's Leute wie den alten Heaney, die springen von Wolkenkratzern runter, und Leute wie den armen alten Abel, die haben nur noch Lumpen an und verkaufen Äpfel in den Straßen, die man keine hundert Yards runterlaufen kann, ohne um einen Dime angepumpt zu werden. Bloß gibt es jetzt keinen großen Wilden Westen mehr, wo man umherstreifen und einen neuen Anfang machen kann. Es gibt nur noch uns, so wie wir sind, und was wir aus uns machen können.

Da sind sie also alle. Joe Mc Coy, Wild Bill Hickok, der Reverend Christopher, Colonel Dodge, Charlie Rath, Cox, der den Schwarzen in Dodge erschossen hat, Little Wolf – sie alle sind echt, wirklicher als das, was ich geschrieben habe, aber sie sind weg, alle, sind verschwunden mit den Büffeln und den Stämmen, den Komantschen und den Kiowa, den Cheyenne, Arapaho, Sioux und Schwarzfußindianern, den Crow und den Nez Percé und all den anderen. Manche haben versucht, mit der Zivilisation mitzugehen, und andere nicht. Aber sie waren dem Untergang geweiht, wie man so sagt. Verurteilt vom ersten Augenblick an, als ein Weißer seinen Fuß auf das Land setzte. Es gab einfach keine Möglichkeit, wie ein paar Millionen Indianer sich halten konnten in dieser Weite, nicht bei diesen Millionen und Abermillionen von Leuten in Europa, die sich danach sehnten, hierher zu kommen. Also lief vielleicht alles genauso, wie es sollte. Vielleicht.

Aber ich will euch was Merkwürdiges erzählen. Vor einiger Zeit stand ich in einer Bar in New York City, und ich hörte einen Kerl singen. Na, jedenfalls sang er, bis man ihn an die Luft setzte. Ich ging ihm nach, aber er war weg, einfach verschwunden zwischen all den umherschlendernden Leuten.

Aber ich erinnere mich an das Lied. Es war irgendwie nett. Vielleicht kennt ihr es. Es geht um einen Reiter, der sein Pferd verkauft und weiterzieht, irgendwohin.

Goodbye, old Paint, I'm a-leaving Cheyenne,
I'm a-leaving Cheyenne, and I'm off for Montan',
Goodbye, old Paint, I'm a-leaving Cheyenne.

Leb wohl, alter Schecke, ich nehm Abschied von Cheyenne,
Ich nehm Abschied von Cheyenne, mach mich auf nach
Montan',
Leb wohl, alter Schecke, ich nehm Abschied von Cheyenne.

Und das ist schon was, wenn man so ein Lied in einer Bar am Union Square West in New York City hört, findet ihr nicht?

Glossar

Alamo: befestigter Platz am Stadtrand von San Antonio in Texas. Im mexikanisch-texanischen Unabhängigkeitskrieg 1835/1836 spielte der Alamo eine strategisch wichtige Rolle. Am 6. März 1836 umzingelte der mexikanische Präsident Santa Anna mit ca. 6000 Mann den Alamo und stürmte ihn schließlich – die 182 texanischen Verteidiger hatten keine Chance, fügten den Mexikanern aber schwere Verluste zu. Als letzter Mann der Besatzung fiel der legendäre Trapper und Viehtreiber Davy Crockett aus Tennessee, der als Freiwilliger die Texaner im Unabhängigkeitskampf unterstützte. Der Alamo wurde zu einem wichtigen Symbol im Unabhängigkeitsstreben der Texaner. Auch viele Saloons im Wilden Westen, die zur Zeit des mexikanisch-texanischen Krieges eröffnet wurden, wurden nach ihm benannt.

Bandana: buntes Halstuch des Cowboys.

Bridger, Jim: 1804–1881, berühmter Trapper, Scout und Pelzhändler des Wilden Westens, überquerte mit achtzehn Jahren die Prärie und hielt sich von 1822 bis 1839 fernab der Zivilisation in den Rocky Mountains auf. Er behauptete, während dieser Zeit kein einziges Mal Brot gegessen zu haben. 1825 erreichte er als vermutlich erster Weißer den Großen Salzsee.

Brown, John: 1800–1859, amerikanischer Vorkämpfer für die Sklavenbefreiung, verfolgte seine Ziele mit Fanatismus und Terroraktionen und ermordete zusammen mit einigen Gesinnungsgenossen in Kansas mehrere Sklavenbefürworter; er wurde 1859 zum Tode verurteilt und gehängt.

Buckaroo: So bezeichneten sich Cowboys oft selbst; der Ausdruck ist die amerikanische Verballhornung des mexikanischen Wortes für Cowboy, »vaquero«.

Buffalo Bill: eigtl. William E. Cody, 1846–1917, berühmter Pfadfinder des Wilden Westens, Büffeljäger und Pony-Express-Reiter. Er erhielt seinen Spitznamen, als er 1867 viertausend Büffel erschoss, um die Arbeiter der Kansas-Pacific-Bahn mit Fleisch zu versorgen. Mit seiner *Buffalo Bill's Wild West Show,* bei der echte Cowboys und Indianer mitwirkten, reiste er durch ganz Nordamerika und trat auch in Europa auf; dadurch verbreitete er das romantische Bild vom Cowboy.

Carson, Christopher »Kit«: 1809–1868, berühmter Trapper und Fellhändler in Nordamerika, beteiligte sich u. a. auch am Abschlachten der Büffel. Später arbeitete er als Führer und Scout für die Einwanderer.

Chisholm, Jesse: 1806–1868, Sohn eines Schotten und einer Cherokee-Indianerin, wuchs in Tennessee auf. Mit den Cherokees wanderte er 1830 in das Indianerterritorium (das spätere Oklahoma) aus; er gründete ein Fuhrgeschäft und transportierte Waren zwischen Kansas und Oklahoma und legte auf einer dieser Nord-Süd-Routen, einem alten Indianertrail, Lebensmitteldepots an. 1867 zeigte er den ersten Viehtreibern aus Texas diese Strecke durch das Indianerterritorium.

Cooke, Jay: 1821–1905, Bankier, der sich zunächst durch Finanzierungserfolge während des amerikanischen Bürgerkrieges hervortat. 1870 gelang es ihm 100 Millionen Dollar für die Finanzierung der Northern Pacific Railroad aufzubringen. Innerhalb kurzer Zeit kam es jedoch zu einer Kostenexplosion, die Geldquellen versiegten – das Ende war der Konkurs des Bankhauses, der den ersten großen Crash an der New Yorker Börse und eine lange Phase der wirtschaftlichen Rezession zur Folge hatte.

Crockett, Davy: (siehe Alamo).

Crooke, George: 1829–1890, Infanterieoffizier der Nordstaaten im nordamerikanischen Bürgerkrieg; danach kämpfte er als General gegen die Indianer in Idaho, am Platte-River und in Arizona. Er musste sich 1876 in der Schlacht am Rosebud River gegen 2000 Sioux – unter Führung von Crazy Horse – zurückziehen. Durch seine gewaltsame Hartnäckigkeit hatte Crooke wesentlichen Anteil an der Brechung des Widerstands der Indianer.

Custer, George A.: 1839–1876, Oberstleutnant der US-Armee und berüchtigter Indianerschlächter, unterlag mit der Siebten Kavallerie in der Schlacht am Little Bighorn 1876 den Sioux und Cheyenne unter der Führung von Sitting Bull und Crazy Horse; Custer und mehr als 200 US-Soldaten kamen ums Leben. Dies war eine der schwersten Niederlagen der US-Armee gegen die Prärieindianer.

Dime: Zehncentstück.

Dixieland: scherzhafte Bezeichnung für die Südstaaten der USA, abgeleitet von der »Dixon Line«, die im 19. Jahrhundert als Trennlinie zwischen den sklavenfreien Staaten des Nordens und den sklavenhaltenden Südstaaten angesehen wurde.

Dog Soldiers: einer der bedeutendsten und gefürchtetsten Kriegerbünde der Cheyenne; diese waren an den meisten Kämpfen gegen die weißen Kolonisten beteiligt.

Earp, Wyatt: 1849–1929, Glücksspieler und Gesetzeshüter von zweifelhaftem Ruf, beging vermutlich selbst verschiedenste Straftaten und war Mitglied zwielichtiger Banden; Wyatt Earp arbeitete 1878 als Hilfsmarshal in Dodge City (als Nachfolger des niedergeschossenen Ed Masterson). Er wurde später durch seine autobiografische Darstellung berühmt, die von Stuart Lake aufgezeichnet wurde; die dort beschriebenen Erlebnisse sind jedoch zum großen Teil erfunden.

Glidden, Joseph: 1813–1906, Farmer aus Illinois, ließ sich 1874 den Stacheldraht patentieren, eine Erfindung, die den Wilden Westen grundlegend veränderte – denn die Zeit der »offenen Weide« und damit der Viehtriebe und des Cowboys war damit abgelaufen, die Siedler konnten ihr Land einzäunen.

Hardin, John Wesley: 1853–1895, Cowboy und Trailführer, berüchtigter Revolverheld und Desperado aus Texas, später

Rechtsanwalt und Theologe. Für die Texaner war Hardin eine Art Nationalheld, für die übrigen Amerikaner ein legendärer Killer und Bandit; er versuchte auf illegale Weise, seinem Recht Geltung zu verschaffen und wurde so ein steckbrieflich gesuchter Desperado, der im Duell etwa 32 Männer erschoss. Oft handelte er dabei nach dem Ehrenkodex des Wilden Westens und nach texanischem Recht, verstieß aber gegen das US-amerikanische Recht. 1878 wurde er von Pinkerton-Detektiven verhaftet. Im Gefängnis studierte er Jura und Theologie, 1894 wurde er Rechtsanwalt und Dozent für Methodistenlehre. 1895 erschoss ihn ein ehemaliger Polizeibeamter in einem Saloon in El Paso.

Hickok, James Butler, »Wild Bill«: 1837–1876, berühmter US-Marshal und Sheriff des Wilden Westens, Berufsspieler und Armee-Scout. Zunächst kämpfte Hickok mit großer Einsatzbereitschaft im nordamerikanischen Bürgerkrieg auf der Seite der Nordstaaten; danach war er Sheriff und Marshall in mehreren Städten von Kansas. Er galt als der schnellste Schütze des Wilden Westens, sein Markenzeichen war es, dass er seine beiden Pistolen mit dem Griff nach vorne trug, sodass er sie immer überkreuz ziehen musste. Nach seiner Zeit als Gesetzeshüter trat er u. a. in Buffalo *Bills Wild West* Show auf und ging nach Süd-Dakota auf Goldsuche. 1876 wurde er in einem Saloon beim Kartenspiel durch einen Kopfschuss von hinten getötet.

Indianerterritorium: 1837 festgelegtes Gebiet, das ursprünglich Oklahoma, Kansas, Nebraska, Nord- und Süd-Dakota umfasste. Meist wurde aber nur das spätere Oklahoma als Indianerterritorium bezeichnet.

Little Wolf: um 1820–1904, bedeutender Kriegshäuptling der Cheyenne, kämpfte unentwegt gegen die US-Armee, als der Wilde Westen von Goldsuchern, Büffeljägern und Einwanderern heimgesucht wurde. 1876 verlor er die Schlacht am Crazy Woman Creek gegen Colonel Mackenzie. 1878 versuchte er mit seinem Stamm vergeblich aus dem Cheyenne-Reservat in Oklahoma auszubrechen.

Lone Wolf: um 1815 bis um 1879, bedeutender Oberhäuptling der Kiowa, entschied sich für ein militärisches Vorgehen gegen die weißen Eindringlinge. 1874 nahm er am Gefecht von Adobe Walls teil.

Mackenzie, Ronald S.: Colonel der US-Armee, der sich in den Indianerkriegen hervortat. In mehreren Schlachten, u. a. in der Schlacht im Palo Duro Canyon, schlug er die Prärieindianer entscheidend.

Masterson, William Barclay »Bat«: 1853–1921, erfolgreicher Spieler, Revolverheld und Gesetzeshüter. Er und seine Brüder arbeiteten als Sheriffs in Dodge City und Umgebung; später ging Bat Masterson als Sportreporter zu einer Zeitung in New York.

Mormonen: 1830 begründete Religionsgemeinschaft, deren Anhänger sich als »Heilige der Letzten Tage« bezeichneten. Die Mormonen bekannten sich bis 1890 zur Mehrehe. 1846/1847 zogen etwa 15 000 Mitglieder unter Führung von B. Young durch die weiten, unwegsamen Prärien bis zum Großen Salzsee in den Rocky Mountains, wo sie eine vorbildliche, gut organisierte Stadt gründeten, Salt Lake City, und ein eigenes Territorium errichteten, das spätere Utah. Die Art der Besiedelung war wegweisend für viele nachfolgende Siedler, die im Westen nicht nur vorübergehend ihr Glück versuchen wollten, sondern vielmehr dauerhaft dort zu leben beabsichtigten.

Nickel: Fünfcentstück.

Pony: Der Cowboy bezeichnete mit »Pony« oft jedes eingerittene Sattelpferd, besonders aber die von ihm verwendeten Rinderpferde, die meist etwas kleiner und kompakter waren und sich besonders durch ihre Wendigkeit auszeichneten. »Pony« ist also nicht einfach eine Bezeichnung für »kleines Pferd« und darf in seinen Größenverhältnissen nicht mit dem europäischen Pony verwechselt werden. Im Sprachgebrauch des Cowboys ist »Pony« als Aufwertung zu verstehen, keineswegs als Verniedlichung.

Pinkerton, Allan: 1819–1884, amerikanischer Kriminalist, begründete 1850 in Chicago ein privates Detektivbüro, das Weltruhm erlangte. Pinkertons Detektive waren u. a. bei der Niederschlagung von Streiks im Einsatz.

Quannah Parker: 1844–1911, Sohn eines Komantschenhäuptlings und einer Weißen; ein berühmter Häuptling der Komantschen, der sich als ein weiser, sehr ehrenhafter und gemäßigter Führer seines Stammes erwies. Er nahm u. a. am Gefecht von Adobe Walls teil. Nach seiner Niederlage im Palo Duro Canyon wurde er von Colonel Mackenzie in die Reservation getrieben. Quannah Parker wurde ein erfolgreicher Geschäftsmann in der Welt der Weißen, war mit Theodore

Roosevelt persönlich bekannt und setzte sich für die Rechte der Indianer ein.

Red Cloud: 1822–1909, Häuptling vom Stamm der Oglala, führte von 1865 bis 1867 Widerstandsaktionen (den sog. »Red Cloud's War«) gegen die US-Armee durch und organisierte eine lockere Allianz der Prärieindianer gegen die im Indianerland gelegenen Forts der Weißen. 1870 war er Gast der US-Regierung in New York und in Washington, wo er von der Macht der USA so beeindruckt war, dass er sich danach an keiner militärischen Aktion gegen die Weißen mehr beteiligte.

Satanta: um 1830–1878, bedeutender Häuptling der Kiowa, dessen Tollkühnheit gerühmt wurde. Obwohl er den Vertrag von Medicine Lodge 1867 unterzeichnete, war er ein erbitterter Gegner der Weißen. 1874 nahm er am Gefecht von Adobe Walls teil und wurde noch im selben Jahr inhaftiert. 1878 nahm sich der freiheitsliebende Satanta durch einen Sprung aus dem obersten Stockwerk des Gefängnishospitals von Huntsville das Leben.

Sheridan, Philip H.: 1831–1888, bekannter Offizier während des Bürgerkriegs, war anschließend eine wichtige Figur im Kampf der US-Armee gegen die Indianer. Er begrüßte, wie viele andere auch, die Ausrottung der Büffel, weil es dadurch in der Prärie Platz für die Rinder gab. Die Prärien sollten nach seiner Auffassung von Viehherden und fröhlichen Cowboys bedeckt sein.

Sherman, William: 1820–1891, General der US-Armee, der an mehreren Kämpfen gegen die Prärieindianer beteiligt war.

Lies mich!

Leseprobe

Avi

Jenseits des großen Meeres

Die Flucht

1. Kapitel

Kurz vor der Morgendämmerung – es war der Augenblick, in dem die Zeit scheinbar still steht und auf dem Rand aller Möglichkeiten wippt – hastete ein Mann, der wie der Schatten des Todes aussah, über einen steilen Felsen und lief in Richtung Kilonny, einem kleinen Dorf in Irland.

Er trug einen schwarzen Gehrock und schwarze Hosen. Der Rock war geflickt, die Hose schlotterte ihm um den Körper und die Stiefel waren zerschlissen. Nur ein weißes Halstuch brachte etwas Abwechslung in seine Friedhofsgestalt, und das war schmutzig von häufigem Gebrauch und seltener Wäsche. In müden Augen, tief in einem grauen, eingefallenen Gesicht, spiegelten sich Leid und Kummer: In diesen Zeiten kreisten die Gedanken des Mannes fast nur um Leid und Kummer.

Obwohl er den ausgetretenen Pfad unzählige Male gegangen war und genau wusste, wohin er wollte, trug er eine kleine Laterne bei sich.

Das Dorf Kilonny lag auf unfruchtbarem Land. Nur weniges gedieh in dem Mischboden aus schwerem Lehm und Steinbrocken, wie er in diesem Tal vorherrschte. Die Bäume waren kahl. Und mit seinen zusammengedrängten, baufälligen Hütten wirkte das Dorf wie eine vorzeitliche Ruine an einem verwahrlosten, vergessenen Ort.

Als der Mann das Dorf erreicht hatte, ging er zielstrebig auf eine der ersten Hütten zu. Es war ein Gebilde aus übereinander gestapelten Holzstöcken, mit Lehm zusammengefügt, zwei Meter hoch und überdacht mit dem modrigen Stroh einer zusammengestürzten Nachbarhütte. Eine richtige Tür gab es nicht. Stattdessen klopfte der Mann an die splitterige Holzplatte, die vor den Eingang geschoben war.

Das Klopfen riss Patrick O'Connell aus einem unruhigen Schlaf. Er war zwölf Jahre alt, klein und drahtig, und er besaß nicht viel mehr als die Kleider, die er am Leib trug. Schuhe hatte er keine. Kohlschwarzes Haar umrahmte ein mageres Gesicht und in den großen Augen stand ihm der Hunger geschrieben.

»Jesus, Maria und Joseph!«, flüsterte der Junge erschrocken. Er bekreuzigte sich und warf einen hastigen Blick durch die Hütte. Es gab weder Fenster noch Möbel, nur eine Holzschüssel mit Maismehl und einen gesprungenen Krug, zu einem Viertel gefüllt mit saurer Buttermilch. Die übrigen Besitztümer der Familie – Kleidung, Werkzeuge und ein paar Kleinigkeiten – hätten kaum zwei Bündel gefüllt.

Etwa in der Mitte des Raums, in einer Vertiefung im

Lehmboden der Hütte, brannte ein Torffeuer, dessen Glut nicht größer als ein Daumen war und mehr Rauch als Wärme erzeugte. In einer Ecke hatten sich Patricks Mutter Annie O'Connell und seine Schwester Maura im Schlaf aneinander geschmiegt und wärmten sich, so gut es ging, gegenseitig.

Obwohl Patrick gern gewusst hätte, wer da klopfte, hielt er sich zurück. Wer konnte um diese Zeit mit guten Absichten zu ihnen kommen? Die O'Connells lebten schon so lange im Elend, dass Patrick bei jedem Besuch unwillkürlich mit neuem Unglück rechnete.

Über Irland war die Kartoffelfäule hereingebrochen und hatte Hunger, Arbeitslosigkeit, Krankheit und Tod mit sich gebracht. Gregory O'Connell, Patricks und Mauras Vater – die Kinder nannten ihn Da – war schließlich so verzweifelt gewesen, dass er mit dem größten Teil des Geldes, das die Familie noch besessen hatte, nach Amerika gesegelt war um Arbeit zu suchen. Seitdem, seit elf Monaten, war keine Nachricht von ihm gekommen.

Zur gleichen Zeit hatte ein Fieber Patricks kleinen Bruder Timothy hinweggerafft. Seine sterblichen Überreste lagen auf dem überfüllten Friedhof von Kilonny begraben. Es war kein Geld mehr da für den vierteljährlichen Pachtzins an Mr Morgan, den Verwalter von Sir James Kirkle – das war der englische Gutsherr, dem die Ländereien rings um Kilonny gehörten.

Es war also durchaus begründet, dass Patrick bei dem Klopfen sofort an Mr Morgan dachte, der vielleicht zur Zwangsräumung gekommen war. In diesem Fall hätte er

Wachtmeister und Soldaten bei sich um die Familie fortzujagen und die Hütte niederzureißen. So etwas kam jeden Tag vor. Aus Furcht vor einer gewaltsamen Vertreibung bewachten Patrick und Maura nachts den Eingang. In dieser Nacht war Patrick an der Reihe.

Er sah sich nach einer Waffe um. Auf dem Boden nahe der Wand entdeckte er einen Stein. Er hob ihn auf und wog ihn prüfend in der Hand. Vielleicht – aus der Dunkelheit geworfen – würde der Stein den Verwalter abschrecken?

»Mutter! Maura!«, flüsterte er. »Wacht auf! Jemand ist an der Tür! Wahrscheinlich Mr Morgan.«

Maura, sofort hellwach, fuhr hoch. Sie war fünfzehn Jahre alt, groß und schmächtig und auf ihrem schmutzigen Gesicht mit den hohen Wangenknochen lag ein harter Ausdruck. Unter dem zerzausten, langen, dichten braunen Haar blitzten zornige blaue Augen hervor. Nur selten huschte ein Lächeln über Maura O'Connells Gesicht.

»Hast du gesagt, da ist jemand?«, fragte sie.

»Und er will rein«, sagte Patrick. Durch das splitterige Holzbrett drang der fahle gelbe Schein eines Laternenlichts.

Behutsam streichelte Maura ihre Mutter. »Du musst aufstehen.«

Mrs O'Connell stöhnte, setzte sich schwerfällig auf und bekreuzigte sich gewohnheitsmäßig.

Obwohl erst einundvierzig, sah sie aus wie Ende fünfzig. Ihr dünnes Haar war von grauen Strähnen durchzogen. Ihr Blick war matt und traurig, die Wangen hohl, die Lippen schmal und ausgedörrt. Wenn sie hustete, was oft vorkam,

fuhr ihr ein stechender Schmerz durch die eingesunkene Brust.
»Was ist?«, fragte sie halb flüsternd, halb seufzend.
»Jemand ist an der Tür«, sagte Patrick aufgeregt.
»Gott bewahre uns vor neuem Unheil«, murmelte seine Mutter und begann den Rosenkranz zu beten.
»Mach schon, Patrick«, befahl Maura. »Sieh nach, wer es ist.«
Den Stein fest in der Hand kroch Patrick vorwärts und linste mit einem Auge durch eine Holzritze. »Ich kann ihn nicht erkennen«, sagte er.
Maura zog ihr dunkelrotes Tuch fest um die Schultern und schob sich neben ihren Bruder. An der Türschwelle verharrte sie um ihre Nerven zu beruhigen.
»Maura«, flüsterte Patrick, »wenn es Mr Morgan ist, habe ich einen Stein für ihn.« Er hielt ihr seine Faust hin.
»Scht!«, machte seine Schwester, die selber gegen ihre Angst ankämpfen musste. »Mach keine Dummheiten! Das nützt uns nichts. Gar nichts! Verstehst du?«
Patrick wich zurück und ließ den Stein aus der Hand rollen. »Also gut«, murmelte er, aber richtig überzeugt klang er nicht.
»Mutter?«, fragte Maura. »Bist du so weit?«
Auf das Schlimmste gefasst schloss Mrs O'Connell die Augen. Die Arme um den Körper geschlungen, wiegte sie sich langsam hin und her und betete leise.
Maura wusste nur zu gut, dass sie gegen Mr Morgan – falls er es war – wenig würde ausrichten können. Mit festem Blick sah sie zum Eingang und rief: »Wer ist da?«

2. Kapitel

Ich bin's, Pater Mahoney«, flüsterte eine Stimme. »Sei so gut, Maura O'Connell, und lass mich ein!«

»Pater Mahoney!«, rief Mrs O'Connell erleichtert. »Der wird uns kein Unglück bringen.«

»Aber vielleicht bringt er eine Warnung«, gab Patrick zu bedenken.

»Sprich nicht so«, rief Mrs O'Connell und schüttelte heftig den Kopf.

»Es stimmt, Mutter«, nickte Maura. »Du weißt doch, wie boshaft Mr Morgan ist. Vielleicht hat er den Pater längst in seiner Gewalt, wie er das mit so vielen anderen schon geschafft hat.«

»Bei der heiligen Jungfrau!«, rief Mrs O'Connell. Mühsam rappelte sie sich auf und schlang sich ein Tuch um die Schultern. »Solche Worte höre ich von meiner Tochter? Pater Mahoney war immer ein zuverlässiger Freund. Macht ihm um Gottes willen die Tür auf!«

Maura zog das Brett zur Seite. »Pater Mahoney«, sagte sie, »bitte treten Sie ein.«

»Gott sei mit euch an diesem Morgen«, sagte der Priester und trat mit gesenktem Kopf in die Hütte. Die Finger hatte er zu einer segnenden Geste erhoben. Die drei O'Connells flüsterten ein »Amen«. Mehr brachten sie vor Beunruhigung nicht hervor.

Der Priester stellte seine kleine Laterne auf den Boden. Er rieb die Hände aneinander, um die Kälte daraus zu vertreiben, und sein Blick suchte in dem verräucherten, düsteren Raum nach Mrs O'Connell.

»Mrs O'Connell«, sagte er, faltete die Hände und öffnete sie wieder, »Sie werden mir verzeihen, dass ich Sie so früh wecke.«

»Ist etwas passiert?«, fragte die Frau, alarmiert von seinem Verhalten. »Kommt Mr Morgan? Sollen wir vertrieben werden?«

»Gott schütze uns vor einer solch groben Behandlung, Mrs O'Connell«, antwortete der Priester. »Allerdings muss ich zugeben, dass ich erst gestern drüben in Skibbens war, wo Mr Morgan Hütten hat niederreißen lassen. Gott möge der Zeuge seiner Grausamkeit sein! Fürwahr, es ist schrecklich mit anzusehen. Ich fürchte, ich fürchte, es wird auch hier in Kilonny so weit kommen, und zwar schon bald.«

»Jesus sei uns gnädig«, flüsterte Mrs O'Connell. »Was sollen die Menschen nur tun?«

»Gottes Liebe wird sie schützen«, sagte der Priester.

»Ich zweifle nicht daran, Pater«, bekannte Mrs O'Connell demütig.

Maura warf mit ungeduldiger Gebärde den Kopf zurück. »Aber was ist hier und jetzt?«

Pater Mahoney, erschrocken durch diese gotteslästerliche Bemerkung, sah sich mit traurigen Augen nach Maura um. Er wartete. Als Maura jedoch schwieg, wandte er sich wieder an ihre Mutter.

»Mrs O'Connell«, sagte er, »ich habe mit Mr Morgan zu

reden versucht, damit er den Unglücklichen aus Skibbens mehr Zeit lässt. Aber der engstirnige Kerl hat nur gesagt, ›Befehl ist Befehl, Geld ist Geld und das Gesetz will es so.‹ Da habe ich ...« Jetzt war es der Priester, der mitten im Satz abbrach, um nicht selber etwas Lästerliches auszusprechen. »Aber«, sagte er schließlich lächelnd, »ich komme nicht zu solcher Zeit, um traurige Nachrichten zu bringen.«

»Bei Gott, hoffentlich nicht!«

»Nein, nein. Ich wollte nur erklären, warum ich zu so ungewöhnlicher Stunde komme. Als ich nämlich von Skibbens nach Hause kam, fand ich einen Brief vor.« Gütig und wohlwollend sah er um sich, betrachtete erst die eingeschüchterte Frau, dann Maura – deren Blick feindselig blieb – und schließlich Patrick, dessen Augen mit äußerster Spannung an ihm hingen.

»Einen Brief?«, sagte Mrs O'Connell, unsicher, ob sie richtig verstanden hatte.

»Ganz recht«, erklärte Pater Mahoney. »Er war an mich adressiert, doch als ich ihn öffnete, sah ich, dass er für Sie bestimmt ist.«

»Pater«, sagte Mrs O'Connell, »Sie müssen sich irren. So etwas ... einen Brief habe ich noch nie bekommen.«

»Nun, bei Gottes Barmherzigkeit, jetzt haben Sie einen«, erklärte der Priester und griff mit großer Geste tief in die Tasche seines Gehrocks. »Ich konnte es nicht erwarten, ihn herzubringen.«

»Wer sollte mir denn schreiben?«, fragte Mrs O'Connell ängstlich.

Pater Mahoney lächelte breit. »Er ist aus Amerika«, kündigte er an.
»Amerika!«, rief die Frau beinahe kreischend. »Gott sei uns gnädig! Von wem ist er?«
Bei dem Wort *Amerika* presste Maura eine Hand aufs Herz. Patrick schnappte nach Luft.
»Von Ihrem Mann«, verkündete der Priester.
»Ist – ist ihm etwas passiert?«, stammelte Mrs O'Connell erschrocken.
Immer noch lächelnd, zog Pater Mahoney einen zerknitterten Brief aus seiner Tasche. Die O'Connells starrten das Papier an.
»Patrick«, sagte der Priester. »Halte das Licht so, dass alle etwas sehen.«
Patrick griff nach der Laterne und richtete ihren Schein auf das Briefpapier. Zögernd schob sich Maura heran. Auch Mrs O'Connell kam näher, die Hände über den Mund gelegt.
»Hier, sehen Sie«, sagte der Priester. Er zeigte auf den Umschlag und las:

Pater James P. Mahoney SJ
Kirche St. Peter
Kilonny
Bezirk Cork/Irland

»Das ist nicht von Mr O'Connell«, sagte Mrs O'Connell. »Er konnte ja kaum mehr als seine Unterschrift schreiben.«
»Jemand kann es für ihn geschrieben haben«, sagte Patrick.
»Aber was steht darin?«, fragte Maura. Ihre Stimme zit-

terte vor Erregung. »Steht darin geschrieben, wie es ihm geht?«

Stolz richtete sich der Priester auf. »Gregory O'Connell, Gott segne diesen Mann, schickt euch eine höchst ungewöhnliche Nachricht!«

Auszug aus dem Ravensburger Taschenbuch
58153 »Jenseits des großen Meeres: Die Flucht«
von Avi.